U0916412

名家经典散文丛书

天才与疯子的私语

（英）查尔斯·兰姆 著
梁欣琢 译

江苏凤凰文艺出版社
JIANGSU PHOENIX LITERATURE AND ART PUBLISHING, LTD

图书在版编目（CIP）数据

天才与疯子的私语 / (英) 查尔斯 · 兰姆
(Charles Lamb) 著 ; 梁欣琢译 . -- 南京 : 江苏凤凰文
艺出版社 , 2018.4 （ 2024.2 重印 ）
（ 名家经典散文丛书 ）
ISBN 978-7-5594-0670-5

Ⅰ . ①天… Ⅱ . ①查… ②梁… Ⅲ . ①散文集 – 英国
– 近代 Ⅳ . ① I561.64

中国版本图书馆 CIP 数据核字 (2017) 第 134039 号

书　　名　天才与疯子的私语

著　　者　（英）查尔斯 · 兰姆
译　　者　梁欣琢
责任编辑　黄孝阳　王　青
出版发行　江苏凤凰文艺出版社
出版社地址　南京市中央路 165 号，邮编：210009
出版社网址　http://www.jswenyi.com
印　　刷　三河市双升印务有限公司
开　　本　880 × 1230 毫米　1/32
印　　张　10
字　　数　240 千字
版　　次　2018 年 4 月第 1 版　2024 年 2 月第 4 次
标准书号　ISBN　978-7-5594-0670-5
定　　价　69.80 元

目录 CONTENTS

南海公司[1]

读者们，当你在银行领取了半年的红利（假设你是一个像我这样依靠领取年金过活的人），要去花盆客栈时，订上去达尔斯顿、夏克威尔或其他往你北郊住所去的马车车位，难道你从来没有注意到一座砖石砌成的气派大楼，屹立在针线街紧靠主教门大街的左手边？我敢说你肯定常常赞叹它宏伟壮丽的大门大大敞开着，露出里面肃穆的庭院，它的走廊和梁柱，极少有人进去或出来——像巴克鲁萨那样的废弃之地[2]。这曾是一家商贸公司，是繁忙的商业活动中心。

为利所驱，成群的商人曾在此地，现在这里仍然有一些商业活动，但是那种精魂却早已消散。这里仍然有富丽堂皇的柱廊，宽阔的楼梯，宽敞的办公室，像被废弃的皇宫里的皇家套房一样；里面几乎没几个人，偶有一些小职员；那安静的、更加神圣的庭院内部和会议室，难得还能看到小吏和看门人，董事们曾庄严肃穆、精神抖擞地坐在这里（宣布死股息）；而如今，他们用过的桃心木长条桌已被虫蛀，镀金的皮革台布已经

---

① 南海公司（The South-sea House），1711 年成立于伦敦，经营英国对南美洲的贸易。

② 作者脚注：我走过巴克鲁萨的墙壁，它们已是废墟。——《奥辛集》（*Ossain*）

失去了光泽，桌上巨大的银墨水台也早已干涸。橡木护墙板上挂着已故统治者和副统的肖像，安妮女王[1]，伯恩斯维克王朝的头两位君王[2]；还挂着巨大的航海图，后来的地理发现已使它们作古。墨西哥地图已蒙上灰尘，像梦幻一样模糊不清，巴拿马湾的海湾深度表也是如此！长长的走廊里挂着桶，闲置在墙上，它们本来是为了对付火灾用的，除了最后的那次。这栋楼底下还有一排排巨大的地窖，数以万计的金银财宝曾堆放在那里，“一大堆不见天日”的钱币，足够让玛门[3]安慰他孤独的心了。然而，在那著名的泡沫事件[4]东窗事发后，那些钱就都荡然无存、从世间蒸发了。

这就是南海公司。至少，是四十年前我所熟知的南海公司，一座壮观的遗址！从那以后，发生了多少变化，我就无从证实了。我想，时间并未使其旧貌换新颜。风也无法使死水再起波澜，反倒是更厚的积尘滞于其上。那些蛀虫，曾经啃噬过时的旧分类账和日记账来养肥自已，现在也停止了它们的掠夺，但是其他更轻盈的一代前赴后继，在公司单本的和复式的记账上制造出精致的回纹。在旧账本上的灰尘越积越厚（灰尘的异期复孕[5]!），极少被触碰，除非有一两根好奇的手指不时触动它们，好奇地探寻安妮女王执政时期簿记的样式；或者，怀着不

---

① 安妮女王（Queen Anne），英国女王，1702—1714 在位。

② 指英王乔治一世和二世。

③ 玛门（Mammon），传说中的财神。

④ 指南海公司炒股的骗局，1720 年骗局败露，成千上万投资者破产，引起英国经济危机和政府危机。

⑤“异期复孕（superfoetation）”指的是当孕妇体内已经怀有胎儿时，她又开始另一周期的排卵，第二次排出的卵子又恰好受精成了胚胎。这里形容落满灰尘的账本又落上新的灰尘，层层积压下来。

那么神圣的好奇心，希望揭开那次大骗局的一些谜团。那次骗局的程度，我们那时挪用公款的卑鄙小人回顾起来都表示佩服得五体投地，表示难以置信、望尘莫及，就像现代阴谋参与者想起沃克斯那惊天的阴谋①时脸上自感卑贱不如的表情一样。

愿南海骗局的死者们灵魂安息吧！曾经不可一世的公司，如今沉默和贫穷盘踞你的墙壁，留作纪念！

你坐落在激动人心的、活着的商业中心，在投机的躁动和狂热之间，银行，交易所和关于你的印度公司，正值最繁荣的时期。它们那副不可一世的面孔，可以说侮辱着你——它们可怜的生意倒闭的邻居，但是对于我这样闲散又爱沉思冥想的人，老公司！在你的寂静之中有一种吸引力——一种停顿，一种远离商业的冷静，一种近乎隐居的懒散，这是多么让人喜欢啊！我怀着何等的敬意，黄昏时分在你宽敞的空房间和庭院里悠然踱步！它们讲述着过去，一些去世了的会计的幽灵还隐约可见，他们将一支笔夹在耳朵上，从我身边轻快掠过，像在生前的生活中一样不苟言笑。现在还在使用的账目和活着的会计让我迷糊，因为我对算账不得章法。但是你的那些废用的大账本，今天的职员力气已经不如前人，哪怕是三个人也几乎不能让它们在存放的架子上挪动一下。那些账本上雕着古老的、极精美的花体字，红色的装饰性间行，三列三列地写着总金额，标准地记录着多余的零记号。账本开头神圣的句子——没有它，我们

---

① 沃克斯（Vaux），即盖·福克斯（Guy Fawkes），英国“火药阴谋案”（Gunpowder Plot）的主犯之一。1605 年，一群亡命的英格兰乡下天主教极端分子试图炸掉英国国会大厦，并杀掉正在其中进行国会开幕典礼的英国国王詹姆士一世和他的家人及大部分的新教贵族，计划并未成功。爆破专家盖伊·福克斯担任执行。

虔诚的祖先就绝不敢打开一本商业账本或提货单。一些账本使用昂贵的牛皮纸封面，几乎让我们相信：我们正要翻开的是一本更好的藏书，读起来非常令人愉快，又富有教育意义。我看着这些已废故的旧迹，颇感满意。你的象牙把柄的折叠小刀，沉甸甸的，形状奇特，简直像赫库勒斯使用的东西一样好。我们祖先用的所有东西都比我们现在用的都要大，今天我们用的吸墨粉盒子也变小了。

我记得的南海公司的职员——我说的是四十年前，与我此后打交道的那些身居官署的职员相比，有种非常不同的气质。他们身上沾染了这个地方的独特气质！

他们大多都是单身汉（因为公司没有提供丰足的薪水）。他们通常（因为他们没有很多事）都有着好奇的、爱思考的性情。出于这个理由，他们都显得守旧不新潮。他们是幽默的人，彼此性格各不相同；早年间并不认识彼此，未曾相处（若真如此，同一团体里的成员间个性会日益趋同），而是在成年或中年之后才一起在这家公司工作，他们必然带进了自己的习惯和怪癖，就我来看，这倒是不太适于一个公司团体的办公合作。因此他们组成了一个类似诺亚方舟的团体。奇怪的人，世俗的僧侣，大公司的雇员，豪门供养的家仆，但是留着他们，为了炫耀而非让他们做事。但是他们又是一群友善的人，经常聊天，其中不少一部分人对德国长笛颇为精通。

那时出纳员是埃文斯，是个威尔士人。他像他的老乡们一样，脸上有种暴躁易怒的神态，但内心是个可敬又明智的人。他将每一根头发都打粉，弄成卷发——就是那种我记得年幼时在漫画里看过的、被称作纨绔子弟的发型。他就是花花公子那类人的最后一个吧。整个上午，他都像只被阉割的雄猫一样忧郁，我记得我看见过他用颤抖的手（像他们说的那样）清点现款，好像害怕他身边的每个人都是盗用公款者；在他的疑神疑鬼中，他几乎觉得自己也是其中一员了，至少为他也可能成为其中一员这一点颇为困扰。下午两点在安德顿咖啡店里吃烤牛颈肉时，他的阴沉脸色放晴了一些（安德顿咖啡店里仍然挂着他的画像，在他死前不久拍的，店老板之所以想这么做，是因为过去的二十五年里，他经常来此店），但是直到晚上的喝茶和拜访时间，他才达到一天中最有活力的鼎盛期。

时钟敲响六点，他那为众人所熟悉的敲门声同时响起——这已是各个家庭津津乐道的欢乐话题，这位亲爱的老单身汉一出现，大家都很高兴。接下来就是他的专长，他的荣耀时期了！看他如何边吃着松饼边展开高谈阔论！看他如何对秘史滔滔不绝！他的同乡人，特别是本南特，在讲到旧时的伦敦和现在的伦敦时——那些旧剧院，教堂，破败的街道，罗斯蒙德池塘所在的位置，桑树园，奇普的喷水池……都比不上他能那么滔滔不绝。还有从父辈传下来的许许多多趣闻轶事，贺加斯[①]在他的名画《中午》一作中画出的、使之永恒的奇怪人物——那些英勇教徒们[②]的可敬的后代，逃离路易十四的盛怒和他的骑兵，一路逃到这个国家，在七日日晷附近，在伦敦猪巷偏僻的避难所立身，心中仍然保持着纯正宗教信仰的火焰！

埃文斯的副手是托马斯·泰姆。他有着贵族的气质，走路

① 贺加斯（Hogarth，1697—1764），英国绘画家，雕刻家。

② 指1685年时法国新教徒胡格诺派（the Hugue nots）在国内受到迫害，逃到英国，在伦敦猪巷建立了一个法国教堂。

时微微屈身。如果你在通往威斯敏斯特大厅的通道上碰到他，你真的会误以为他是一位贵族。屈身，我指的是将身体温和有礼地前弯，在大人物之中，这被认为是一种习惯：放下身段来听取低于他们的人的请诉。在谈话中，这么做反而让你觉得紧张至极；会面结束后，当你恢复从容不迫时，又笑着觉得刚刚那使你充满敬畏的自命不凡，相比之下毫无意义。他的才智非常肤浅，听不懂一句谚语或格言。他的思想像一张未写字的白纸一样空洞无物。一个吃奶的婴儿都能将他难住。那他干嘛还装成那样？他很富有吗？啊，不！托马斯·泰姆非常穷。他和他的妻子看上去都像上流人士，但我觉得他的生活实际上都不那么好过。他妻子是一个整洁的、瘦瘦的人，证明她并没有过分娇生惯养；但是她的血脉里流淌着贵族血液。通过一些关系的迷宫（对此我从来没有完全搞明白过，如今也无法用一些宗谱的确信证据来解释），她追踪她的血统，发现她的出身是名门贵族、但命途不幸的德文瓦特家族。这是托马斯有欠身习惯的秘密所在。你们这对儿温和快乐的夫妻，身份默默无闻，才智普普通通，正是这种思想——这种柔情——你生命中最孤独的闪亮星星，在你们生活的黑夜里鼓舞着你们！对你们而言，财富、地位和光辉的成就都不算什么，只有它，只有它顶得上所有的这一切。你们不用它去侮辱别人；但是，因为你们穿着它，好似一件防御盔甲，侮辱同样也不能击穿你们。它是美和安慰！

会计约翰·提普却完全是另一种人。他既不装作自己有高贵血统，也对此类事情漠不关心。他“认为会计是世界上最伟大的角色，而他自己是世界上所有会计中最棒的会计。”不过，约翰也不是没有业余爱好。小提琴打发了他的空余时间。当然，他也唱歌，然而不是奥尔菲斯[①]里拉琴的优美音调。他唱的，确切地说是尖叫和最令人不快的刮擦声。他住在针线街漂亮的公职套房（我不知道那房子里现在住着谁了），虽说里面没有什么值钱家当，但也足以让一个人感觉有几分骄傲自得了。他家每隔两周就回荡着音乐会般的音乐——“甜美歌喉”（我们祖先会这么称呼）引吭高歌，从俱乐部和管弦乐队精挑细选过来的人，还有合唱队歌手、第一、第二大提琴手、低音提琴手和单簧管演奏者，都吃着他的冷牛肉，喝着他的潘趣酒，赞美他是知音。他坐在他们中间，好似迈达斯国王[②]。

但是办公桌前的提普就完全是另一种人了。一到那里，工作之外的所有想法都被逐出脑海了。你要说什么浪漫不实际的话，一定会遭到他的指责。也不能谈政治。他认为报纸太文雅太抽象。一个人的全部职责就是勾销支付股息。公司全年账目年终结存的任务（也许与公司去年的总额相比相差 251 镑 1 先令 6 便士）占据了他整个十二月的日日夜夜。不是提普对他深爱的公司里死气沉沉的景象（按城里人的说法）视而不见，也不是他不为公司过去蒸蒸日上、现在沉闷日子又回归而叹息（不管现在还是过去最繁荣昌盛的公司里最错综复杂的账目，他皆处理自如），而是：对于一位真正的会计来说，收益的差异都不算什么。零头小数和他面前的成千上百万对他来说心里都一样亲切。他是个真正的演员，无论他的角色是王子还是农民，他都同样尽力演好它。

---

① 奥尔菲斯（Orpheus），希腊神话中的歌唱家和乐师，其音乐让万物无不动容。

② 迈达斯国王（Lord Midas），希腊神话中弗里吉亚（Phrygia）国王，因说潘神（Pan）比阿波罗演奏更好，被罚长了一对驴耳朵。

对于提普来说，形式就是一切。他的生活是很讲究形式的。他的行为都跟拿尺子量过似的。他的笔像他的心一样正直无误。他是世上最出色的执行者，因此，不断有人麻烦他做遗嘱执行人，这激怒了他的坏脾气，同时又安慰了他的虚荣心。他会诅咒那些小孤儿们（对提普来说是诅咒），但他又将坚定不移地保护他们的权利，像那些把孩子利益托付给他保护的垂死之人舍不得撒开的手。但他也有点羞怯（他的个别几个敌手曾给他起了更难听的外号），然而为了尊重死者，请你们允许我们稍微谈谈这点。老天毫无疑问高兴地赐予了约翰·提普足够的自我保护的本能。有一种懦弱我们是不会看不起的，因为它不含任何卑劣或奸诈的成分；它暴露了自身，但不会出卖你：它只是一种性情，缺乏浪漫和胆量；它遇到拦路虎，即使是一些被认为危害到荣誉的事，也不会像福廷布拉斯[①]那样，“鸡蛋里面挑骨头”。提普在他的一生中从来没有坐过驿马车车夫的座位，从不敢靠在阳台的围栏上；从不在护墙的墙脊上走；绝不会从悬崖峭壁往下看；从未打过枪；从不参加水上聚会——即使他本应能去，他也从不乐意让你去。当然，他也从来没有什么为了金钱或恐吓而背弃朋友或原则。

在那些蒙着尘土的死者，于寻常性格之中藏着不寻常之处的人中，下一位我们要谈谈谁呢？我怎么会忘掉你呢，亨利·曼！智慧文雅的文人墨客，南海公司的作家！你早晨一进办公室，到中午离开（你在办公室时都做了什么呢？）总是有一些带刺的嘲讽之词！你的嘲笑和笑话现在都消失于世了，或只在两

① 福廷布拉斯（Fortinbras），莎士比亚戏剧《哈姆雷特》里两个不太重要的角色名字。一为挪威皇太子，一为皇太子父亲。

本被人忘记的书籍里存留着，不到三天前，我有幸在巴比康[①]的一个书摊上找到这两本书，发现你简洁、清新、警句式的作品还鲜活如初。你的智慧在这种吹毛求疵的时代已经有点过时了，你的主题与现在那些“新生的俗丽东西”一比也显得陈旧，但是你曾在《公簿报》和《纪事报》上发表文章，查塔姆、谢尔本、罗金厄姆、豪、伯戈因、克林顿[②]，以及以将叛乱的殖民地从大不列颠分割开来而告终的战争[③]，还有凯珀尔、威尔克斯、索布里奇、布尔、邓宁、普拉特和利奇曼[④]以及这样的小政治权术之斗都是你的笔下话题。

还有那位活泼的、愚蠢多嘴的普鲁默，他没那么爱开玩笑，更多的是爱吵吵嚷嚷。读者们，他是赫特福郡普鲁默家族的后代，不是直系后代（因为他个人更偏爱左斜带[⑤]）。所以，传统暴露了他，当然一些家族特征也不止一点点地证实了这点。的确，老瓦尔特·普鲁默（据说是他的父亲）曾经是个纨绔子弟，常去意大利游览，遍览天下开过眼界。他是个老单身，曾是一位老辉格党员的叔叔，那位老辉格党员曾多次连续代表郡县参加议会，现在还健在，在威尔[⑥]附近有座不错的老房子。瓦尔特·普鲁默在乔治二世时期[⑦]达到鼎盛，曾和马尔

---

① 伦敦地名。

② 这些都是与美国独立战争有关的英国人。

③ 指美国独立战争。

④ 这些都是与英国威尔基事件有关的当事人。

⑤ 左斜带（sinister bend）在英国贵族家族中是表示庶出的标志。

⑥ 英国赫特福德郡一处地名。

⑦ 为1727—1760年。

伯勒老公爵[①]夫人一起，就免费邮递权的问题被传唤到下议院。你也许会在约翰逊[②]写的《凯夫的一生》中读到这件事。凯夫机智地摆脱了干系。可以确信的是，我们的普鲁默没有阻止这个谣言。每当有人礼貌地含沙射影提到这事时，他似乎对此还挺高兴的。但是，除了他的家族自命不凡外，普鲁默是个有魅力的人，唱歌十分好听。

M的歌喉比普鲁莫还要甜美，他本人非常温和，像小孩子似的，是个田园般的人物。当你唱起了阿泯斯[③]为放逐的公爵唱过的歌，这首歌声称寒风比一个忘恩负义的人都要更加宽容。你田园牧歌般的旋律，梦幻之乡般的腔调，长笛的吹奏也不上你的神圣。你的父亲是老M，主教门冷漠的教堂管事，他不知道为何把你带到人世。你像春天一样，是狂风呼啸的冬天生出的温和孩子：只是你的结局太不幸了，它本应该像天鹅般优雅，温和又安抚人心。

还有许多可歌可泣的往事。许多了不起的人浮现在我的脑海里，但是他们都是我的私人回忆了。读者，我已经大大愚弄了你一番罢，要不然我怎么会忽略怪人伍莱特呢？他曾为了尝试做审讯，故意买了官司来打。还有奇人赫普沃斯，他奇到无人能及，总是一脸严肃的样子，牛顿估计都是从他那张严肃的

---

① 马尔伯勒公爵（Duck of Marlborough），即约翰·丘吉尔（John Churchill，1650—1722），英国军人，政治家。

② 塞缪尔·约翰逊（Samuel Johnson，1709—1784），英国作家。爱德华·凯夫（Edward Cave，1691—1754）是18世纪伦敦出版商。

③ 阿泯斯（Amiens），莎士比亚戏剧《终成眷属》（*All's Well That Ends Well*）中的人物，被放逐的公爵的仆从。

脸上推出万有引力的[1]。他削尖鹅毛笔时的神情是多么深邃，他打湿信封封条时动作是多么的从容不迫！

但是，是结束的时候了——夜幕飞速降临大地，我这番一本正经的趣谈也该结束了。

读者们，要是我说的这些都是信口雌黄呢？那些我向你们提到的名字，都是随便捏造的，都是古里古怪的假名字，像什么亨利·品普奈尔啊，希腊的老约翰·纳普斯啊……

但是，请放心吧，那些虚构的名字背后确有其人。但是他们举足轻重的时代，已经一去不复返了。

① 作者此处拿“gravity”一词打趣，既又“重力”之意，也可指“严肃”。

牛津度假

小心谨慎的鉴赏家品鉴版画时，早已预备好，先快速瞥一眼画作底部。用那匆促一瞥（那眼神在看的时候，又似不在看的样子），从来没有落下角落里签的刻工之名，这样鉴赏家才能断言这是维瓦瑞斯或屋莱特[①]的珍品——我已经听见你在大喊了，读者朋友们，你们一定瞥了下本文的作者，不禁要问，谁是伊利亚？

因为我在上一篇文章中为了博君一笑，写了些被人半忘的有趣故事[②]，关于一个在一家早就衰败不堪的老商业公司里供职的、已故老职员的逸闻趣事。毫无疑问，你们肯定认为我就是那里的职员之一——一个剪着参差不齐平头的文书，整天坐在办公桌前，用鹅毛笔沾着墨水，像据说某些病人用鹅毛管吸取养料一样。

好吧，我确实大概是这类人。坦白地说，这倒能让我尽情遐想，驰骋想象——一天伊始，当你们这些文人墨客需要一些放松时（没有什么比那乍看之下，与他所热爱的学业最相去甚远的事情更有益于放松的了），我得好好消磨几个钟头考虑靛蓝

① 维瓦瑞斯（Francois Vivares，1709—1780），法国版画家。屋莱特（William Woollet，1735—1785），英国版画家。

② 指《南海公司》一文。

染料，棉花，生丝，印花的或不印花的布匹。首先……这就让你下班回家后对读书有着高涨的胃口……更不用说你手上那些纸的边缘，大页废包装纸，可以容得下你最真实、最自然的想法：十四行诗、格言警局、散文随笔……所以账房里的边角料在某种程度上成了培养作者的温床。我的鹅毛笔，整个上午都在不计其数的数据和计算中闷头苦干；一旦解放出来，就在午夜笔下文思泉涌，好像在开满鲜花的大地上欢腾雀跃。它都能觉得自己渐入佳境……所以你看，总的来说，伊利亚的文学尊严在这屈尊中其实也没有妥协多少。

我急于详细列出这些我工作生活中打交道的商品，并不是我对工作的某些缺点视而不见，一个挑剔的人可以从约瑟夫的袍子①上挑出错来！一年之中那些安慰人心的空隙、少量的自由都被工作占据了，这里我必须恳请许可，在我被工作塞满的灵魂中，表达些许懊悔之情。那些圣徒的节日，现在实际上变成了形同虚设的假日。保罗，司提反，以及巴拿巴——

“安德鲁和约翰，古代名人贤士。”②

当我还在基督公学上学时，我们都会过他们的圣日。我也记得旧巴斯克特③祈祷书里他们的雕像，彼得以一种不舒服的姿势被吊着——圣巴特雷米④正惨遭剥皮酷刑，像斯巴格诺莱蒂笔

---

①《圣经·创世纪》中，雅各布（Jacob）有12个孩子，他最偏爱小儿子约瑟夫（Joseph），做了一件彩衣送给他。彩衣招致约瑟夫11个哥哥的嫉妒，他被兄长们贩卖，辗转去了埃及。

②保罗（Paul）、约翰（John），基督使徒；司提反（Stephen）、巴拿巴（Barnabas）、安德鲁（Andrew），基督殉道者。

③18世纪英国一家出版商。

④彼得（Peter），圣巴特雷米（holy Bartlemy），即圣巴托洛缪，均为基督殉道者。

下著名的马西亚斯[①]一样。我敬重他们所有人，对伊斯卡瑞特[②]贪污几乎要留下眼泪来。我们如此爱保持对圣徒们的神圣纪念，只有我认为我有点怨恨将好人犹大和西蒙[③]放在一起——（可以说）将他们的神圣合二为一，才创造出一个寒碜的节日，好像不值得分给他们安排一天圣日一样。

这些都是赐给学生和教职员工们的福日，“远远地闪耀登场。”[④] 我像本历书一样对这些节日了如指掌，我可以告诉你下周或下下周是哪个圣节。或者主显节[⑤]是哪天，由于周期的关系，每隔六年，主显节会和安息日重合。现在我比一个不敬神明的人也好不到哪里去了。我不希望有人认为我是在指责我顶头上司的明智——他们认为还继续过这些圣节是天主教的陈规陋习、迷信活动。我认为，对于这样悠久的习俗，只有主教对它们的神圣性最有发言权——但是我已经超过我的资格范围了。我可不能决定民众和教会的权力范围，我只是普通的伊利亚，不是塞尔登，不是阿舍尔大主教[⑥]，尽管我现在正在这学府的中

---

① 马西亚斯（Marsyas），希腊神话中，马西亚斯吹得一手好笛子，他向太阳神阿波罗（Apollo）发起挑战，要用长笛与阿波罗的里拉琴较量，比赛条件为失败者必须接受胜者提出的任何惩罚，阿波罗使诈获胜，马西亚斯被活生生剥皮而死。

② 犹大·伊斯卡瑞特（Judas Iscariot，又名加略人犹大），耶稣12使徒中出卖他的使徒，精明干练，善于理财，以30块银钱为代价把耶稣出卖给犹太教当局，带领大祭司的差役以亲吻为号捉拿耶稣。

③ 这里的好人犹大（Jude，又名犹达，太达）是指耶稣的12使徒之一，可能是《新约·犹大书》的作者，有争议。西蒙（Simon），基督12使徒之一。

④ 出自弥尔顿《失乐园》第六卷。

⑤ 主显节（Epiphany），每年1月6日，庆祝还是婴儿的耶稣显灵。

⑥ 塞尔登（John Selden，1584—1654），阿舍尔大主教（James Usher，1581—1656），英国神学家。

心——馆藏丰厚的波德莱图书馆[1]中埋首于他们厚厚的大作。

在这里，我可以装成一位绅士，或装成一名大学生[2]。对于我这样的人，年轻时被剥夺了在高等学府汲取知识的甜美养分的机会，能在这个或那个大学校园里消磨几周悠闲的时光，已经是美事一桩。今年牛津大学的假期正好跟我们公司的假期一致。在校园里，我可以无忧无虑地闲庭信步，尽情幻想我取得的学位和名望。我似乎被批准授予同等学位[3]，补上了过去错失的机会。我可以在小教堂钟声响起时起身，幻想钟声是为我而鸣的。在谦恭的情绪中，我可以装成一名减费生，或一名工读生[4]。当心气高傲时，我装作绅士自费生，趾高气昂地走路。在庄严肃穆的时候，我想象自己攻读着文学硕士学位。的确，我不认为我和那些体面的人物相差很大。眼神不好的教堂司事和戴着眼镜的宿舍勤杂工，经过我身边时向我鞠躬致意或行屈膝礼，误以为我真的是学校里的那些体面人呢。我常穿着黑衣服，更让他们这样认为了。只有在基督堂学院[5]虔诚可敬的四方院子里，我装成一位神学博士经过，感到十分满足。

这些时候的散步几乎都是我一个人——基督学院的高大树木，莫德林学院[6]的小树林……无人空荡荡的大厅，大门敞开，吸引人偷偷溜进去，对一些创始人、贵族或皇族的女恩主（她

---

① 波德莱图书馆（Bodley），牛津大学图书馆，以波德莱爵士命名。

② 兰姆虽然天资聪慧，但因为口吃，未能上大学。

③ 原文此处为拉丁语，ad eundem，表示承认属于同等学力（或学位）。

④ 减费生和工读生（Sizar and Servitor）都是接受一定援助的学生，读书期间以承担部分校役工作换取资助。

⑤ 基督堂学院（Christ Church），牛津大学的一个学院。

⑥ 基督学院（Christ's），莫德林学院（Magdalen），都是牛津大学的下属学院。

们也应该是我们的赞助人）表示敬意，她们的画像似乎在对我——这个过去被忽略的祈福者微笑，表示现在可以批准我入校。然后，我便再顺道去偷窥一下食品储藏室和后厨房，让人不禁联想到古代的伙食招待：厨房巨大的地窖、壁炉、让人倍感亲切的壁橱；四百年前就烤出了第一份馅饼的烤炉；还有为乔叟烤过食物的烤叉！经乔叟的想象，即使端茶送饭的侍从中最卑微的，在我看来也变得神圣了，大厨走在伙食委员前面的那一幕栩栩如生[1]。

古代！你无与伦比的魔力！你到底是什么？你是空空虚空，又俨然是一切！当你所代表的那段历史正开始时，你还不是"古代"——那时你无足轻重，以盲目的崇拜看待更古老的过去，像你所称的那样；你自己认为自己是单调的、枯燥乏味的现代！在这番回顾怀古之中藏着什么神秘？或者说我们是只有一张脸的雅努斯神[2]，不能带着我们缅怀历史的盲目崇拜来眺望未来！无所不能的未来似乎空无一物，却又包含无限可能；历史包含万事，却又空空如也！

你的黑暗时代[3]是什么样的呢？太阳肯定也像今天这般明亮，人们也像现在这样早起去干活。为什么我们一听人们提及"黑暗时代"，就立即产生这样的感觉：好像伸手可触的黑暗笼罩一切，我们的先辈们在其中迷失、摸索！

---

① 乔叟（Geoffrey Chaucer，1340—1400），英国中世纪著名诗人，作家。但经学者考证他并未在牛津大学上过学。他的著作《坎特伯雷故事集》中有一个厨师和扈从的故事，作者在厨房即联想到此。

② 作者脚注：一张脸的雅努斯神。——托马斯·布朗爵士（Sir Thomas Browne）。雅努斯（Janus）本是两面神，一张脸面向过去，一张脸面向未来。

③ 黑暗时代（Dark Ages），指欧洲中世纪。

在你所有的稀世珍宝中，古老的牛津大学，最深得我心、最能给我慰藉的，莫过于你那古老知识的贮藏室——你的书架——

古老的图书馆真是个仙地啊！似乎天下所有的作者都将他们的劳动成果遗赠给了波德莱图书馆，而他们的灵魂在此安息，像是住在集体宿舍里，或在入殓之前的安放地。我不想伸手触摸，以免亵渎那些书页——那是他们的裹尸布。我怕一翻开书，就会惊扰一个灵魂。我呼吸着知识的空气，在书林之间散步，它们古老的、虫蛀味道的封面发出的气息，像长在快乐果园里的知识苹果树果花初放时的芬芳。

对于那些安眠于此的更古老的手稿，我更不敢去打扰了。那些经文杂集，对博学之士那么具有吸引力，于我只是更扰乱我心思、让我不安而已。我不是喜欢在故纸堆里刨的人。看书非要三人成证才能相信，对我来说是没有必要的。我将这些好奇心留给波森[①]或乔治·代尔[②]吧。顺便一提，我发现乔治·代尔像个书虫一样，在奥瑞尔学院[③]翻了个底朝天地搜寻一些罕有人研究的文献。他常年埋首书堆，自己都快变成一本书了。他站在那些古老的书架旁，极少动弹。我真想把他装进俄罗斯的封套里去，放到他该在的书架上去。他自己的学问都可以编纂成一本希腊文词典了。

代尔孜孜不倦地到这些高等学府拜访。我觉得，他那为数

---

① 波森（Richard Porson，1759—1808），英国古典学者。

② 作者只给出了姓氏首字母 D·G，据学者考证，此处可能指作者的好友乔治·代尔（George Dyer），是个出了名的书呆子。《落水生还记》写的也是他。

③ 奥瑞尔学院（Oriel），牛津大学的一个学院。

不多的财产中相当一部分都花到从克里夫旅馆到这些地方去的路费上了。在克里夫旅馆，他像坠入了蛇窝的鸽子一样，长期浑然无知地住在那里，与和他格格不入的律师、律师的办事员、传令官、起诉人、违法者等生活在一起，在这些人中间他过着“平静安宁、清白无罪的平和日子。”[①] 这些法律的毒牙们对他毫发无伤，诉讼的风雨在他的陋室前停息，当他经过时，严肃的警官都向他脱帽致意，合法的或非法的无礼行为都与他无关，没有人想对他施加暴力或待他不公，因为打他如同“打一种抽象概念”。

代尔告诉我，通过多年勤勉的钻研，他调查了与这两所大学[②]有关的所有逸闻趣事；最近，他偶尔发现了关于剑桥成立的许可证手抄本藏集，由此他希望解决牛剑两校之前的一些争议，特别是关于谁先建校这个饱受争议的问题。他怀着极大热情投入到这些自由的追寻中，但是我担心，这种热情在两校都没有得到它应得的鼓励，学院的院长们、领导们，比任何人都更不关心这些问题。他们满足于吮吸母校的源泉，不去探究尊贵的母校的年龄，而是宁可认为这样寻根问底的热情是莽撞无礼、不值一提的。他们拥有良田在手，自然不大关心耙地去寻地契了。以上这些都是我从别处得知的，因为代尔不是一个爱抱怨的人。

当我打断代尔追求的事业时，他像未被驯养的小母牛一样吃惊。因为按推理，我们不大可能会在奥瑞尔学院碰上。不过，即便假设我偶尔碰巧在克里夫旅馆或在伦敦法学院碰到独自散

① 出自弥尔顿的《复乐园》。

② 指牛津大学和剑桥大学。

步的他，跟他打招呼，代尔还是会很惊讶。除了他那令人恼火的近视（长期在午夜的油灯下看书、熬夜学习的后果），代尔是最心不在焉的人。有天早晨他拜访我们的朋友、住在贝德福德的M[①]，发现没人在家，被仆人引入大厅后，他要了笔和墨水，仔仔细细地把来访目的、姓名等写在了登记本上——这些地方通常都有这种本子，以备来访时间不巧或未遇的客人登记使用。然后他颇为客气有礼地离开了，并表达了未见M的遗憾之情。

两三个小时后，他散着步，鬼使神差地又回到了M家附近，一幅安静的画面映入他眼帘：M一家团坐炉边，M夫人主持家事宛若家庭守护女神，他们漂亮的女儿A·S在她身边。这幅画面吸引着他，他不可自持地又去拜访了（忘了他们“毫无疑问下周某天之前不会从乡下回来”）。自然他又吃了闭门羹，他又要了笔、纸和登记本，他正要写下他的尊敬大名时（他的二次签名），他早晨去时的签名（墨水几乎还没干呢）像另一个索西亚[②]一样瞪着他，又像一个人突然碰上了另一个自己一样！结果可想而知。代尔多次痛下决心以后再不犯这样的失误。我希望他可不要这么一板一眼地遵守这条。因为对代尔来说，他有时心不在焉，是因为那时他心系上帝（如果这么说不算是亵渎神灵的话）。你和他正好面对面碰上时，代尔也会全然无知地走过去；如果你拦住他，他又会大吃一惊——那个时候，亲爱

① 据学者考证是巴兹尔·蒙太古（Basil Montagu）。

② 出自古罗马剧作家普兰图斯（Plantus）的喜剧《安菲特律翁》（*Amphitryon*），索西亚（Sosia）是一个奴隶，安菲特律翁出征后，宙斯化身为安菲特律翁骗得他的未婚妻结婚。安菲特律翁出征归来让索西亚回家报信，宙斯让神的使者墨丘利变作索西亚先于真正的索西亚一步到家，让真正的索西亚怀疑起自己来。

的读者们，他正在神游泰伯山，或帕纳苏斯山①，或和柏拉图、哈灵顿②一起活动，描绘着“不朽的国度”的蓝图，为你的国家或种族构想大计，或者是思考着如何友好礼貌待你。突然回过神来发现你就在他面前，总会让他颇为不好意思地大吃一惊。

代尔在哪里都是讨人喜欢的人，但是只有在这些学府里他才能展现出最佳的一面。他不怎么在意巴斯。在布克斯顿、斯卡博罗或哈罗盖特③他也觉得不适应。剑河和伊西斯河④对他来说“比大马士革的所有水流都要好”⑤。在缪斯的山上他快乐美好，像欢乐山⑥上的一名牧羊人；当他带你参观那些大厅和学院时，你会觉得陪在你身边的，是美丽宫⑦的讲解员。

---

① 泰伯山（Mount Tabor），《圣经·约书亚书》中提到的地名。帕纳苏斯山（Parnassus），太阳神阿波罗和众文艺女神聚集的地方。

② 哈灵顿（James Harington，1611—1677），英国政治思想家，著有《大洋国》（*Common Wealth of Oceana*）。

③ 巴斯（Bath），布克斯顿（Buxton），斯卡博罗（Scarborough），哈罗盖特（Harrowgate）均为英国名胜地。

④ 剑河（Cam），流经剑桥的一条河。伊西斯河（Isis），泰晤士河在牛津称为伊西斯河。

⑤ 出自《旧约·列王记下》第五章第12节，原句是指大马士革的水流比以色列的一切水流都要好，这里反义使用。

⑥ 欢乐山（Delectable Mountains），约翰·班扬《天路历程》中圣城的一座高山。

⑦ 美丽宫（House Beautiful），约翰·班扬《天路历程》中的一个地名，讲解员（Interpreter）是书中的一个人物，圣灵的化身。

三十五年前的基督公学

在一两年前出版的兰姆先生的《文集》[1] 里，我发现了对我的母校的一篇歌颂之文。这篇文章写的是 1782 年至 1789 年间他眼中学校发生的一些事。我跟他几乎同校，虽然感激他热情地描绘了学校修道院般的生活，但我认为他是把一切溢美之词集于一文了，狡猾地撇开了学校生活的另一面。

我还记得上学时的兰姆，也还清晰地记得他有一些独特的优待，那是我和其他同学都没有的。他的亲朋都生活在城里，离学校很近；他享有特权去看望他们，想什么时候去就什么时候去——这就是他有而我们没有、说来会招致不满的特殊待遇。现在内殿学院令人尊敬的副财务主管可以解释这是为何[2]。兰姆早上都能喝茶吃热卷饼，而我们只能靠四分之一便士一个的廉价面包填饱肚子——我们只能喝稀释过的淡啤酒润润喉，那啤酒装在小木桶里，倒出来时还带着一股皮革酒囊的味道。

我们周一的牛奶稀饭，颜色发灰，食而无味；周六的豌豆汤，粗糙难以下咽。但是兰姆却还能吃到内殿学院为他特制的热热的“独家黄油面包”。星期三的小米糊，倒是不那么难吃

① 作者脚注：《回忆基督公学》

② 这里作者结合了自身上学的经历，他在基督公学是得到了内殿学院负责人的保荐。

（我们一周吃三天素，四天荤），但是到他盘子里的却多一块双倍提炼的方糖，一块姜（为了更下饭），或一些香肉桂。星期日我们基本都吃腌制的咸货，星期四是半生不熟的炖牛肉（像昂贵的马肉一样硬），盛汤的桶里还漂浮着令人憎恶的金盏菊，让这汤更难喝了；星期五是少量的羊脖子肉；星期二是味道相对可口、但烤煳了的、分量又很少的羊肉（这是唯一让我们垂涎三尺的菜了，但又总是吃不饱，于是这欢喜和失望一半对一半）。而兰姆却可以吃上热热的烤牛肉，或是更诱人的猪里脊肉（我们都吃不到这种肉啊），在他父亲的厨房里做好了，每天由他的女仆或姑妈送过来（这待遇真是太好了）！

我记得他的那位善良的老亲戚（她几乎是屈长辈之尊来关心他），坐在学校回廊角落里的某块石头上，打开食物（比乌鸦给以利亚①带来的佳肴还要更好），还有兰姆在吃这些东西时斗争的心情。他对带饭的姑妈心存关爱，但又为这些食物、以及特别加餐的方式感到羞愧；他也同情那些无法分享食物的同学，但是最终还是饥饿占了上风（最古老的、最强烈的欲望！），打破了羞愧、尴尬和心烦意乱的过度内疚筑起的石墙。

我是个无依无靠的可怜孩子。我的父母，本该关爱我的父母，都离我很远。他们本来指望在伦敦城里的一些熟人给我点照顾，他们在我初来乍到时也确实关照一番，然后就厌倦了我在假期拜访他们。他们觉得我拜访的太频繁了，尽管我觉得不过是偶尔数次而已；于是，一个接一个的，他们都不大管我了，我被孤零零地丢在六百个同学之中。

---

① 以利亚（Tishbite），以色列的先知，出自《旧约·列王纪上》第17章，耶和华吩咐乌鸦给他叼去饼和肉。

噢，一个可怜的孩子与他孩童时生活的故乡分离，这是多么残酷啊！尚未成熟之年，我的思乡之情多么强烈！我一次次梦回故乡（远在西北），它的教堂，绿树，熟悉的面孔！我哭着醒来，在内心的痛苦呼喊着威尔特郡美好的科恩①！

现在我已步入晚年，我回顾那些对无亲无故的假期回忆给我留下的印象。长夏温暖的日子再也不会重来，但是在对全假日萦绕不散的回忆中，却带回来那时的忧郁之情。一到全日假——出于一些奇怪的安排，这一天会完全留给我们自己安排，不论我们是去拜访朋友还是无处可去。我记得那些去新河游泳的短途旅行，兰姆对此津津乐道，我认为他写得有些夸张了，因为他也是个思家心切的孩子，不太在意这些水上娱乐。我们动身出发前往郊野，多么开心啊！我们在夏日第一缕暖阳下脱光衣服，像河里的鱼一样肆无忌惮地玩闹；中午肚子饿了的时候，我们中那些一分钱也没有的家伙（我们早饭吃的面包酥皮勉强饱肚，早就消化掉了）就没办法能减轻饥饿了，而那些牛啊鸟啊鱼啊，全都有的吃，只有我们饥肠辘辘、无物填饱肚子——这也正是全假日的美妙之处：各种消遣活动，自由自在的感觉，也让饥饿感更加强烈了。待到夜晚降临时，我们终于疲乏无力、无精打采地回到学校，赶着吃上我们渴望的一小顿饭。一半欢天喜地，一半不情不愿，我们那心神不安的自由时光就这样结束了！

冬天的时候就更糟了，在街上漫无目的的徘徊，对着版画店冰冷的窗户发抖，费力地为了获取一小点娱乐；或者，最后

---

① 科恩（Calne），英国西南部，威尔特郡的一个城镇。

的办法，怀着希望这次能看到一点新奇东西，第五十次去伦敦塔看狮子[①]（估计管理员将我们每个人的脸都能记住了，就像我们是他管辖下的动物一样）。按照那时的礼节，我们拥有规定的头衔，可以免费进入[②]接受狮子的接见。

兰姆的恩主（我们这么称呼那位给我们提供了款项的资助人）可以说就生活在兰姆父亲的家里。兰姆的任何抱怨自然都会得到重视。在基督公学这点人尽皆知，也成了他奏效的保护屏，保护他免受老师们的责难，或班长们更粗暴的专横暴虐。这些小畜生们的压迫，回忆起来叫人恶心。我曾在寒冬的夜晚故意被叫醒拖下床来，这不是一次两次，而是经常的事。我身上只穿着衬衣，和其他十一个倒霉鬼一起，被他们用皮鞭一顿毒打。因为那个乳臭味干的班长，只要在我们睡下后听到任何说话声，就让我们年龄最小的这批孩子——睡在宿舍里最后六个床铺的，对这种我们既不敢触犯、也无力阻止的冒犯负责。当我们的脚在冰天雪地里冻得要命时，同样令人厌恶的专横将我们这批小孩子从火炉边赶走；当我们在炎炎夏日因为酷暑难耐和白天的运动，晚上热得睡不着觉时，残酷地惩罚不给我们喝一口水。

有一个叫做H什么的家伙，我听说后来，有人看到他因一些违法行为在囚船上服刑（我猜想那可能就是几年前，在尼维斯岛或圣基茨岛[③]服刑的那个庄园主——我这么想是不是自以为

① 伦敦塔内曾有英国皇家动物园。

② 指他们作为基督公学的学生，可以免费进入参观。

③ 属于西印度群岛。

是了？我的朋友托宾亲手将他送上了绞刑架）。这个像尼禄[①]一样的卑鄙家伙曾用一块烧红的铁烙烫伤一个冒犯了他的小孩，没收了我们一半的面包来娇养他的一头小驴子，让我们四十个人忍饥挨饿。真是难以置信，在那个护理员女儿（他的小情人）的纵容下，他把那头驴子偷运进来，养在监护区——他们这么称呼我们的宿舍——的屋顶上。这套把戏持续了一个多星期，直到那头愚蠢的驴子，真不够走运，但它非要自吹自擂——如果它本肯听得劝告，它会比卡尼古拉[②]的宠物过得还要快活。但是，蠢驴啊！被它寓言中的同类还要蠢！养得肥肥的，乱蹬乱踢，吃着充足的面包，自己招来不幸的时刻：它非要对屋顶下的世界正式宣布它的好运；它扯着嗓子嘶叫，吹响了羊角号（像吹倒了它自己的耶利哥城墙[③]一样），公然违抗把自己隐藏此处。这位客人自然被轰出大门，特意赶到了史密斯菲尔德[④]，但我怎么也不明白为何养驴的这个坏家伙没有受到任何指责。这件事发生在兰姆敬佩的佩里先生管理学校的时期。

同样是在这位先生的“灵活”管理之下，难道兰姆忘了吗？开饭前，女监护都要小心翼翼称量供我们晚餐吃的肉，那大块热气腾腾的肉，常常被那些护理员公然用大盘子盛走一半，端到他们自己的桌子上享用，丝毫不受惩罚！在那富丽堂皇的厅堂里，这样的事每天都在上演，而兰姆（我们假定是长大后成

---

① 尼禄（Nero，37—68），古罗马暴君。

② 卡尼古拉（Caligula），古罗马皇帝，曾将他的爱马封为护民官。

③ 出自《圣经·约书亚记》第六章，以色列首领约书亚（Joshua）率军包围了耶利哥城（Jericho），七个祭司吹羊角号七天，吹倒城墙。

④ 史密斯菲尔德（Smithfield），位于伦敦城，曾是牲口和肉食市场。

了一个鉴赏家）却对挂在厅堂墙上作装饰的“维里奥[①]和其他一些人”的伟大画作，大加赞赏。画上那些时髦光鲜、健康茁壮的、穿着蓝色校服的男孩子，我相信那时候对兰姆自己，对我们或其他活着的同学来说都起不到什么安慰作用，因为我们眼睁睁地看着提供给我们的食物在我们被那些残酷贪婪的女魔头[②]端走，而我们只能（像黛朵大厅里的特洛伊人[③]一样）

> 观画以充心灵之饥。

兰姆记录了对学生对肥肉，即白煮牛肉上的脂肪部分的厌恶，认为这是出于某些迷信想法。但是对这些油腻的食物孩子们本来就很讨厌（孩子们普遍讨厌肥肉），那种咬不动的、粗糙的、无盐味的煮肉就更是让人厌恶了。那时一个吃这种肉的人就等于是个盗尸鬼，也和食物本身一样令人讨厌。有个学生就受着这种污名的折磨，

> 听说，
> 他吃奇怪的肉[④]。

---

① 安东尼奥·维里奥（Antonio Verrio，约 1636—1707），意大利画家，将巴洛克风格壁画引入英国，30 多年为英国皇室作画。

② 哈耳皮埃（Harpy）：鸟身女怪，有着女人的头和躯干以及鸟的尾巴、翅膀和爪子的可厌的、贪婪的魔怪。

③ 出自维吉尔的《埃涅阿斯纪》。特洛伊王子埃涅阿斯在迦太基女王黛朵的朱诺庙中观看描绘特洛伊陷落的壁画。下句亦出自此诗。

④ 出自莎士比亚戏剧《安东尼与克丽奥帕特拉》（*Anthony and Cleopatra*）第一幕第四场。

有人看到他在晚餐后，小心翼翼地裹起桌上的剩饭剩菜（不是很多，也不是什么精挑细选的东西，你可以相信我说的话），他以奇怪的方式将这些名声不好的食物带走，偷偷藏到他床头柜里。没有人看到他吃这些东西。有传闻说，他夜里偷偷把它们吃光。有人盯着他，但是没有发现这种半夜鬼鬼祟祟的行迹。有人汇报说，在假日时，他把一大包蓝格子手帕包着的东西带出学校，那里面一定就是他晚餐攒下的食物。

接着大家开始胡思乱想他怎么处置这包东西。有人说他把食物卖给了乞丐。大家对这个说法比较买账。他忧郁地一个人闲荡，没有人愿意跟他讲话，也没有人愿意跟他一起玩。他被排斥在外了，被整个学校拒之门外了。不过他长得强壮，没人敢打他，但是他兀自忍受着每一种这样比鞭打还叫人伤心的惩罚。他仍然坚持着。最后，终于有两个同学决心揭开这个谜底，他们观察他，出于这个目的在他假日离校时尾随他到一幢破旧的大楼里——那样的大楼现在大法庭巷还能见到，通常租给各种贫困人家的，大门敞开着，有一段公共楼梯。他们跟着他溜进大楼里，暗中跟着他上了四段楼梯，看到他敲了敲一扇破旧的门，一个衣衫褴褛的老妇人给他开了门。怀疑现在变成了确信。这两个间谍掌握了他们受害者的行踪。他们抓到了他。于是，控告正式提出，最大的惩罚自然等着他了。海瑟威先生，那时的学校主管（因为这事发生在我离开学校不久），带着耐心的明察秋毫（他一贯如此行事），决定彻查此事再下定论。结果是，被怀疑为乞丐的人，也就是残羹冷炙的接受者或购买者，竟是这位同学的父母，一对年迈体衰的、正直的老两口！该同学及时的给他们带去食物，才使他们幸免于沦落街头行乞。这个小少年，牺牲了自己的名声，一直反哺着这两位老人！

让这个家庭倍感荣幸的是，校董事会得知这个情况后，向他们提供了救济，并给该同学颁发了一枚银质奖章。在当着全校学生的面给那位同学颁发银质奖章的仪式上，海瑟威先生也就此事教育大家不可轻率做判断，谆谆教诲我相信大家都铭记在心。那时我已经离开学校了，但是我记得很清楚，那个同学个子高高的，走路时步子有些拖沓，有点轻微的斜视；别人对他怀有敌意的偏见，他也从不试图消解。我见过他提着一只面包篮子。我似乎听说过，他对自己可不像对待他的父母那样好。

我是一个患了忧郁症的小孩，第一天穿上蓝色校服时，我就看到一个带着脚镣的小孩——这可一点也无助于减轻初来乍到的我心中自然存有的恐惧！我那时尚还年幼，还没到七岁，只在书里读到过这样的东西，或在梦里见过它们。我被告知他是从学校逃跑的小孩，这是对初犯的惩罚。作为一个新学生，我不久就被带领去参观地牢了。那里是一排排的狭小的、方形的、贝德兰姆[1]式的小牢房，铺着稻草和毯子——我记得后来换成了褥垫，刚刚够一个孩子平躺下。有一缕光线，从牢房顶上的小孔斜斜地照进来，看书时勉强能够看得清字。那个可怜的男孩整天孤零零地被关在这里，除了那个给他送来水和面包的门房什么也看不见，那个门房也不能跟他说话，仪仗官一周来两次，把他叫出来接受他的定期惩罚。那个孩子几乎都很欢迎这项惩罚了，因为它可以让他短暂地脱离孤独：在牢房里，夜晚他独自被关在这里，听不到任何声音，恐惧折磨着他脆弱的

---

① 贝德兰姆（Bedlam），伦敦旧时的一家疯人院，全称 St. Mary of Bethlehem，后为伦敦的精神病院。

神经，他那个年龄相信的迷信事件也使他遭难[1]。这是对二次犯事的学生的惩罚。读者们啊，你们还想知道要是犯了第三次会有什么惩罚吗？

第三次犯错者，如果被开除已是不可挽回的，会被带到全校学生面前，像在什么严肃的宗教判决仪式上一样，穿着最骇人听闻的奇装异服——他之前穿的“浅蓝色的囚服”也被盖得看不到了，他穿着一件短上衣，像伦敦灯夫从前喜欢穿的那种，还带着一顶样式相同的帽子。这种剥夺校服的惩罚达到了那些精明的设计者所预期的效果。那个孩子脸色苍白，非常害怕，好像但丁笔下的什么畸形人[2]抓住了他一样。穿着这身衣服，他被带进大厅里（兰姆最爱的大厅），在那儿，等着他的是全体同学，从那以后他再也不能跟他们一起上课、一起游戏了；学校主管那可怕的样子他也是最后一次看到了；行刑的仪仗官，为此场合特意身着他正式的长袍；还有两张更加恐怖的面孔，只有在这种特别情况下才会出现——他们是校董事，每当这种“最终惩罚”之时，学校就选出或委派两名董事来主持事宜；不是来减刑（至少我们是这样认为的），而是来实施这种极端的鞭刑的。我记得老班布·格斯科因尼和彼得·奥波特，就是执行过鞭刑的两个人。当仪仗官脸色变得苍白下不了手时，他们就给了他一杯白兰地让他壮壮胆子。鞭刑是从古罗马传统来的，时间很长，场面严肃。一个执法员陪同着捱过刑的犯人绕厅一

---

① 作者脚注：一两起精神失常或企图自杀的事件，于是最终让学校董事们确信这部分惩罚的失策，这种半夜对精神的折磨才被摒弃。把孩子关进地牢这种做法是霍华德想出来的，对此，（出于对圣保罗的尊敬）我真想向他的雕像上吐唾沫！

② 指但丁《神曲》里描绘的地狱里各种受到惩罚的人。

周。我们全都已经被吓得不轻，之前令人作呕的场面已经根本不敢留意，现在哪里敢抬眼去细瞧那孩子遭受的皮肉之苦。当然，据报告说，那孩子被打得青一块紫一块，浑身发肿。鞭刑之后，他还穿着那身奇装异服被移交给他的亲戚朋友，如果他有亲朋来认领他的话（但是通常这样可怜的逃亡者都无亲无故），或移交给他的所在教区的官员，为了使场面更显隆重，还给这个官员在大厅门外特意设了席位。

好在这严肃骇人的盛大场面并不常有，这才没有毁掉我们在学校里总体而言的欢乐。课余我们有很多活动和消遣。就拿我自己来说吧，我必须承认，我从来没有比和他们一起上课更快乐的时候了。高级和初级语法班是在一个教室里上课的；一条想象中的界限分开了两个班。这两个班像比利牛斯山[①]两边的居民一样不同。詹姆斯·鲍耶牧师是高级班的老师，马修·菲尔德管理初级班，我有幸是初级班里的一员。我们的生活像小鸟一样无忧无虑。我们讲话聊天，想做什么做什么，没有人会干扰我们。我们学的是入门级知识，或语法，或词形，但是尽管这学起来很麻烦，我们还是花了两年时间学完了异相动词，然后又过了两年忘得一干二净。我们时不时需要背书，但是如果你没记住的话，在肩膀上轻轻打一下（轻得像赶走一只苍蝇一样）就是唯一的惩罚。菲尔德从不使用教鞭，实际上，他拿着教鞭也没有什么真正伟大的意图，拿着它只是“像一名舞者一样”。教鞭在他手里看起来更像一种象征，而非一种权威的工具；就连那个象征意义本身他也觉得羞愧。他是个随和的好人，

① 比利牛斯山（Pyrenees），西班牙和法国分界线上的一条山脉。

不在意扰乱自己的内心平静，也许对青少年时光的价值也不太在乎。他时不时地来到我们中间，但也经常一整天都找不见人；当他来了时，对我们来说毫无区别：他有自己的休息室，他在校的短短时间，也会躲开我们的喧闹声。

我们的欢乐和喧嚣继续着。本来就不感激“侮慢的希腊或傲慢的罗马”[①] 那些东西，我们有自己的经典供大家传阅——《彼得·威金斯》、《尊贵的罗伯特·波耶船长历险记》、《幸运的蓝衣服男孩》[②] 诸如此类等等。有时我们也进行一些机械或科学实验，用纸做出小小的日晷，或将绳子精巧地编织穿插，叫做“翻花绳”；或用干豆子在锡管的末端跳舞；或在值得赞美的游戏“法国人和英国人”中研究军事技巧……我们有一百多种其他的类似事情打发时间，将玩乐和益智结合起来，如果让卢梭或约翰·洛克[③]的灵魂泉下有知，会让他们笑起来吧。

马修·菲尔德属于那类谦恭的神职人员，是绅士、学者、基督徒的三体合一，但是我不知道为何，觉得他身上绅士味超过后面两种。他本该来给我们上课，却跑去参加欢乐的聚会了，或在什么主教的接见会上礼貌地鞠着躬。许多年来他都给一百个孩子在入学后的前四五年教他们古典文学课；他教的最多也很少超过《菲德拉斯寓言》[④] 介绍部分的两三篇。我猜不透为何

---

① 出自本·琼生（Ben Jonson）的诗《致我最爱的大师威廉·莎士比亚先生及他留给我们的遗产》（“To the Memory of My Beloved Master William Shakespeare, and What He Hath Left Us”）。这句话琼生后来又用给弗兰西斯·培根。

② 这几本书都是那时流行的冒险故事。

③ 卢梭（Jean Rousseau），法国18世纪启蒙思想家、哲学家、教育家。约翰·洛克（John Locke），17世纪英国哲学家。在教育上都主张在实践中学习。

④ 菲德拉斯（Phaedrus），一世纪罗马寓言作家。

学校能容忍这么教课。鲍耶，纠正这些弊端的合适人选，但他总是面露难色，也许他觉得干涉一个严格来说不属于他职权范围的事很棘手吧。

我不是没有怀疑过，他对结业时两个班的成绩差异未尝不是一点不开心。他的学生像年轻的斯巴达人一样，我们就是希洛人[①]。他有时也会带着一点讽刺味道的尊重，向我们的老师借教鞭一用，然后冷笑着，看着他班上的一个学生说："这教鞭看起来多么新，多么干净啊。"当他的学生都面色苍白埋头苦读色诺芬[②]和柏拉图时，像那个萨默斯岛人[③]命令下学生一样缄默不语静悄悄，我们正在我们的小小歌珊地自由自在地享受生活。我们发现了一点他的训导方式的秘密，这使我们更加安于自己的运气。他的大发雷霆不会降到我们头上；他的狂风暴雨就在旁边，但却不会殃及我们；与基甸[④]的奇迹相比，当我们周围的人都淋了雨时，我们的羊毛还是干的。他的学生是更好的学者；我们，我认为，则有着更好的脾性。他的学生提到他时，感激之余三分恐惧；而对菲尔德老师的回忆却带着慰藉的印象：闲散，夏日的安眠，像游戏一样的学习，纯真的悠闲，身处天堂一样的免除学习之苦，像"玩乐的假期"一样的生活。

虽然我们离鲍耶的管辖足够远，但我们也足够近距离地了

---

① 希洛人（Helot），古斯巴达国家拥有的奴隶。

② 色诺芬（Xenophon，约公元前435—353），希腊将军，历史学家，著有《长征记》一书。

③ 指毕达哥拉斯（Pythagoras），他的故乡是萨默斯岛（Samos），据说他的学员要接受长期严格训练，遵守很多的规范和戒律，推崇自制、节欲、纯洁、服从。

④ 基甸（Gideon），以色列勇士，曾击败过米甸人。基甸的奇迹，出自《旧约·士师记》，耶和华曾按他的请求以奇迹示他，让其他地方都是干的，只有他放在打谷场上的一撮羊毛是湿的。

解到一点他的教学方式（像我之前说的那样）。我们偶尔听到呜呜唉唉的声音，看到地狱底下暗无天日的景象。鲍耶是个狂暴的老学究。他的英语风格潦草难懂，表达又不合规范。他的复活节颂歌（他的职责要他定期写这些文章）就像刺耳的笛声一样。当然，他也有笑的时候，包括开怀大笑的时候，但是这必然是因为贺拉斯[①]关于“Rex”的双关语[②]，或泰伦斯[③]笔下的某个人物一脸严肃的表情，或某个厨子“以平底锅为鉴”——这类乏味的笑话，想必第一次搬上舞台时，也未必能让罗马人发笑。

他有两副假发，都是很书呆子气的，但是含有不同的预兆。一副是宁静的，喜气洋洋的，新鲜扑了粉的，预示着温和的一天。另一副，陈旧的，掉了颜色的，蓬蓬乱乱，带着怒容般的翘着，暗示着常见的残酷惩罚。当他一大早顶着这个气冲冲的假发出现时，全校都感到畏惧。连彗星都没有这个信号准确。鲍耶爱施高压手段。我看到过他紧握双拳揍一个可怜的发抖的小孩（他恐怕还乳臭味干呢），吼着：“小子，你大胆放肆，敢跟我对着干？”最常见的是，他迅猛地从他的休息室或图书室冲进教室，怒目圆瞪，抓出一个小孩，咆哮道：“我的天，小子（他的口头禅），我真想抽你一顿！”然后忽然收起这股冲动，回到他的房间，平息下来过了的几分钟（在这几分钟内，除了那个

---

① 罗马诗人贺拉斯（Quintus Horatius Flaccus，公元前 65—8），被英语世界熟知的名字写作“Horace”。作者用了“Flaccus”来称呼他。

② 罗马诗人贺拉斯在《讽刺诗》中用了这个词，“Rex”在拉丁文中既有国王的意思，也是他讽刺的一个人物的姓。

③ 泰伦斯（Terence 即 Publius Terentius Afer，公元前 195/185—159），罗马共和国剧作家。

触怒他的孩子之外大家都忘了这事），他又火冒冒地冲进来，接上他未完成的那一句，好像什么魔鬼的连祷文[①]没念完一样，他骂骂咧咧地吼着："我不会饶了你的！"在他情绪平静时，当那狂暴的狂怒有所平息时，他便采取一种灵巧的方法，据我所知，算是他的独创了——一边鞭打那个男孩，一边阅读辩论之词；读一段，抽一鞭子；那些时候，当议会的演讲术正在英国风靡一时，但也无法使那倒霉孩子对其传达出来的优雅修辞表示尊敬。

一次，也只有那么一次，他举起教鞭又放下了。那回是古灵精怪的有斜视的小孩 W，被抓到把教师桌子的抽屉拉出来派作另一种用场——显然是桌子设计者未曾计划的用途，为了替自己辩护，他非常简单地证实：他并没有被事先告知不能这样做。任何发生在口头或明确宣布之前的事，法律不予承认

这句话让所有听到的人（鲍耶自己也不例外）无法不让所有人都怔住了，于是这事也就不可避免地不了了之。

兰姆高度赞扬鲍耶作为教师的美德。柯勒律治，在他的文学生涯中，也对他极尽赞美之辞。《乡村观察》的作者更是把他与自古以来最有才干的教师相提并论。也许我们在我们不再谈论他之前，再听听当柯勒律治听闻他的老师临终时发出的虔诚的感叹："可怜的鲍耶！愿他所有的错误得到宽恕；愿他被小天使送往天堂，那些小天使最好有头有翅膀但没有屁股[②]，这样就不会责备他在尘世的过错了。

他确实培养出了许多优秀的种子人才。我上学时第一号优

① 连祷文，牧师领词，教徒应答，一说一答句子相同。

② 可能是讽刺鲍耶对学生的体罚。

等生是兰斯洛特·佩比斯·史蒂文斯，非常善良的男孩，后来也是非常善良的男人，后来和T博士一起担任语法课的老师（不可分离的搭档）。他们的前辈水火不容，而他们形影不离，这对记得他们前辈的人来说，这多么有教益性啊！偶尔在街上只看见其中一个，你一定会感到诧异，不过，你的诧异很快就会被打消，因为几乎跟着另一个人就出现了。通常他们肩并肩，这两位善良的老师为彼此减轻了他们辛苦的教学任务，到年迈之时，一个认为适合退休了，人们便发现另一个不久也放下教鞭了。

噢，这是多么令人愉悦啊，这也是多么难得！发现四十岁时你还有陪在身边你的朋友，自十三岁起他就帮你翻过西塞罗的《友谊篇》，或是一些关于古代友谊的故事，从那时起那颗年轻的心就如此渴望，如此期待！和斯蒂文斯同期的另一位优秀学子是桑顿，之后他在北欧宫廷出色地履行了各种各样的外交职责。桑顿是个高大、皮肤黑黑、沉默寡言的人，极少说话，有着乌黑的发卷。托马斯·法肖·米德尔顿是他的学生（现在是加尔各答的主教了），在青少年时就显出学者之才和绅士风度。他是一位有名的批评家了，是《希腊语冠词专著》的作者（除了《乡村观察》之外），批驳了夏普的观点。据说米德尔顿现在在印度高高顶着他的主教法冠，在那儿“新统治”论①（我敢说）充分地为这种举止做了辩护。像朱威尔或胡克②那样朴素的谦恭大概不能完全适于给那些英属亚洲的教区主教留下深刻印象，让他们对宗主国的制度和那些神父倾力栽培出来的教会

---

① 指英国在印度的殖民统治。

② 英国国教教会建立初期的两个人物。

充满敬意。米德尔顿在学校时的举止，虽然坚定，却是温和的和谦逊的。米德尔顿之后是理查德（如果不算比米德尔顿高一级的学生话），他是《英国土著人》的作者，牛津诗歌奖得主中最有精神气的一位，一个脸色白净、勤奋刻苦的高材生。接下来还有可怜的S，命途不济的M，对于他们，缪斯也沉默了。

发现爱德华的一些子孙①中
翻过他们的历史令人悲哀。

回忆起来，你仿佛还在你诗情才思的黎明之中一样，怀着希望，像你面前燃烧的火柱一般，那黑色的烟柱还未出现——塞缪尔·泰勒·柯勒律治，逻辑学家，玄学家，诗人！我曾看过偶尔穿过回廊的行人驻足而立，脸上透出羡慕的神情（当他正在考虑这位年轻的米兰多拉②谈吐和衣着不相称时），听见你用深沉的、甜美的语调阐释着詹比利克斯和普鲁提纳斯③的秘密（即使在那个年纪你对哲学难题也毫不畏惧），或用古希腊文背诵荷马或品达④的作品，老灰衣修士修道院⑤的墙上也回响着你这位雄心壮志的学生背书的声音！在他和C. V.

---

① 基督公学是由英王爱德华六世下诏建造的，爱德华的子孙又指该校学子。

② 米兰多拉（Mirandula），即若望·皮科·德拉·米兰多拉，康科地亚伯爵（Count Giovanni Pico della Mirandola，1463—1494），意大利文艺复兴时期哲学家，其著作《论人的尊严》（*Oratio de hominis dignitate*）被称为“文艺复兴时代的宣言”

③ 詹比利克斯（Jamblichus）和普鲁提纳斯（Plotinus），都是公元3—4世纪罗马的哲学家。

④ 品达（Pindar，公元前522—443），希腊抒情诗人。

⑤ 基督公学校址原是中古时期圣方济各教派（也称灰衣修士）的修道院。

勒·G[①]之间有很多“智慧的较量”（玩味一下老福勒[②]的话）：“我认为两个人就像西班牙的大型帆船和英国军舰一样，柯勒律治像前者，学术上造诣更高，基础扎实，但表现上慢人一拍；G像后者，知识更少，但是航行起来更轻便，凭借他的敏捷思维和创意，能够顺应海浪随机应变，能够抢风航行或利用所有风向。”

当然也不能忘了你，他们的伙伴，阿伦。阿伦有着热诚的微笑，更加热情的笑声——你听到一些他们俩之间什么犀利的笑话时，或者自己想到什么更有意思的笑话时，你发出的笑声响彻古老的学校回廊。那些微笑和那张美丽的面容你的那张俊俏脸（你是学校里“英俊的尼鲁斯”[③]）已经消逝了。在你成年后依然俏皮的日子里，有次你故意掐了一把一位城市少女，被激怒的她怒气冲冲像母老虎一样转过来，瞬间被你那天使般的面孔驯服，盛怒当即烟消云散，改口那半出口的可怕的骂词“天……”换成一句更加温柔的打招呼：“天啊，保佑你那英俊的脸蛋！”

接下来的两位，现在本应该还活着的两个人，是伊利亚的朋友——小勒·G和F，前者被漫游天下之心所驱使，后者因丝毫不容忍被人轻蔑——我们的学校可怜的减费生有时会遭受轻视，都离开母校投奔了军营，一个死于恶劣天气，一个死在萨拉曼卡[④]的平原上。勒·G，是个乐观、容易激动但个性可爱的

---

① 兰姆只给出姓氏缩写。据学者考证为查尔斯·瓦伦丁·列·格莱斯。译文不做对作者生活中真实人物的考证，故保留原名。

② 托马斯·福勒（Thomas Fuller，1608—1661），英国散文家。

③《荷马史诗》中一个希腊战士的绰号。

④ 位于西班牙。

人；F则是个顽强、忠诚的人，对侮辱先发制人，但他有副好心肠，像古罗马人一样高大。

优秀、坦诚的弗兰，赫特福德郡现在的教师，还有马默杜克·T，一位传教士，仍然是我的好朋友——关于我上学时优等生的事迹，就写到这里吧。

新年前夜

每个人都有两个生日。一年中至少有两天，能让他回想时间的流逝，因为时间掌控着他有限的生命。其中一天，自然是他的生日。随着旧的庆祝仪式逐渐遭废弃，隆重庆祝生日的习俗几乎消失殆尽，只有小孩子们还能庆祝生日，但他们对这些习俗啊仪式啊毫不在意，也茫然无知，只知道能吃上蛋糕和橙子。但是新年来临的这一天，普天同庆，连国王或鞋匠也无法置之不理！没有人会漠视元旦那天。那一天，每个人都会追溯自己过去的年月，算算有生之年还有多少剩下的时日。这是人类共同的生日。

钟声是环绕天堂的音乐。在这世上所有的钟声里，辞旧迎新的钟声最庄严肃穆，最动人心魄。在那样的钟声里，我总是不禁回望昔年，十二个月的记忆画面一一浮现。一年已逝，追悔莫及，我做过些什么，经受过几番苦难，表现得如何，又忽略了哪些？像人之将死方知生之意义，旧年逝去之际我才领悟它的价值。这些感悟带有个人色彩，并非只有当代诗人才能生出奇思妙想，他感叹：

> 旧年的身影一闪而过，我只看见它的裙角[①]。

---

① 出自查尔斯·兰姆的好友，英国诗人塞缪尔·泰勒·柯勒律治（Samuel Taylor Coleridge）的诗《致逝去的一年》（“Ode to the Departing Year”）。

旧年的离去总是带着淡淡的哀伤，似乎我们都能感受到诗里描摹的那种情愫。昨夜，我又一次产生了这样的感觉，大家也我一样吧。虽然我的一些同伴故作欢欣鼓舞，翘首期盼新年，掩饰对旧年逝去那温柔的追思。我可不是这样的人——

但见新客至，急催旧人离①。

我天性如此，害怕新事物：新书籍，新面孔，新一年——内心的波澜让我害怕面对未来。我对未来不抱多少憧憬，只对昔年那些已成历史的“未来”满怀希望。我陷入过去的幻影和既定的结局，匆匆掠过往日的失意，但我如披铠甲，那些挫折不再叫我心灰意冷。我在这幻想中宽恕或战胜了旧时的宿敌。曾经让我付出了巨大代价的事，此时像赌徒口中的游戏，我愿再玩一局。但我不愿改变我生活里的那些意外和变故，就像我不愿改写构思精巧之书的情节。我曾深深爱恋爱丽丝·温顿，她的金发明眸让我神魂颠倒，让我最宝贵的七年青春时光付与爱而不得的哀伤。但我宁可经历这刻骨铭心的爱之历程，也不愿让那绵绵情意一笔勾销。老道雷尔曾骗走我们全家的遗产，但我宁可失去银行里的两千英镑，也不愿和那个巧舌如簧的老无赖冰释前嫌。

我总是沉湎于回首童年，这似乎有失男子汉气概。但是，我想问，若是时光倒转四十年，一个孩子可以爱自己而不会被归咎为顾影自怜，这算不算是个悖论呢？

---

① 出自英国诗人亚历山大·蒲柏（Alexander Pope）译的《奥德赛》。

如果我有自知之明，在勤于反躬内省的人当中——我正是其中一员，他们通常都会尊重现在的自己，无人像我这般看不起现在的我！现在的伊利亚！他轻浮自负，脾气反复无常，是个臭名远扬的……[①]，又嗜好……[②]，独断专行，听不进人劝，也从不帮人。除此之外，他还像个小丑一样可笑；结结巴巴，口齿不清。尽管直言你的想法吧！不必口下留情！我赞成你说的一切观点，甚至那些你难以启齿的评判！但是对小伊利亚，孩童时的我，那个远去的影子，我无法不珍惜关于那位小少年的一切记忆！我必须声明，这个孩子和四十五年后[③]的那个愚蠢的中年人没有半点关联。小伊利亚似乎是别人家的孩子，不是我爸妈生出的那个我。小小的他五岁时得了天花，吃很苦的药，我简直要为此流泪；我似乎附身到儿时的自己身上，他发着烧，小脑袋无力地靠在基督公学[④]的枕头上，我和他一同惊醒过来，睡眼惺忪中看见一位陌生人像母亲一般温柔地弯下腰来，看护他安睡。我知他从不说谎——上帝啊，保佑伊利亚吧！你成年后的变化是多么大啊！你将永失纯真，老于世故！那时的小伊利亚诚实守信，勇敢无畏（对这么瘦弱的一个小孩子来说是如此），他是那么虔诚，满脑子奇思妙想，对一切充满希望！那个尚未变成如今的我的孩子，我记忆中的那个孩子真的是我吗？而不是什么伪饰了真面目的监护人，以虚假的身份出现，规范我不谙世事的人生步伐，端正我的道德品行！

---

① 此处原文留白。

② 此处原文留白。

③ 此文写于1821年，作者此时正好45岁。

④ 基督公学（Christ's Hospital），是英国的一所著名传统的公学，由英皇爱德华六世创办于1552年。查尔斯·兰姆曾在此就读。

我耽于怀旧，不指望得到别人的同情。这些怀想，多是出于我那病态的怪癖吧。要么，就是另外一个原因：我一个孤家寡人，每日所能关注的就只有自己了。没有子女绕膝之乐，我只能回到回忆里去，将那孩童时期的自己当做我的继承人和心肝宝贝。亲爱的读者（你们也许都是大忙人），如果我这些萦绕的思绪对你们来说太过异想天开，丝毫不能激起你们的同情，我只能独自隐匿，回到伊利亚的虚幻世界，不被冷嘲热讽所扰。

抚养我长大的长辈们，总是以庄严神圣的态度恪守一切旧习俗，辞旧之际，他们总要举行特殊的仪式。那些日子里，午夜回荡的钟声，尽管本是要在我身边制造出欢乐闹腾的气氛，却总是给我带来悠长的深思。只是那时的我，不曾明白它的含义，也不曾意识到这与我有什么关系。不仅是孩子，直至他们长成三十而立的年轻人，也从未特别想过人终有一死　他当然知道这点，如果有必要，他还大可以对生命的脆弱性做一番长篇大论，但是，他从未想过死亡和自己有什么关系，就像我们在夏日炎炎的六月想象不出十二月冰天雪地的日子。然而现在，我可否向你们坦白实情？我已对人生的账本算得太清楚了。我开始计算自己寿命的长短，对我花费的每一个时刻、每一段短短的光阴都耿耿于怀，就像守财奴舍不得动他的一分一厘一般。随着我的有生之年不断减少、缩短，我就更加依赖于那一段一段的岁月，我多想用手阻挡时光车轮的滚动，却只是徒劳无用罢了。我不甘心“像织工的梭子”一样匆匆走完人生的旅程。这些比喻丝毫不能安慰我，也无法让死亡的苦楚滋味变得甜美。我不愿在生命的大潮中随波逐流，和其他人一样被送入永恒的世界；我不愿向那不可避免的命运历程低头。我爱这绿色的大地；爱这小镇和乡村的一草一木；我爱那妙不可言的归园田居，也爱走在大街小巷中的甜蜜安心。我只想在这里扎根安住。我希望自己就定格于此岁，希望我的朋友们也永驻此芳龄：不要更年轻，不要更富有，也不要更英俊了。我不想随着岁月老去，像人们说的那样，熟透的果实坠入坟墓。在我的世界里，衣食住行上的任何一点改变都能叫我困惑不安。我的镇家之神[①]牢牢扎根于此，强行拔起就会流血。他们不愿漂泊到异乡的海岸，新的生活只会叫我不适。

太阳，天空，清风，独自漫步，夏日的悠长假期，绿意盎然的田园，鱼肉鲜美的滋味，社交宴饮，举杯欢庆，摇曳的烛光，炉边闲谈，无伤大雅的虚荣，诙谐趣话，还有反语嘲弄——这些都要随着生命逝去而消失吗？

当你和鬼魂在一起聊至开怀处，他能捧着瘦瘦的肚子大笑吗？

还有你，我午夜的伴侣，我的对开本藏书！我将再也不能将你们紧紧拥在怀里，不再享受那样震慑心魂的狂喜？知识，如果你还能对我敞开你的殿堂，我却只能通过笨拙的直觉感应，将再也不能从熟悉的阅读过程中踏上去往你那里的小路？

在彼岸世界里，我还能拥有友情吗？当我想念朋友们时，我将再也见不到他们在我身边露出微笑，再也见不到那些熟悉的脸庞上“让人安心的表情”？

严严冬日里，这种不愿离世的情绪让我不堪忍受——姑且这么委婉地表达吧，它萦绕不散，将我重重包围。而在温和的

---

① 在不少宗教信仰和民间传统中，认为每一个家庭都由一位守护神看管和保护，人们将其视作家庭一员并供奉它。

八月午后，在闷热的天空下，人是否终有一死却又变得令人怀疑了。那些时候，即使是我这样的穷人，也能感受到永生。我们入草木抽枝发芽，又一次变得健康强壮，勇敢无畏，聪慧过人，身材高大。然而，逆风催人老，又将我赶入对死亡的思虑中。万物都与那无形的死神有着千丝万缕的联系，臣服于死神带来的生命无常之感；寒冷，麻木，噩梦，迷惘，鬼魅般的月光洒下斑驳寒影——月亮，这太阳冰冷的鬼魂，太阳神病弱的妹妹，像《雅歌》里吟诵的营养不良的小女孩①——我不是月亮奴颜婢膝的仆从，我跟波斯人一样是太阳的崇拜者。

无论什么妨碍我行事顺利的麻烦，都会让我产生死亡的幽思。所有小不幸，比如闹情绪，也会叫我想起那个该死的大瘟神。我听说过有人漠视生命，这些人反而把死亡当成他们的避风港；他们说坟墓是温暖的臂弯，只有在那里他们才能安眠，如同睡在柔软的枕头上。有些人甚至追求死亡——但是我要对死亡说的是：你这个肮脏丑陋的幽灵！我憎恶你，讨厌你，诅咒你，我要和约翰修道士一起把你扔给十二万个魔鬼，永世不被宽恕，不被容忍，所有的人都会像回避一条毒蛇一样回避你，还要将你打上烙印，禁止任何人与你接触，永远咒骂你的邪恶！无论如何我也不能容忍你的存在，不管你是消瘦、忧郁的无形之物，还是可怕、混沌的实体！

这些为了抗拒对你的恐惧而找的托辞，都是令人沮丧的和

---

①《雅歌》(*Canticles*) 是圣经旧约《五卷书》之一，又被称作“所罗门的歌中之歌”(Song of Songs of Solomon)，“所罗门之歌”(Song of Solomon)，“歌中之歌”(Song of Songs)。其中第八章第八节有一句提到“我们有一小妹，她的双乳尚未长成。”(“We have a little sister, she hath no breasts.”)

叫人倍感侮辱的，就像你给我们带来的感觉一样。有种说法称，死亡让人“和帝王君主一同安眠”——这人可能一辈子也没渴慕过这些王族的生活，这能带来什么满足感？还有这种说法，死亡确让人在彼岸世界“容颜永驻”[①]——那么，为了安慰我，爱丽丝·温顿必须得变成鬼吗？但是，比这些都还要叫人反感的，是刻在你们那些普通墓碑上的墓志铭，那些放肆之言，真是莽撞无礼又不合时宜！好像每个死人都要拿他令人作呕的陈词滥调来教导我，比如，“此人长眠此地，很快我也将随。”朋友，恐怕我不会是你想象的这么快！至少这会我还活着呢，我活动自如，一个人健康得顶二十个你。你还是有点自知之明吧！你能欢庆元旦的机会怕是所剩无几了，可我还活着，兴高采烈地步入 1821 年。再饮一杯酒吧——在那狡猾善变的钟声响起时，它刚悲哀地为逝去的 1820 年奏响挽歌，又立即改换调子欢乐地为新年到来献上欢迎曲。让我们和着隆隆钟声，高唱热情乐观的柯顿先生曾在跨年之时写下的诗歌——

新年颂歌[②]

听，雄鸡啼晓，天边明星闪耀

告诉我们，那一天即将来到；

看，曙光冲破夜色苍茫，

---

① 引自歌谣《玛格丽特和威廉》（“Fair Margaret and Sweet William”）。玛格丽特在心上人威廉和别人结婚后自杀，化身鬼魂出现在他的梦中。威廉在梦中向她承认自己爱她胜于爱自己的妻子。梦醒后的威廉在棺材里找到了玛格丽特的尸体，遂也自杀。

② 查尔斯·柯顿（1630—1687），英国诗人、作家。原诗每两句韵脚相同，译文也尽量保持每两句押韵。

西边山峦笼罩金色光芒。
雅努斯神[1]一同出现，
悄悄窥视未来之年。
他的表情似乎透露。
未来前景不似我们羡慕。
我们满怀期盼翘首以待，
预言却给我们笼上阴霾。
未知的恐惧让人不宁，
反倒带来更多的不幸。
那些灵魂备受折磨的烦扰，
比真的发生不幸还要糟糕。
但是，等等！我想我亲眼看见，
更明亮的光芒把那好消息呈现。
雅努斯神眉宇安详，
换了刚才忧愁模样。
他转过去的脸写着厌恶，
对已逝的旧年蹙眉而顾；
但他转过来的另一面脸，
正对新的一年展露笑颜。
他从高处俯瞰下去，
新的一年一览无遗；
对这位严谨的发现者来说，
每时每刻都难逃他的捕获。

① 雅努斯神（Janus），罗马神话中的门神和拱门神，头部前后各有一张面孔，故也称两面神，司守门户和万物的始末。一月（January）一词也与此相关。

他脸上的笑容连绵，
只因为这喜人转变。
我们何必怀疑恐惧，
这一年将如何继续？
他在第一个清晨对我们微笑，
必是将这新一年的好事宣告。
虽然过去的一年糟糕透顶，
这只是个再好不过的证明：
最坏时日我们都能度过，
新的一年我们必能过活。
按道理说再到后年，
日子就会好到无边：
因为正如我们知晓，
厄运不会永远缠绕；
好运终会光顾我们，
带来所需收获万分。
好运总是天长地久，
不像厄运短暂停留。
若是三年之中一年丰盛，
他却仍旧埋怨命运可憎，
对于这种不知感恩之徒，
上天该把他的好运剥除。
那么，让我们欢迎新的一年，
斟满酒杯致以最美祝愿；
愿好运常来，笑口常开，

就连灾难也变美好起来：
尽管这位新客[1]转身离席，
让我们给自己鼓足全力，
我们只要坚持过完今年，
明年此日再见她的笑颜。

亲爱的读者们，你们觉得怎么样？这些诗句有没有透露出老英国人血脉中粗犷豁达的味道？它们有没有像一杯甜酒一样，让你感到心怀畅阔，热血沸腾，气壮山河？刚才絮絮叨叨的那些，或者是装出来那些对死亡的哀鸣呢？这清晰流畅的诗有如具有净化能力的阳光，让它烟消云散了！我们那无缘无故的忧郁，也在赫利孔山[2]的诗歌之泉里一洗而光了！那么，现在，让我们再斟满一杯酒，举杯共祝各位新年快乐，祝我们还将欢庆许许多多个新年！

---

① 原诗用了“Princess”（公主）一词，前句也有用“新客人”（New Guset）一词，皆把元旦这一天拟人化了。

② 古希腊人认为赫利孔山（Helicon）是文艺众女神（Muses）居住的地方，诗及诗的灵感源自山边的两股泉水。

巴特尔太太谈打惠斯特牌

“炉火清亮，地板干净，打牌严谨。”这是老莎拉·巴特尔（现在她已经在天堂安息了）最大的心愿，除了祈祷之外，她最爱的就是打惠斯特牌。她可不是你们那种冷淡的赌徒，如果你希望找个人凑齐牌局，你出一半人，另一半人也不反对来一手；这些人对赢牌没有什么乐趣，他们喜欢赢一局输一局，可以非常愉快地在牌桌上消磨一小时，但是对他们在打不在打漠不关心；他们希望对手不小心出错牌，收回去再放下另外一张。这些吊儿郎当的人是牌桌的祸害，让人难以忍受。一只苍蝇败坏一锅粥——对这类人只能这么说，他们不是真的在打牌，而是拿打牌当儿戏。

巴特尔不是那种人。她像我一样厌恶他们，实实在在地厌恶那群人。除非万不得已，她不会愿意和他们坐在同一张桌子上的。她喜欢一个出手利落的搭档，一个意志坚决的对手。她摸牌，出牌，不允许让牌。她憎恨偏袒。她从不会犯规另出他牌；对方要是犯了规，她也绝不会忽略不计，一定要罚掉最高罚金为止。她打牌如打仗：短兵相接，激烈交锋。她不会拿着她的好剑（她的牌）“像舞蹈演员一样”假模假样地挥两下完事。她坐得笔直，既不会向你露出她的牌，也不会试图窥探他人的牌。每个人都有他的弱点——他们的迷信：我听过她秘密地声称，红桃是她最爱的牌。

在我一生中最好的年华里，我与莎拉·巴特尔相识多年，我从未见她临出牌前拿出鼻烟壶闻一闻，或打到中途去剪烛花，或一局还没完全结束前就打铃召唤仆人。她从来不会在牌桌上开口聊天，或纵容别人聊天，她的牌桌上不会有各种各样的谈天。就像她斩钉截铁地评论道的：打牌就是打牌。她的神色中有一种上世纪人特有的精致优雅，有次我看到她面露厌恶之情，那是因为一位爱好文学的年轻绅士，几经别人劝说才肯过来打一局，但又过于口无遮拦，声称他认为在严谨的学习之后，用这种娱乐方式偶尔放松放松脑筋没什么害处。她不能容忍别人这么看待那倾尽了她所有才能的高贵牌业！打牌是她的事业，她的职责，她来到人世就是为做这件事的，她也确实做着这件事。打牌之后她才会放松放松——读一读书。

蒲柏[①]是她最喜欢的作家，他的《夺发记》是她最爱的作品。有次她帮我一个忙，将诗中著名的奥伯尔[②]牌戏的打法重新表演给我看；还把奥伯尔和崔德里勒两种打法的一致之处和不同之处都解释给我听。她的阐释适当贴切到位，我乐于将她讲的内容送到鲍尔斯[③]先生那里去：但是我觉得它们来得太迟了，无法被编进他对那位作家所作的精心注释中去。

---

① 亚历山大·蒲柏（Alexander Pope，1688—1744），18 世纪英国著名诗人。他的诗歌《夺发记》（*Rape of the Lock*）中有贵族打牌场面的描写。

② 奥伯尔（Ombre），一种三人玩的牌戏。后面的崔德里勒（tradrille）是一种三人单打的牌戏。

③ 威廉·鲍尔斯（William Lisle Bowles，1762—1850），英国诗人，编订过蒲柏的诗集。

夸得里尔[①]，她常告诉我，是她最初爱打的牌，但是当她牌技日臻成熟时，她开始喜欢上惠斯特。前者，她说，浮华不实，似是而非，很容易诱惑年轻人。搭档不确定且经常更换，这正是搭档一旦确定就坚定不移合作到底的惠斯特牌所厌恶的地方。最大王牌拥有光彩夺目的至上权力和华丽堂皇的授权，她认为很荒谬，在惠斯特牌的纯粹的贵族阶层中，王权和嘉德勋位给与他适当的权力，不会超过其他尖子之上。前者单枪匹马作战那种轻率的虚荣，常为新手所喜爱，尤其是无搭档大获全胜那种不可抗拒的吸引力；就赢牌来说，惠斯特牌不可预见，自然没有什么可以与前者那种赢牌比肩或接近的胜利。她说，正是这些使夸得里尔成为让热血的年轻人着迷的牌戏。但是惠斯特牌是一种更扎实可靠的游戏——这是她的原话。它是一顿长长的正餐，不像夸得里尔，只是随便抓抓吃吃的一顿饭。一两局惠斯特打下来，一个晚上就过去了。它们给予时间来形成深刻的友谊，培养稳定的对手。她鄙视夸得里尔牌那种偶然为之的、变幻莫测的、不断变动的结盟关系。夸得里尔的小冲突，她说，让她想起马基雅维利描绘过的意大利那些小城邦之间短暂的小纠纷小动乱，不断地变换态度和联盟；今天是不共戴天的仇敌，明天是甜甜蜜蜜的爱人；一口气的时间里，前一秒还在接吻，后一秒就撕扯上了；但是惠斯特的战争相比而言要长久稳定、根深蒂固、理性十足，就像古时英法两国的战争一样。

对她最喜欢的牌戏，她尤为赞赏的就是一种庄重的朴素。

---

① 夸得里尔（quadrille），四人用四十张牌玩的牌戏，流行于18世纪。

这种牌里没有什么不合理的地方，像克里比奇[①]中的杰克[②]，没有什么多余的地方。惠斯特牌也没有什么同花顺，同花顺——这真是一个理性的人想出来的最不理性的托辞，一个人凭借拿到同花色的牌，不用打，也不管每张牌各自的价值和资格，就可以得到四分！她认为这个太没有道理了，好比打牌人的志向就像一个作家只想押出头韵来一般可怜。她看不起肤浅的东西，她评判一种牌，可不只是看它们表面的花色。一套牌就是一列士兵，她说，必须穿上统一的制服以辨认他们：但是若有一位愚蠢的乡绅，声称让他的佃农们穿上了红色夹克，但是从未编列成队、上阵打仗，却认为自己功勋过人，我们对他还能说些什么呢？她甚至希望惠斯特牌再简化一点，在我看来，她是想把一些附属的东西都去掉——人性之脆弱才原谅甚至赞许性地允许了它们的存在。她觉得通过翻牌来决定王牌是毫无道理的，为什么不把一套牌专门定为王牌呢？每套牌的花色就已足够可以分辨出它们了，为什么还要用两种颜色呢？

"我亲爱的老夫人，但是人类的眼睛看到多种多样的色彩才更愉快。人类不是纯粹的理性生物，必须接触各种事物，他的感官才能愉悦。我们看到在罗马天主教国家里，音乐和图画吸引了许多人来顶礼膜拜，而贵格教禁止声色的教义就将信徒拒之门外。就连你自己也有一大批漂亮的藏画嘛，但是请坦白告诉我：当你走在你位于桑丹姆的画廊里时，在凡代克[③]笔触细致

---

① 克里比奇（Cribbage），一种由 2—4 人玩的纸牌戏，每人发牌 6 张，先凑足 121 分或 61 分者为赢。

② Nob，指克里比奇牌戏中与所翻的牌同花的杰克（J），持有者得 1 分。

③ 凡代克（Anthony Vandyke，1599—1641），出生于英国弗兰德斯的画家，后以画宫廷画出名。

的画作、或放于前厅的保罗·波特[1]的画作中间，你难道不感到心中澎湃着一种高雅的喜悦吗？你几乎每天晚上都要打牌，你的眼睛扫过那些排列整齐、各种各样的花牌，那种感觉不也是类似于此吗？牌上的人物穿着滑稽古怪的漂亮衣装，像是列队前进的传令官，那欢快的、保证胜利的红色牌，与之相对比、具有致命杀戮能力的黑色牌——“头发灰白的、神情庄重的黑桃。”光辉荣耀的梅花杰克[2]！

“这些都可以摒弃，就直接在土褐色的纸牌板上写上它们的名字，不要图画，照样可以顺利地打下去。但是牌的美感就永远不复存在了。剥去了纸牌中的想象性，它们就降格与赌博无异了。想想一张单调的、死气沉沉的纸牌板，在鼓皮上铺开了就能打，而不是精致的绿色牌垫子（就像大自然中的草地）——那才是最适于那些高贵的牌手们进行英勇格斗和反击的场地！将那些精致的象牙计分板——中国艺术家的杰作，他们自己也不懂刻在上面的符号是什么意思；雕刻起来俗气地轻视了它们的真正用途（就像以弗所[3]的熟练工匠制作女神的神龛一样）。干脆将牌和牌具都换成小皮块（我们祖先使用过的钱），或粉笔和石板！”

老夫人微笑着，坦言我说的在理。关于这个她最爱的话题，由于我那晚说的这番话深得她心，她去世之后，我蒙恩得到了她的遗赠：一种珍贵的比克里奇牌的计分板，用精致的赭色大

---

① 保罗·波特（Paul Potter，1674—1747），荷兰画家，以画动物画出名。
② pam，在几种特殊的牌戏中梅花杰克被称为此，但不同牌戏该牌的威力不同。
③ 以弗所（Ephesus），古希腊小亚细亚西岸的一座重要贸易城市。

理石做成，她舅舅（老瓦尔特·普鲁默[1]，我在其他文章中也提到过的）从佛罗伦萨带回来的。除此之外，我还获赠了五百镑遗产。

前一种遗物（尽管我觉得没什么价值）我虔诚地爱护它，悉心保存着，尽管她自己，坦白地说，从来不喜欢打比克里奇牌。“比克里奇牌本质上是种粗俗的游戏。”我听过她和她特别爱打此牌的舅舅争执时说。她从来无法开口说“宕![2]”或“吊牌!”她称之为不符合牌规的游戏，这种打法让她觉得困恼。我知道有次她丧失了赢牌机会（赌注是五先令[3]），因为她翻到一张杰克，本来是胜算在握，但是她不愿按牌规不光彩地叫一声“托他的福，两分!”她的这种克己之中尽显高雅之气，莎拉·巴特尔真是一位天生的高贵女士。

皮克[4]牌她认为最好是两个人打，尽管她会嘲笑那些迂腐的术语，比如“初始得分”、“再得分”、“全胜”，（她认为）它们听起来装模作样的。两个人或三个人玩的游戏，她从来都不喜欢。她爱四人打的牌戏。她这么论证：打牌就是打仗，目的是为了光荣获胜。但是纸牌是掩藏在娱乐外衣下的战争：狭路相逢，目的昭然若揭。只有对手，战争太紧，即使有旁观者，也好不到哪里去。没有什么观牌者是真的在意牌局的，除了打打赌外，而这样一来打牌就成了纯粹的赢钱活动；他不体谅关心你的运气，也不关心你打得怎样。

---

① 指在《南海公司》一文中提到过。

② 宕（go），吊牌，都是牌戏术语，指打牌中未能完成定约。

③ dollar，英国旧时钱币，五先令硬币。

④ 皮克（piquet），两人对玩的一种牌戏，共 32 张牌。

三人打牌更糟糕，像一场赤裸裸的战争，各自为营、相互混战，像在克里比奇牌中一样，无联盟也不结盟；或是一场卑鄙、相互冲突的利益之间的轮流交替，一连串无情无义的同盟，随时可以背信弃义，像在崔德里勒牌中一样。但是四人游戏（她指惠斯特牌），实现了牌类游戏中一切可能得到的好处。尽管每种牌戏都有光荣赢钱的刺激，但是在其他游戏中并未完美体现出来，因为它们的旁观者只是无力的参与者。但是惠斯特牌中的各方既是旁观者也是主要参与者。他们是自己的剧院，旁观者是不需要的。没有比旁观者更糟糕、更不合时宜的了。惠斯特牌厌恶中立，或多余的利益方。你牌技精湛或运气好，打得顺手，不是因为有个冷漠的或感兴趣的旁观者看着你打牌，而是因为你的搭档不论什么情况都与你并肩作战。你为了两个人赢牌，为了两个人获胜。赢牌两个人高兴，输牌两个人丢脸；输牌的耻辱两人各担一半，就像两人联手，嫉妒全无，让你的荣誉翻倍。两个人输给另外的两人，比一对一的屠杀更容易和解。敌意由两人分担更容易消减，战争变成了文明的游戏。——用这样的推理，老夫人为她最爱的消遣辩护。

如果一种牌戏里有运气的作用却不分最终输赢，那就怎么也无法说服她打这种牌。运气（此处我们又一次称赞她得出的巧妙结论！），她主张说，若无其他东西依赖它而存在，就毫无价值。很明显，这里的“其他东西”不会是荣誉。如果一个人独自或当着众人面翻到了一百次大小王牌，但是却没有下注，他有什么理由狂喜呢？如果制造出十万张彩票来，每张都是中奖号码，却没有奖金，那么即使一个人无数次连续抽到彩票，除了愚蠢的惊异之外，我们本性之中有什么地方可能得到满足呢？因此，她不喜欢将运气混入不争输赢的双陆棋[1]中。她说那很愚蠢，那些人也是傻瓜，竟然被棋中的运气迷住。纯粹拼技巧的牌戏她不喜欢。那种牌要是为了赌注而打，就变成了纯为急于求胜的计谋较量，如果为荣誉而打，就成了纯粹一对一的智力比拼——他的记忆力，他的组牌能力或技巧，像是检阅中的模拟战斗，兵不血刃，无利可图。她无法想出有什么游戏能缺少古灵精怪的运气的注入——能舍得让好运施施然离去。如果她在房间中间的桌子上和人打惠斯特牌，房间角落有两个人下着国际象棋，会让她觉得难以忍受，憎恶又厌倦。那些雕刻精美的城堡，骑士[2]，棋盘上的棋局，她会觉得（我认为在这里她是有道理的）杂乱无章、毫无意义。那些激烈的争斗怎么都不会让人着迷。它们舍弃了形式和色彩。找只铅笔，找块干巴巴的石板（她常这么说），做那些战士的比武场就够了。

有些弱者反对打牌，认为打牌培养了不良爱好。她会反驳说人类本来就是爱赌博的动物，他必须——总是试图在某个方面或其他什么地方获得更好的东西，没有什么比打一局牌更能安全地排解这种欲念了：牌是短暂的幻觉，仅仅是一场戏；我们打牌时那么投入，只是为了挣那几先令的闲钱而已。在整场幻觉中，我们那么投入，好像是为了王位和王国而争夺一样；它们是一种梦想中的战斗，双方不惜大费周章；它们是一场伟大的战斗，但几乎没有什么流血；双方大动干戈，目的却与之不相称；比起人们人生中的那么多场严肃的、而又不知其严肃

① 双陆棋（backgammon），巴加门，15子棋，两人掷骰子决定行棋格数。

② 国际象棋（chess）的棋子有王、后、城堡（车）、主教（象）、骑士（马）、兵之分。

性的争夺来说，它同样有趣，却更加无害。

对老太太在这些事情上的看法我怀着极大的敬意，我想我的人生中经历了一些不为任何目的而打牌的时候，是很令人愉快的。当我生病时，或精神不佳时，有时我会要求不赌输赢地打上一局，跟我表姐布莱吉特·伊利亚打一回皮克牌。

我承认这么玩是有点鄙陋了，但当你因为牙疼或脚踝扭伤不大有兴致，或缺少精神气儿时，你会甘心忍受一种低下的行动力。

我相信，一定有一种用来专门给病人打的惠斯特牌。

我承认，这种病人专用牌戏不是人们最高级的消遣——我请求莎拉·巴特尔的灵魂原谅，唉！她已不在人世了！我应该向她道歉。

但是在身体欠安的时候，我的老朋友所反对的事情似乎都变成可容许的了——我喜欢摸到三张或四张同花顺，即使它们没有什么意义。我向一种低级趣味屈服了。赢牌的幻影逗乐了我。

我和我的好表姐最后一次打牌，我大获全胜（我敢坦白告诉你们，我有多傻吗?），我真希望这牌能永远打下去，尽管我们一无所获，一无所失，尽管它只是小小的娱乐；我永远愿意继续这种闲适、傻气的活动。小瓦罐在炉上永远沸腾着，它里面装着治我脚伤用的温和药剂，牌一打完布莱吉特就要给我敷药；反正我不怎么喜欢这种药，就让它永远在炉子上冒着泡吧。布莱吉特会和我一直打牌，直到永远。

耳朵论

我没有耳朵——

读者们，不要误会我的意思，不要以为我天生就少脑袋外面的两片附属物，那贴在脸颊两侧的装饰，（从建筑上来说）人类身体上漂亮的涡形花样物体。我要是从未生出耳朵来就好了！因为我认为，如果我的这对捕捉声音的管道足够敏锐，能充分地发挥作用，我就不会嫉妒骡子的大耳朵，或鼹鼠的敏锐听觉了，在那精工细作的迷宫里，进入的可都是必不可少的消息音讯。

我也不会招致、或做什么事来招致那种可怕的毁容，像笛福一样，被砍去耳朵迫使他不能再狂妄自大，觉得耳朵无关紧要、"满不在乎"①。托我的守护星的福，我从未被惩罚戴上颈手枷②，如果我对我的运气洞察正确，在我有生之年我都不会如此。

因此我说我没有耳朵，你该理解我的意思了——是对音乐

① 出自亚历山大·蒲柏的讽刺长诗《愚人志》（*Dunciad*），该诗有不同年份的三个版本，讽刺了当时的一批社会名流，包括丹尼尔·笛福。该诗的第二个版本中女神道尔尼斯（Dulness）向科尔（Curll）展示了一些著名愚人的命运，其中笛福的耳朵被砍掉。

② 丹尼尔·笛福曾因为写《非国教徒最短处理法》（1702 年）冒犯了辉格党和保皇党人政府，因此被戴上颈手枷，在监狱里关押了几个月。

而言。但是如果说我这颗心从来没有沉浸在美妙的音乐中，那也言过其实——《水在海中分》[①] 从来都不可思议地触动我的心房，还有《婴儿时期》。但是这些歌通常都是由羽管键琴（那些年代流行的乐器，现已过时了）伴奏，由一位女士演唱。那位女士一定得是最温柔的、最甜美的（不辱这个词），我为什么要犹豫着说出这个名字呢——S 夫人。她曾是内殿法学院风华正茂的范妮·威瑟罗尔，她的歌声具有一种力度，震撼了伊利亚的灵魂。即使他穿着成人的长礼服，内心却还很孩子气。那妙曼歌声使他感觉心中热情澎湃，浑身发抖，不禁脸红。那股热情明明白白地暗示出一种情感的萌芽，让伊利亚深陷其中，后来注定压倒并征服了他对爱丽丝·温顿[②]怀有的柔情。

我甚至认为，情感上我喜欢和谐的音乐，但是受制于器官缺陷，我就是五音不全。我一辈子都在练《天佑国王》[③] 这一首歌，我在无人的角落吹着调子哼唱给自己听；但是朋友们告诉我，我还是没有唱出里面的许多颤音。但是伊利亚的忠诚从来却是毋庸置疑的。

我也曾怀疑过，我有着尚未觉醒的音乐天赋。因为，有一天早晨我在朋友 A 的钢琴上胡乱弹着，那会他正在旁边的客厅里，待他回来时，愉快地说：“他觉得不可能是女仆弹的！”

---

① 出自托马斯·阿尔尼（Thomas Arne）创作的三幕歌剧《亚达薛西》（*Artaxerxes*），《水在海中分》（“Water parted from the sea”）是第三幕中的一首歌，是 18、19 世纪非常流行的音乐片段。

② 作者虚构的伊利亚的恋人。

③《天佑国王》（“God save the King”），英国国歌，产生于 18 世纪 40 年代，1837 年至 1901 年维多利亚女王在位时和 1952 年伊丽莎白二世登基后改称《天佑女王》。

琴声飘来，他惊讶于听到弹琴者以一种轻快的、娴熟的方式敲击钢琴琴键，因为他从没想到会是我，所以起初他以为是珍妮在弹琴。但是琴声中有一种优雅，极为出色，别有雅致，很快让他确定是某个人——技术上也许还嫌不足，但对于所有艺术的共通原则了解透彻，弹触琴键之间达到了一种气氛，这是珍妮（略缺几分教养）即使饱含她所有的热情也无法弹出来的。我提及这点是为了证明我朋友的洞察力，而不是为了贬低珍妮。

从乐理学角度说，我从来无法理解（但是我努力去理解过）音乐中的音符是什么；一个音符与另一个音符有什么区别。更不用说，在声音中区分女高音和男高音。有时我能猜出来通奏低音[①]，因为它非常刺耳、让人不舒服。然而，即使是最简单的音乐术语，我也可能会误用，对此我诚惶诚恐。我坦言自己的无知，但是对于那些我不懂的地方，我都不知道该怎么用语言表述。

也许我总用不对名称，招人讨厌。持音[②]和慢板[③]，对我来说都晦涩不明；嗦，发，咪，啦，就像巴拉利普顿[④]这样的连接词一样。在现今这样的时代里（我深信不疑，自从犹八[⑤]偶然发现了全音阶后，人们对和谐悦耳的音符组合感知之快，明断能

---

① 通奏低音（thorough bass），也称数字低音，是巴洛克音乐最重要的特征之一。作曲家在键盘乐器（通常为古钢琴）的乐谱低音声部写上明确的音，并标以说明其上方和声的数字。

② 持音（*Sostenuto*），音乐术语，指乐句或片断中所有的音符需按其所示的音值予以奏（唱）足，要奏（唱）得绵延舒展。

③ 慢板（*adagio*），音乐术语，指缓慢舒缓地演唱（奏）。

④ 巴拉利普顿（baralipton），古典逻辑学中的记忆词，用来记忆三段论的。

⑤ 犹八（Jubal），《圣经》故事里创制乐器的始祖。

力之强，胜于之前所有的时代），艺术被认为对安抚、提升和陶冶一个人的情操有着特别的作用，要是一个人单单对艺术魔法般的影响力无动于衷，那简直是不可忍受的。

我说话向来耿直，这番坦白言之凿凿，因此我也必须坦诚承认，从这项饱受赞扬的才艺中，我获得的痛苦远大于乐趣。我天生就易于受到噪音的影响。一个温煦的夏日午后，木匠的锤子敲打声会让我烦躁得比仲夏疯[①]发作还要厉害。但是那些不连续的、无规律的声音，比起有节奏、有韵律的音乐带来的伤害，可就是小巫见大巫了。耳朵对那些单一的敲击声是被动的，它们乐意忍受敲打声，不会刻意排斥。但是对于音乐它是无法被动接收的。它会主动努力去听——至少我的耳朵会，不管它对音乐多么不精通，也要穿过音乐的迷宫；像一双不擅长古文的眼睛痛苦地仔细研读象形文字。我曾坐在剧院中听意大利歌剧，只觉得痛苦不堪，寸心如割，苦不堪言，以至于我冲出歌剧院，逃到热闹大街最喧闹的地方，用这些我不需要主动去听的嘈杂喧嚷声来安慰我自己，摆脱了音乐让人烦扰发狂的折磨！耳朵总是有意关注地聆听那些没完没了的音乐，却又听不大懂、一无所获！我在质朴的日常生活的声音中避难，音乐家的炼狱变成了我的天堂。

我曾坐在那听一出清唱剧[②]（当然，欢乐的剧院其目的是世俗的），我留心看了看剧院正厅中听众们的表情（和贺加斯笔下

---

① 仲夏疯（midsummer madness），极其愚蠢或疯狂、放肆、极端的行为，被认为发生在夏季。

② 清唱剧（Oratorio），以宗教为主题的唱剧。

欢笑的观众[1]形成了多么鲜明的对比!）正襟危坐，一动不动，假装地挤出来一点儿感情，直到（就像有种说法说的，我们在来世的消遣就是此世搏得我们开心的事物的影子）我不禁想象自己是身处在冥府的某个冰冷的剧院里，在那儿坐着一些类似凡间俗人的人形，丝毫没有享受之情，或者像——

客厅中的聚会

全都沉默无言，全都面目可憎[2]!

尤其是那些难以忍受的协奏曲和音乐片段，让我费尽心思琢磨，饱受无法理解之苦。唱词解释了点什么；但是听着无穷无尽的一系列纯音乐，像在垂死之中，躺在玫瑰的刑架上；你不断努力，还是觉得倦怠；犹如将蜜涂到糖上，糖抹到蜜上，变成无止境的单一乏味的甜腻；你将感情都倾注到音乐中，绷紧大脑想跟上音乐；却好像盯着空空的框架，强迫自己填上画面；又像读一本书，却要自己填补字句；仿佛要你即席编造出悲剧，来解释无法理解的、凌乱无章的哑剧的表达模糊不明的动作——哪怕是最最精湛地演奏出来的器乐，于我也空空如也，只能留下几分糊里糊涂的印象。

我不否认，在音乐会开场时，我感受到一些极大的心灵抚慰，满心愉快，但之后跟着的就是无精打采和压迫的感觉了。

---

① 威廉·贺加斯（William Hogarth，1697—1764），英国绘画家、雕刻家，《欢笑的观众》（“The Laughing Audience”）是他的一幅版画，画了剧院中两个不同阶级的看戏者。

② 出自华兹华斯的《彼得·贝尔》（*Peter Bell*，*A Tale in Verse*）第一部分。

像巴特摩斯岛中令人失望的书[1]；或像伯顿[2]描述的那样，忧郁悄然来袭，音乐也是这样悄悄走近——“对于忧郁的人，最愉悦的不过是独自走在某个孤独的树林里，在树木与水之间，旁边是某条小溪，来沉思一些喜悦的和愉快的问题，那些问题中对他影响最大的，是甜蜜的疯狂和最错的错误。建起空中楼阁那种无可匹敌的喜悦，吸引着他们，他们将多种多样的部分组装起来，他们以为、并且强烈地想象自己动手搭建，或者看到自己完成了搭建。一开始这些玩具非常让人着迷，他们可以整日整夜不睡地玩，甚至整年沉浸在这样的沉思冥想和空想的想法中，就像许多梦境一样，而且几乎无法让他们摆脱——他们就像钟一样，给自己上发条又走完发条，仍然取悦着自己的情绪，直到最后一幕突然出现，他们现在习惯于这样的沉思，习惯于这样幽静、人迹罕至之地了，他们无法再忍受有人陪伴，除了严酷的和无趣的问题什么都想不起来。恐惧，悲伤，怀疑，愚蠢的耻辱，不满，担忧，生命的消沉，突然惊诧了他们，而且他们想不到其他任何东西：持续的怀疑，他们的眼睛一睁开，忧郁就像魔鬼一样抓住了他们，并且恐吓着他们的灵魂，忧郁代表着他们精神里的一些郁郁寡欢的客体；但是现在，没有任何办法，任何努力，或任何劝说可使他们避免忧郁了，他们无法摆脱掉它，也无法抵抗它。”

我在我的好友——天主教徒诺夫家的晚宴上就经历了像这

---

① 圣经《启示录》中提到过此地，书中称，《启示录》的作者约翰在巴特摩斯岛时，耶稣给过他幻象。约翰接收了并写下启示录。

② 指英国牧师和散文家罗伯特·伯顿（Robert Burton）写的《忧郁的剖析》（*Anatomy of Melancholy*）。以下一大段均出自该书，作者有改动和删节。此段谈到了忧郁症患者的一些精神幻觉。

样“情形突转”的情况。诺夫自己就是个最顶级的风琴演奏家，靠着一架风琴，他将他的客厅变成了一个小音乐厅，他的一周都变成了周日，而他的周日则变成了小型天堂[①]。

当我的朋友从那些庄严的圣歌中挑出一首演奏时，我未曾刻意聆听，这首歌却钻进了我的耳朵。我好像回到了三十五年前，正在昏暗的教堂侧廊漫步。那琴声唤醒了一种新的感觉，将古老宗教的灵魂放进了我年轻的心对它的理解中（它也许表达的是：圣歌的作者，因厌倦了坏人的迫害，希望自己长出鸽翼来；或是另外的意思：带着几分的清醒和哀婉，圣歌的作者询寻通过什么方式年轻人才能彻底净化他的心灵）——一种神圣的平静弥漫我全身。我彼时

> 超越对尘世的眷恋，
>
> 获得了我在出生时不曾应允的喜悦。

但是这个魔法师，不满意于一个灵魂的俯首称臣，继续施展他的魔力，强加给灵魂超过其接受能力的更多福祉，急切地想用他的“神圣”征服她的“凡尘”。音乐大量灌入我的耳朵，延续了数个小时，音乐之海里一波一波的海浪涌来，或者说，海浪是从那个取之不尽的德国海洋[②]里席卷而来。在那乐海之中，海神之子般的海顿、莫扎特之流骑着海豚，伴随着他们的

---

① 作者脚注：我去过那儿，还将再去，那儿就像一个小小的人间天堂。——瓦特博士。出自英国圣诗作家、神学家、逻辑学家艾萨克·瓦特（Isaac Watts，1674—1748）的《神圣之歌》（*Divine Songs*）中的《赞主的夜晚》（“For the Lord's Day Evening”）。

② 指演奏的音乐很多是由德国作曲家作的。

是特里同[①]，还有巴赫、贝多芬，以及多得数不清的海中神物，他们乘风破浪前进，又想将我拉入那深海之中，我在这和谐优美的音乐之下步履蹒跚，前后摇晃，不知所措。芬芳的云雾，压迫着我——牧师，圣坛，香炉，在我眼前眼花缭乱——他的宗教守护神捕获了我。一个象征性的三重冠授予我朋友的头上，如此显眼，如此高贵——原来他是教皇！像在一个奇异的梦里，坐在他旁边的是一个女教皇，和他一样头戴三重冠！我却变成了一个新教徒，立刻又成为异教首领，或者说，三大异教在我身上集中——我是马吉安，伊便，克林妥[②]——戈格和玛各……直到友好排开的晚餐盘子驱散了这些虚构的想象，一杯正宗的路德啤酒（我的朋友主要以此表明他自己不是个抱有偏见的人）下肚，让我缓过劲儿来，回到合情合理的现实中来，此时我眼中的男主人和女主人，也恢复成和和气气、令人愉快的真实模样，不再那么吓人了。

---

① 特里同（triton），希腊神话中大海的信使，也是海神波塞冬及安菲特里忒之子，人鱼的形态，以一个海螺壳做号角用。

② 这里列举的都是异教教派，马吉安（Marcion），诺斯底派的一员，伊便（Ebion），伊便尼派，克林妥（Cerinthus），思想介于犹太教与诺斯底主义之间。戈格和玛各（Gog and Magog），预言受撒旦迷惑在世界末日善恶决战中对神的王国作乱的两个民族。

愚人节

我尊敬的朋友们，恭贺佳节！恭祝各位四月一日愚人节快乐！

愿君此日拥有无尽的快乐，你，还有你，先生，不，千万不要皱眉或拉长脸。我们难道不认识彼此吗？朋友之间还有什么必要客气呢？我们都有相同的——你懂的——一点小丑般的气质。在这一天，在这举世欢庆的节日里，要是有人假装漠不关心、撇开干系，诅咒他！我可不是这样的人。我已经离开公司了①，也不怕知道我为人处世的人。今天来这森林里和我聚会的人，我可以这么说，可再不会遇到自以为通晓万事的家伙。愚蠢的我。——把我当成这种人吧，作为报答，这句话的意义留给你领会。先生，按最保守的估计，世界上到处都有站在我们这边的人呢。

给我盛满一杯泛着泡沫的醋栗酒吧，今天我们不喝那壶使人睿智、忧郁、精明的酒。让我们放声高唱阿泯斯之歌——哒哒咪，哒哒咪——它是怎么唱来着的？

---

① 指兰姆从南海公司退休。此篇他是作为一个主持愚人节宴会的主人身份出场的，参加宴会的是形形色色的朋友、古代人物或虚构的人物。

这里他将看见，
粗鄙愚人如他现[①]。

现在我要稍微说一说谁才是历史上真正的大傻瓜。我肯定能说出来一大批人。现在的是谁？我得来毫不费力，就是你啊！

劳烦您将你的帽子再稍微挪开些，它挡住了我的小手杖。现在每个人都根据自己的爱好，以他爱的音调敲钟。至于我呢，我将给予你——

教堂疯狂的老钟
敲出一片混响[②]。

尊敬的恩皮道克勒斯[③]，欢迎您！自从你去了火怪聚集的伊特纳火山，已经过去了很久了。这比去采海蓬子还要糟糕吧？真庆幸阁下没有让您的髭须烧焦。

哈！克莱姆布朗图斯[④]！你在地中海海底发现的凉拌菜到底是什么？我认为，你是为大公无私的目的而投水的热病患者门派的创始者。

盖比尔，我的老石匠，建造巴别塔最出色的水泥匠，古老

① 出自莎士比亚戏剧《皆大欢喜》，为阿派斯和杰圭斯唱的歌。“哒哒咪”（duc ad me）是歌词中的表音词，意指希腊语中召唤傻子们站成一圈的一种咒语。

② 出自华兹华斯的诗歌《泉水》。

③ 恩皮道克勒斯（Empedocles），古希腊哲学家，相传为证明自己能成神，跳入伊特纳火山。

④ 克莱姆布朗图斯（Cleombrotus），古希腊哲学家，相传为寻找理想国，跳入大海。

的前辈，带来你的泥刀吧！你有资格坐在我的右手边，作为口吃者的保护人。如果我没记错，希罗多德记载，你将巴别塔盖到了大约海拔十五亿六千万米那么高。老天啊，你得敲响多么长的钟声啊，才能召唤你最顶端的工人到希尔纳[1]的低地上来吃午间便餐？或者，你用火箭将大蒜和洋葱送上去？如果在得知你们建了那么高的塔之后，我还敢班门弄斧地向你炫耀我们在鱼街山的大火纪念碑[2]——我们本来还觉得挺了不起，那我真是要为人不耻了！

怎么，宽容大量的亚历山大哭了[3]？哭吧哭吧，宝贝，用手捂着眼睛，它将拥有另一个地球，像橙子一样圆，俊俏的宝贝！

亚当斯先生[4]，天哪，我尊重您的职业，我祈祷您帮我们个忙，给我们读读那篇布道文吧，那篇你借给废话夫人的——放在你的皮箱里，第二十二篇——关于女性缺乏自制力的，在今天这个时候，这最不相关、最不切题的文章倒是正合适。

请吧，尊敬的雷蒙德·卢利[5]，你看起来很聪明。若有谬误，请你改正。

邓斯[6]，抛开你的定义吧。我必须罚你一大杯酒，或罚你一

---

① 希尔纳（Sennaar），《圣经》中的地理地点，位于苏美尔或巴比伦尼亚地区，巴别塔的建造之地。前面的建筑师盖比尔（Gebir）是兰姆杜撰的。

② 鱼街山（Fish-street Hill），伦敦城里的一处街道名，此处有伦敦大火纪念碑，纪念 1666 年 9 月 2 日的伦敦大火，碑高 202 英尺。

③ 相传亚历山大大帝征服了天下，为再无地方去征服而哭泣。

④ 亚当斯（Mister Adams），废话太太（Mistress Slipslop），都是菲尔丁小说《约瑟夫·安德鲁斯》里的人物。

⑤ 原文 Raymund Lully，指雷蒙·拉莱（Ramon Llull，约 1232—1315），西班牙作家，哲学家，逻辑学家。

⑥ 邓斯（Duns Scotus，约 1266—1308），欧洲中世纪重要的烦琐哲学家。

个悖论。这一天我们不要逻辑演绎法来说什么或做什么。抛开这些逻辑形式吧，侍者，免得哪位绅士被这些逻辑绊倒，摔坏他理解力的胫骨！

尊敬的史蒂芬[①]，你迟到了。哈！寇克斯，是你吗？阿古契克，我亲爱的骑士，让我向您致敬。肤浅先生，在下且听吩咐。沉默先生，对您我会束嘴少言。苗条先生，为了不在什么地方挤撞到你，真是叫我犯难啊。你们六位今天将吸引全场人的慧思。——我就知道，我就知道。

哈！诚实的R，我亲爱的卢德盖特的书店老板，好久不见，你也在这里吗？瞧瞧你这身紧身上衣，它可不是过于新了，像你的故事那样陈旧。你干嘛以这样的速度在世界上跑来跑去呢？你的顾客们都消逝了，已故了，或卧床不起，或老早以前就不再阅读了。你仍然到他们那里去，看看偶尔是不是还可以卖掉一册两册。好格兰威尔·S，你最后一位主顾，也已经不在人世了。

> 潘迪翁国王，他已去世，
> 你所有的朋友都已长眠地下[②]。

---

① 史蒂芬（Stephen），本·琼生喜剧《个性迥异》中的人物；寇克斯（Cokes），本·琼生喜剧《巴托洛缪市场》中的人物；阿古契克（Ague-cheek），莎士比亚戏剧《第十二夜》中的人物；肤浅（Shallow）、沉默（Silence），莎士比亚戏剧《亨利四世》中的人物；苗条（Slender），莎士比亚戏剧《温莎的风骚娘儿们》中的人物。

② 出自理查德·巴恩菲尔德（Richard Barnfield）的诗歌《夜莺》（"*The Nightingale*"）。

然而，尊贵的R，进来吧，请在这里就座吧，在阿玛多[1]和吉诃德[2]之间：因为你那最真实的恭谦有礼之态，严肃的神色，对自己的美妙含笑之情，对他人的彬彬有礼的微笑，谈吐时精雕细琢的措辞，妙思横生的句子，你不亚于旁边的两位西班牙博学之士们！除非骑士精神永远抛弃掉我，要不然我怎会忘记你唱的《麦克希思之歌》[3] 时的情形，那歌讲的是男主人公对娶那两位古代老姑娘中的哪一位都会很高兴。我记得你带着马福里奥[4]般的微笑，创造着那不可模仿的求爱过程，你一会转向这个姑娘，一会转向另一个姑娘——这好像是塞万提斯，而不是盖伊，为他的英雄写的歌曲；好像得花上千年时光，男主人公才能在两位相当好的、值得称赞的佳人之间做出那令人怨恨的选择。

从这云霄之巅下来吧，不要将我们的愚人节盛宴拖过了适宜的时长，因为我担心离四月的第二天已经没剩几个小时了——我要对你们，我亲爱的读者们，坦白一句真心话，千真万确！我喜欢愚人，好像我是他们的朋友和亲属一般自然而然就喜欢他们。当我是个小孩时，以我孩子般的理解能力，遇事只理解其表，无法看透内深，我读过那些圣经寓言，却都猜不透它们包含的智慧。我对那个把房子盖在沙地上的、头脑简单

---

① 阿玛多（Armado），莎士比亚戏剧《爱的徒劳》（*Love's Labour's Lost*）中的人物。

② 塞万提斯小说《堂·吉诃德》的主人公。

③《麦克希思之歌》（*song of Macheath*），英国诗人约翰·盖伊（John Gay，1685—1732）剧本《乞丐的歌剧》中的插曲，讲述了被关在监狱里的强盗麦克希思，同时被告密者的女儿波莉和看守的女儿露西所爱，在两人中间左右为难。

④ 马福里奥（Malvolio），莎士比亚戏剧《第十二夜》中伯爵小姐奥莉维亚的管家。

的建筑师，比对他小心谨慎的邻居[1]有着更多的向往。对那个好好保存了主人所赏赐银子的老实人[2]作出尖刻非难，我对此心有不满；相比那五个聪明女孩的远见卓识以及有失女人气质的精明谨慎，我对那五个愚拙的女孩[3]的质朴简单更有好感，那好感

---

① 出自《马太福音》第 7 章 7：24—26："所以凡听见我这话就去行的，好比一个聪明人，把房子盖在磐石上。雨淋、水冲、风吹、撞着那房子，房子总不倒塌。因为根基立在磐石上。凡听见我这话不去行的，好比一个无知的人，把房子盖在沙土上。"

② 出自《马太福音》第 25 章 25：1—13："那时，天国好比十个童女，拿着灯，出去迎接新郎。其中有五个是愚拙的，五个是聪明的。愚拙的拿着灯，却不预备油。聪明的拿着灯，又预备油在器皿里。新郎迟延的时候，她都打盹睡着了。半夜有人喊着说：新郎来了，你们出来迎接他。那些童女就都起来收拾灯。愚拙的对聪明的说：请分点油给我们。因为我们的灯要灭了。聪明的回答说：恐怕不够你我用的，不如你们自己到卖油的那里去买吧。她们去买的时候，新郎到了。那预备好了的，同他进去坐席，门就关了。其余的童女随后也来了，说：主啊，主啊，给我们开门。他却回答说：我实在告诉你们，我不认识你们。所以你们要警醒，因为那日子、那时辰，你们不知道。"

③ 出自《马太福音》第 25 章 25：14—30："天国又好比一个人要往外国去，就叫了仆人来，把他的家业交给他们。按着各人的才干给他们银子，一个给了五千，一个给了二千，一个给了一千，就往外国去了。那领五千的，随即拿去做买卖，另外赚了五千。那领二千的，也照样另赚了二千。但那领一千的，去掘开地，把主人的银子埋藏了。过了许久，那些仆人的主人来了，和他们算帐。那领五千银子的，又带着那另外的五千来，说：主啊，你交给我五千银子，请看，我又赚了五千。主人说：好，你这又良善又忠心的仆人。你在不多的事上有忠心，我要把许多事派你管理，可以进来享受你主人的快乐。那领二千的也来说：主啊，你交给我二千银子，请看，我又赚了二千。主人说：好，你这又良善又忠心的仆人。你在不多的事上有忠心，我要把许多事派你管理。可以进来享受你主人的快乐。那领一千的，也来说：主啊，我知道你是忍心的人，没有种的地方要收割，没有散的地方要聚敛。我就害怕、去把你的一千银子埋藏在地里。请看，你的银子在这里。主人回答说：你这又恶又懒的仆人，你既知道我没有种的地方要收割，没有散的地方要聚敛，就当把我的银子放给兑换银钱的人，到我来的时候可以连本带利收回。夺过他这一千来，给那有一万的。因为凡有的，还要加给他、叫他有余。没有的，连他所有的、也要夺过来。把这无用的仆人，丢在外面黑暗里，在那里必要哀哭切齿了。"

几乎发展成了对她们的柔情。凡是我所拥有的天长地久的、相互回应的友谊，那些朋友性格上都有些傻气。我尊重有些傻气的老实人。

一个人和你在一起时犯了越多逗人发笑的错误，他给了你越多的考验，他就越不会背叛你或欺骗你。我喜欢这种安全感，这种由明显的幻觉证明的安全感；这种由不合时宜的话带来的安全感。读者们，记住我的话吧，记住是一个愚人告诉你的：一个不掺一点傻气的人，心里必然藏着许多比愚蠢更坏的东西。据观察说，“禽类和鱼类——比如鹬鸟，小雀，鳕鱼等，越是蠢笨，肉质越是鲜美。”世人一般以为的愚人，只是不曾理解他们的世界而已。我们人类中最亲切的人，大都是可爱的愚者，哪个不是女神的宠儿、女神的幸运儿？亲爱的读者们，如果你曲解了我的话，超过了合理的理解范围，那么你，而不是我，就是四月一日愚人节的傻瓜了。

今昔教师

非常可惜，我读书一向散乱无序。零散几本古英国戏剧、专著，传授给了我的大部分概念和看法。一切与知识有关的事，我比世上其他人的知识少了一本百科全书那么多。要是我在约翰王[①]的时代，基本无法在小地主、乡绅们中间崭露头角。我比一个上了六星期学的小学生对地理知道得还要少。对我来说，奥尔特利乌斯[②]的老地图和亚洛斯密斯的新地图一样真实。我不知道亚非大陆在何处接壤，埃塞俄比亚是在亚洲还是在非洲；对新南威尔士或范迪门[③]在哪里，我是一点头绪都没有，尽管我有一位密友[④]住在那片未知的土地上，我还和他保持着通信。

我也不懂天文学。我不知道在哪儿去找大熊星座、北斗七星或任何星星的位置；那些肉眼可见的繁星，我不知道它们的名字。我只能从亮度中猜出那是金星。即使哪天预示着凶兆的早晨，太阳从西边出来，我敢肯定即使全世界都被这景象惊吓到大气不敢喘，我也会一个人站在那里毫不害怕，因为我毫不

---

① 约翰王（King John，1166—1216），英王亨利二世最小的儿子，1199—1216年间英国国王。曾与诸侯签订《大宪章》，为英国宪法的前身。

② 奥尔特利乌斯（Ortelius），荷兰地理学家。后面的亚洛斯密斯（Arrowsmith），19世纪初英国地图测绘家。

③ 新南威尔士，位于澳大利亚东南部。范迪门，位于澳大利亚北部。

④ 指兰姆的好友巴伦·菲尔德。曾于澳大利亚任职。

关心，也不去留意。历史和编年史我稍微知道一些，在博杂的学习过程中多多少少都会记得一些；但是我从来没有刻意坐下来背诵历史年代，即使是我祖国的历史。我对四大古国有着模糊的印象，有时亚述[①]，有时波斯，在我的印象中算是第一大国。对于埃及和她古埃及喜克索王朝[②]的国王们，我进行了大胆的猜测。我的朋友M[③]，极为辛苦地让我理解了欧几里得第一定律，在教到第二定律时绝望地将我抛下了。我完全不懂现代语言；像一个比我更厉害的前辈那样，“略懂拉丁文，希腊语更次之。”[④] 对最常见的花草树木的形状和质地，我都非常陌生；不是因为我出生的城镇环境，而是因为我缺乏对世界万物注意观察的精神，即使我生在“德文郡树木繁茂的海滩”[⑤] 上也是一样。在城镇特有的事物之中，什么工具啦，发动机啦，机械过程啦，我仍然一无所知，这不是我假装无知，而是我的脑子容不下大宅豪府，也不够宽敞，我不得不将里面装进小型珍品，这样它既能装得下又不会引起头疼。

有时候我想，我知识贫乏，如何就这样度过了我的一生而不致丢脸？原来，一个人可以本着极少的知识也表现得很好，且在交往中不被人发现；因为每个人都想卖弄他自己的学识，而不要求你展现出你的知识。但是在两人促膝谈心时就没有可

---

① 亚述（Assyria），兴起于美索不达米亚的国家。公元前8世纪末逐步强大，先后征服了小亚细亚东部、叙利亚、腓尼基、巴勒斯坦、古埃及等地，公元前9世纪前后，成为不可一世的亚述帝国，后于公元前605年最终灭亡。

② 喜克索王朝，喜克索人入侵埃及，建立了存在百余年的第15与第16王朝，约从公元前1610年到公元前1532年。

③ 指兰姆的朋友托马斯·曼宁。

④ 出自本·琼生写的《悼莎士比亚诗》。

⑤ 出自华兹华斯的诗歌《远游》（*The Excursion*）第三卷。

推诿的了。真相即将大白。没有什么比这种情况更让我害怕的了：独自一个人被留在一个明智的、博学的、不认识我的人身边，哪怕只是一刻钟。最近我就陷入了那样的尴尬境地。

我每日都要搭车从主教门前往夏克威尔，有一次，马车停下来载了一个模样古板的绅士，大概三十岁左右，他用一种温和又威严的声音，一面和一个高高的年轻人告别，一面调整步伐登上马车。这个人似乎既不是他的职员、儿子，也不是他的仆人，而是三种身份皆而有之。年轻人走了后，马车继续开动了。因为车上就我们两个人，于是他自然而然和我聊起天来；我们讨论了车费的价值，马车夫的礼貌和准时，最近新设立的往相反方向去的马车，它成功运营的可能性——这些我都能作出相对漂亮满意的回答，因为我这些年每天都坐这趟马车来去，反复谈及过这类礼节性话题。突然他提出一个惊人的问题，警醒了我：他问我有没有去看史密斯菲尔德举办的牲口展览？我没有去看过，对此类展览也不很关心，因此我就回给他一个冷冷的“没有”。对我的回答他似乎有一点窘迫，也有一点惊讶，好像他刚刚去看过展览，毫无疑问希望就此话题交流下看法。于是他肯定地告诉我我失去了一次绝佳的大饱眼福的机会，这次的展览比去年的好多了。现在我们快到诺顿·福尔盖特了，一些商店里商品的标价跃入他眼帘，让他又就今春棉花价格之便宜大谈特谈起来。我对此话题还有点兴趣，因为职业之故，我对原料比较熟悉，我惊讶地发现自己滔滔不绝地讲起印度市场的行情，但是不久他就将我开始膨胀的虚荣摔到了地上：他问到我是否对伦敦零售商店的地租价格进行过计算。

如果他问我，塞壬[①]唱的歌是什么歌？阿喀琉斯[②]将自己藏在女子中间用的假名是什么？我也许能像托马斯·勃朗爵士[③]那样，尝试着“乱猜一通”。我的同伴看到我的窘样，正好那时肖尔迪奇那一带的救济院出现在眼前，他好心地、巧妙地将话题转移到了救济金上来，这个话题涉及到对今昔济贫措施的优劣对比，以及对古修道院制度和慈善制度的观察；但是，发现我对这个话题只有从相关古诗中得来的一点浮光掠影的模糊概念，而没有形成什么深思熟虑，他便放弃了这个话题。随着我们接近金丝兰（他的目的地）的收税关卡，一望无际的乡野在我们眼前渐渐开阔，他对我发起了击中要害的一击：在他能够选择的最不幸的话题之中，他提出了一些关于北极探险的问题。我小声咕哝着那些陌生地域的概貌（装出我真正看过那些地方的样子），试图避开这个问题。这时马车停下来了，将我从更深的忧虑中解脱出来。我的同伴下车了，让我对个人的浅薄知识安下心来；当他下车时，我听到他向另一位和他一起下车的乘客询问达尔斯登流行病的骚乱状况，我的朋友告诉他说，那种病在那一带已经蔓延了五六所学校了。

我恍然大悟，他是一名教师，他告别的那位年轻人，一定是他高年级的学生之一，或者是他的助教。显而易见他是个好心人，他似乎并不是那么渴望激起讨论，而是为了多方面获得

---

① 塞壬（Siren），希腊神话中的海妖，常以美女形象出现，危险而狡猾，以魅惑的歌声和噪音引诱水手，使船只触礁。

② 阿喀琉斯（Achilles），希腊勇士，除未浸过冥河水的脚踵外浑身刀枪不入，小时曾男扮女装混在女孩中长大。

③ 托马斯·勃朗爵士（Sir Thomas Browne，1605—1682），英国作家，知识渊博，在医学、宗教、科学等领域均有涉猎。

信息。对于此类话题，似乎他也没有什么兴趣纯粹为了探讨而探讨，但是某种程度上他必须寻求知识。他穿着绿色的外套，让我没有猜到他是个教士①。这次奇遇让我对教师这个职业之今昔差别有了一些思考。

那些文雅的老教师们，那些早已绝迹的一类人，李利斯，林纳科尔②之流，愿你们的灵魂安息吧！他们相信所有的学习都浓缩在他们教的语言中，鄙视其他一切知识，认为它们肤浅无用，与他们所授知识相比都是儿戏！从幼儿到老年，他们在语法学校中如梦似幻的度过了一生的光阴。围绕着一个永恒的词尾变化、变形、句法和韵律的循环旋转；不断重新回到他们在勤勉好学的童年时代起就着迷的角色；一再地排练着过去的角色，一生从他们的手中溜走，只好似一天那么长而已。他们总是在他们最初的花园里，收割他们黄金时代的果实。在他们的鲜花和落穗中，在他们的世外桃源中，如国王一般，他们挥舞教鞭，虽没有那么严厉，展现的尊严却与巴希留斯国王③的温和的权杖象征的一样；希腊语与拉丁语，他们庄严的帕梅拉和菲洛克里亚公主；对于偶尔一两个愚笨的、难对付的初学者，正好用作提神的幕间休息，就像莫普莎或达梅塔斯的小丑一样！

科列特④编纂的、(有时被称作)《圣保罗词法》一书的前言

---

① 教士身着黑衣。

② 都是英国早期教育家。

③ 巴希留斯国王（King Basileus），帕梅拉公主（Pamela），菲洛克里亚公主（Philoclea），莫普莎（Mopsa），达梅塔斯（Damaetas），都是英国诗人菲利普·西德尼（Philip Sidney）《阿卡狄亚》（*Arcadia*）传奇里的人物。

④ 科列特（John Colet，1467—1519），英国牧师，曾任伦敦圣保罗大教堂主教，人文主义者，教育先驱，曾编过一部拉丁文词法。

是多么具有风味啊！“告所有学习语法者，宝库就在理解语言中获得，其中囊括巨大的智慧和知识财富；学习语法看起来是徒劳之功；因为人们皆知，如果其事开始就羸弱或有误，则无事能真正修得正果；如果建筑物的地基和底盘即将倒塌，无以维持框架之重，则无任何建筑物可至臻完美。”这篇庄严的绪言（与弥尔顿称赞的“根据习惯，在由索伦或里克古斯[①]首先颁布的庄严法律”前加上几句）后面的一句话，与为了使语法保持一致的那种虔诚热情相呼应、相阐释，用宗教信仰条文般的严肃之态规定了语法规则！“对于语法上的分歧，已借由国王的智慧消除，国王陛下预见了分歧带来的不便，有利地提供了弥补方案，让一种统一的语法体系由各种博学之士勤奋拟定而出，将推行全国，应学习者的要求而教授，不会因教师更换变动而招致损失。”下面的一句更是热情昂扬：“此书大有裨益，借此学习者可以有序进行名词变化、动词变化。”好个“名词”！

这种美梦正在迅速消退；今天一个老师最不在意的就是给学生灌输语法规则。

人们指望现在的教师什么都知道一点儿，因为他们的学生被要求对任何知识都不是全然无知。他必须泛而不精——如果我可以这么说的话，无所不知。他得知道一点气体力学，一点化学，任何一点新奇的、适于激起年轻人注意力的东西；知道一点机械学是可取的，知道一点统计学、土壤的特性、植物学、本国宪法，等等等等。你可以通过献给哈特布利先生的著名的《论教育》[②] 来了解一点教师身上背负期许的职责。

---

① 索伦，古雅典立法家。里克古斯，斯巴达立法家。

② 指弥尔顿的《论教育》。

所有这一切——或者说对于这一切的求知欲，人们都期待老师给学生灌输，不是通过教授们编好的课程——对于这些课程他倒是可以在书单上列出来，而是通过课外时间，比如他和学生在街上散步时，或在绿色的原野漫步（那些天然的老师）时。他在上课时间里教的东西是最不期望获得的，他必须在最有利的时刻巧妙地教给学生知识。他必须抓住一切时机来灌输一些有用的东西——一年中的某个季节，一天中的某个时刻，一朵飘过的云，一道彩虹，一辆运干草的马车，一队走过去的士兵。他对大自然的随便一瞥，从中获得不了任何乐趣，而是必须设法抓住它来作为教学的对象。他必须在如画风景中解释出美在哪里。遇到一个乞丐，一个吉普赛人，他无法享受其中滋味，因为他要考虑适当的改进。他接触到的任何事物，都无不被他生拉硬扯的道德教义所破坏。

天地——那本大书，就像它的名字一样，对他来说，实际上就是一本书，他从中注定要读出乏味的长篇说教来，招致学生的厌恶。他们自己是没有假期的，假期甚至比工作时更糟糕，因为通常他的一些高年级学生会打扰到他的清休，缠住他不放，那些学生往往是一些大家族的小儿子，一些未被好好管照的贵族或绅士的孩子，他必须带他去看戏，去看全景画，去巴特雷先生的太阳系仪，去展览室，或去乡村，去一位朋友家，或去他最爱的矿泉疗养地。不论他去哪里，这种心神不安的阴影笼罩着他。一个男孩总是跟在他身边，在他的路上，在他所有的行动中。他无法摆脱学生的负担，厌烦学生无穷无尽地缠着他。

男孩们在他们自己的同伴中间，以自己的方式行事时，是极好的小伙子；但是他们对成年人来说却是有害身心健康的同伴。在一起时双方都能感觉到这种约束感。即使是一个小孩，“一个小时之内的玩物”，也总是叫人厌倦。孩子们的吵闹声，在他们自己的游戏中嬉闹着，就像我现在，我正在我夏克威尔郊区整洁的隐居处进行着严肃的思考，而我窗前的草地上正有一群孩子在玩乐，传来他们一阵阵的嬉闹声。隔着一些距离，让这些声音变得甜蜜，它们减轻了我工作的辛苦，其神妙不可言喻。就好像是在听着音乐写作，似乎我运笔断句也因此得以调节。至少也应如此——因为在孩子们童真的声音中有一种诗意，远远不像大人们谈话中那种严厉刺耳的散文式调调。但是如果我加入他们的消遣，就会不仅糟蹋了他们的活动，也减少了我自己与他们的共鸣。

我不能接受将我所有的时间都花在能力比我远胜一筹的人在一起。我了解我自己，这并非是出于任何嫉妒或与自己一比高下——因为我一生中也偶尔有幸得福与这样的高人相识；而是因为习惯一直和比自己优秀得多的人交往，不是提升了你自己，但是打压了你自己。太频繁地汲取他人的原创思想，限制了你自己拥有的思考能力的发展。你陷入别人的思想，就像迷失在别人的庭园里一样。你像和一个高大的仆人一起散步，他的步子大于你的步子，让你走得无精打采。在这个强有力的仆人的一直带领下，我相信会将我变成一个低能儿。你可以从其他人身上吸取思想，但是你自己的思考方式，你浇筑自己思想的模子，都必须是你自己的。知识可以传授，但是每个人的智力结构却不能。

我不愿意总是被拖着拽着往上，也不愿意（或者说更不愿意）被人压制住。大喇叭用它的高声让你震耳欲聋，而窃窃私语又听不清楚，似乎戏弄着你，两者都令人恼火。

为什么在教师面前我们从来无法感觉无拘无束呢？因为我们很清楚他在我们中间也不自在。他在同辈中间感觉别扭，格格不入。他像是从小人国来的格列佛[①]，他的理解层次和你的无法相适应。他无法平等地和你相处。他想要一分加给他，就像一个惠斯特牌打得平庸的人。他是那么习惯于教书，连你也想要教育。这些教师中的一位，听我抱怨说我的随笔没法写得清晰有条理，也写不出来其他风格，热心地提供教我他在学校教小学生写英文作文的方法。教师的笑话都是粗糙或浅薄的。那些笑话拿出学校去讲，就一点意思都没有了。在有人陪伴时，他受缚于一种正式的、说教者的伪善，就像一个牧师受着道德约束一样。在社交中他不会让他的思想失去控制，就像牧师不会放纵他的爱好一样。他在他的同代人中是孤立的，他的晚辈们也不可能成为他的朋友。

“我只怪我自己，”一位明智的男教师，谈到一位年轻人意外退学之事，在给一个朋友的信中写道，“你的侄子不怎么喜欢我。但是处在我这样境况的人比大家想象的更应该得到同情。我们被年轻人和热烈又感情充沛的心包围着，但是我们却永远无法指望分享他们的一丝一毫感情。师生关系阻碍了这一点。对你来说着该多么愉快啊，我多么羡慕你啊——我的朋友们有时会这么对我说，当他们看到我教过的年轻人，毕业几年后重返学校，给我带一点野味或一件小玩意儿给我的妻子作为礼物，用最美的言辞感谢当年我给他们的关心和教育。为了他们的来

---

①《格列佛游记》中的主人公。曾游历至小人国。

访我特意请了一天假，房子里充满快乐；但我只在内心感到悲哀——这些意气风发的、热心昂扬的年轻人，认为他用感激回报了他的老师，回报了我对他男孩时期的照顾；同是这个年轻人，在那八年里我像家长一样焦虑忧心地关爱他，他却从没有用含着发自肺腑真情的眼神看过我一眼。我夸奖他时，他很骄傲；我训斥他时，他很顺从；但是他从来没有真的爱过我。现在，他误以为是对我的感激和善意的东西，不过是他的愉快感觉——所有人都在再次回到自己少年时希望与恐惧并存的地方会产生的感觉。从前他们带着敬畏之心仰望的人现在跟他们地位平等了。”

“我的妻子，”这位有趣的写信人继续写道，“我亲爱的安娜，也变成一个十足的师母了。当年我娶她的时候，我知道教师的妻子应该是个忙碌的持家主妇，担心我的温柔的安娜会不能很好地帮衬我忙忙碌碌的母亲——那时候我的母亲刚去世，她在世时一刻不停闲，每时每刻屋子里各处都能见到她忙碌的身影，我不得不有时恐吓她说要把她捆在椅子上，免得她自己过劳死。我说出了我的担忧，怕带给她的是一辈子不太舒适的生活；但是她，温柔地爱着我，承诺说会在新的环境中发挥妻子的力量。她做出了承诺，并且信守了这个承诺。女人的爱还有什么奇迹不能产生的呢？

我的寄宿学校被收拾得大方得体、井井有条，这是其他学校所没有的；我的学生们吃得好，看起来很健康，一切食宿得当；这一切既精打细算，又不会显得吝啬。但是我失去了我的温柔的、柔弱无助的安娜！当我们坐下来享受一天辛苦后的一小时休息，我不得不听她说一天中她所做的有用有益的工作

(它们也确实是)，以及她明天的工作打算。她的心灵和容貌被她的工作职责改变了。对那些男孩们，她从来都是师母；但是她视我为教师，因此表达出爱和深情都极不恰当，也与她的职业以及我的职业尊严不相匹配。但是这一点，我的感激之情阻止了我告诉她。正是为了我她才变成了现在这样的人，我怎么能责备她呢?”——感谢我的表姐布莱吉特，转递此信，得以一览教师心声。

情人节

祝贺你的回归，古老的瓦伦汀主教[①]！你的名字在习俗里如此伟大，你这位值得尊敬的许门[②]的大祭司！流芳百世的媒人！你是什么样的人？你有着怎样的姿态？难道你只是一个名字，象征着促使可怜的人类在联结中寻找完满的不安法则？或者你真的是凡体肉身的高级教士，得体地戴着披肩，穿着上等细麻布做衣袖的白色法衣[③]，围着围裙？神秘的名人！确实，不像你是位主教，日历中没有其他戴着主教冠的神父了，你不是杰罗姆[④]，不是安布罗斯[⑤]，不是西里尔；也不是未受洗礼的婴儿的

---

① 据说，公元 3 世纪，罗马帝国皇帝克劳迪乌斯二世在首都罗马宣布废弃所有的婚姻承诺，当时是出于战争的考虑，使更多无所牵挂的男人可以走上争战的疆场。一名叫瓦伦丁（Sanctus Valentinus，即 Valentine）的神父没有遵照这个旨意而继续为相爱的年轻人举行教堂婚礼。事情被告发后，瓦伦丁神父在公元 270 年 2 月 14 日这天被送上了绞架被绞死。情人节由此发展而来。

② 许门（Hymen），希腊和罗马神话中的婚姻之神。

③ 主教等高级教士才能穿白色法衣。

④ 杰罗姆（Saint Jerome，约 347—420），罗马基督教牧师，神学家，教会博士，以将《圣经》翻译成拉丁文而著名。

⑤ 安布罗斯（Aurelius Ambrosius，即 Sanit Ambrose，约 330—397），米兰大主教，教会博士，4 世纪最有影响力的基督徒之一。

委托人，将他们交予永恒的痛苦；你不是奥斯丁[①]，被每一位母亲憎恨；也不是奥里吉恩[②]，恨天下所有母亲；也不是布尔大主教[③]，也不是帕克大主教[④]，也不是维特吉福特[⑤]。你带来成千上万的小爱神，空气是

吹拂过翅膀的沙沙声[⑥]。

歌唱的丘比特是你的领唱和歌手；你手里拿着的不是主教的权杖，而是神秘的箭。

换而言之，这一天，那些署名为“瓦伦丁”[⑦]的可爱的小信件，在每一条大街、每一个街角相遇、交错、辗转。辛勤的邮递员背着沉甸甸的一大袋精致的信件，四处送信，疲惫不堪。这种短暂的恋爱活动在这个浓情蜜意的城镇里进行着，几乎难以相信达到了怎样的程度：门童们大大赚了一笔，许多人家的门环和电铃线都损坏了。在那些小小的符号中，没有比心形更

---

① 奥斯丁，即奥古斯汀（St. Augustine，354—430），罗马帝国基督教思想家，北非希波主教，著名的拉丁哲学家，神学家。其母为基督徒，将他作为基督徒抚养，但是奥古斯汀离开教会追寻摩尼教（the Manichaean religion），不过后来又回到基督教。

② 奥里吉恩（Origen Adamantius，184/185—253/254），早期基督教学者，神学家。据说他曾想追随父亲殉道，被母亲阻止。

③ 布尔大主教（George Bull，1634—1710），英国神学家，威尔士圣大卫主教。

④ 帕克大主教（Matthew Parker，1504—1575），自 1559 年起任坎特伯雷大主教。

⑤ 维特吉福特（John Whitgift，1530—1604），自 1583 年起任坎特伯雷大主教。

⑥ 出自弥尔顿的《失乐园》第一卷。

⑦ 据说，瓦伦丁是最早的基督徒之一，为掩护其他殉教者，瓦沧丁被抓住，投入了监牢。在那里他治愈了典狱长女儿失明的双眼。当暴君听到这一奇迹时，他感到非常害怕，于是将瓦伦丁斩首示众。在行刑的那一天早晨，瓦伦丁给典狱长的女儿写了一封情意绵绵的告别信，落款是：“From your Valentine（寄自你的瓦伦丁）”。

常见的标记了，那枚小小的三角图案代表了我们的所有希望和恐惧——一颗心为情所困，为爱泣血；它苦恼不堪，备受折磨，心形符号变得比男士礼帽具有更多象征意味，更显得矫揉造作。

我们不清楚，在历史中或神话中有什么证据，让我们选择了“心”来作为丘比特神的司令部，而不是其他器官；但是我们选择了“心”，它也像其他器官一样很好地担当了这个职责。要不然，我们可以轻易想象到，在其他一些习俗里，恰恰相反，人们通常使用的也许是我们认识的其他器官，一位恋人给他的心上人写信，直白率真地袒露他的感情：“小姐，我的肝和命运全凭阁下处置了。”或者小心提出一个问题：“阿曼达，你能赠予我你的膈吗？”但是习以成俗，将表示情感的功能赋予了我们之前提到的心形，那么它的不那么幸运的邻居们就只能在动物身上或解剖上使用了。

人间的声音中，包括所有的城里的声音和乡村里的声音，在没有什么声音能在重要性上超过敲门声。它“是希望就座的宝座发出的回音”[①]。但是实际上它鲜能如此言所述。我们想要见的人，正好来敲门，这种情况太少了。但是在所有喧嚷吵闹的探访中，最受欢迎的是预报了、或听起来似乎预报了情人来临的敲门声。像乌鸦粗哑的声音宣布着邓肯[②]致命的拜访，邮递员在这一天的敲门声是轻快笃定的，让对方知道他带来了好消息。这天的敲门声不像其他日子那么呆板，你会说：“我敢肯定，那不会是邮递员。”

---

① 出自莎士比亚戏剧《第十二夜》。

② Duncan（邓肯），莎士比亚戏剧《麦克白》中的人物，苏格兰国王。麦克白听闻女巫的预言后欲篡夺王位，趁邓肯在他位于殷佛纳斯的城堡留宿时将其谋杀。

爱神、丘比特以及许门的梦幻——常写的似乎永远是那么几句令人愉快的话，“一直是也将永远是”是学生们和教师们都不会不写的一句；将你的坚贞不渝之心放在想象和爱中——想到心上人收到信件你是多么激动万分：快乐的少女，用纤纤玉指小心地打开信封，小心不要破坏标志性的封印，突然看到几句精心构思的比喻，一些标记，一些青春的幻想，一定会有诗句：

所有的恋人们，
共唱一曲小情歌。

或者还有其他一些字句，表意上不会太过感情充沛——年轻的爱否认它，也不会太傻里傻气——一语中的即可，就像世外桃源里羊群几乎可以和牧羊人一起合唱的一首歌谣（或我理解他们在世外桃源是这么做的）。所有的情人们都不是傻瓜，我怎么会轻易忘记你呢，我亲爱的朋友（如果我可以受许这么称呼你）E. B.？E. B. 住在一位年轻的少女对面，他常从正对着C街的客厅窗户时不时看到她。她是那么快乐，那么纯真，刚刚到了可以恋爱的年龄，正是哪怕错失良君，失望不已，也会温和保持好心境之时。E. B. 是个不同寻常的艺术家，在设计的想象力上，也许无人能及；在他的艺术成就方面，他的名字留在许多制作精良的装饰图案下角，但是还没有更上一层楼；因为E. B. 很谦虚，但是世界不会给小人物让步。

E. B. 提到了他是如何报答这位年轻少女的恩情的，她自己也并不知道给过他什么帮助，因为当一张亲切的脸问候我们时，往往仅仅只是路过而已，此生再也不会有交集，我们也不会认识那位过客，我们不会觉得它是一种义务；但是E. B. 这样觉得。这位善良的艺术家全身心扑入工作中来取悦这位少女。他花了三年时间，精心制造出了一件举世无双的、毋庸置疑的完美作品，完工那天正值情人节将至。我们自不用说，它画在最好的镶边镀金纸上，这道边上可不是满满的寻常心形和没什么真情实感的比喻，而是奥维德和比奥维德更老的诗人写下的最动人的爱情故事（因为E. B. 是个单身汉）。那上面有皮拉穆斯和提斯柏[①]（古希腊神话中的巴比伦情侣），当然黛朵[②]也不能忘了，还有海洛和利安德[③]，天鹅引颈高歌，鸢尾花轻轻低语，那件艺术品上有那么多格言和新颖的图案——它简直就是魔法本身。在情人节前夜他将这件艺术品托付给不加区别、什么都收的普通邮筒的投信口（噢！邮筒，这位卑微的受托人!）；但是这个简陋的中介完成了它的职责：从他经常站着观望的地

① 皮拉穆斯和提斯柏（Pyramus and Thisbe），罗马神话中的一对命运悲惨的恋人。在奥维德的《变形记》中，他们是巴比伦的一对恋人，但因双方家族敌对，禁止他们结婚。他们约好私会，提斯柏先到，看到一头母狮满嘴鲜血，逃跑时丢下了她的面纱，被母狮撕碎。皮拉穆斯来后看到此景，以为恋人已死，悲伤自杀。提柏斯返回后用恋人的剑也随即自杀。

② 黛朵（Dido），迦太基（Carthage）的第一任女王。维吉尔的《埃涅伊德》中，黛朵的丈夫绪开俄斯（Sychaeus）被其兄弟皮革马利翁谋杀，黛朵后逃出腓尼基，在北非建立了迦太基。后来和特洛伊武士埃涅阿斯（Aeneas）坠入爱河。但是埃涅阿斯身负使命要为特洛伊人建立新的国家，他走后，悲伤的黛朵自杀，发誓要永远仇恨特洛伊人。

③ 海洛和利安德（Hero and Leander），希腊神话中的一对受人称颂的情侣。海洛是阿佛洛狄忒（Aphrodite）女神纯贞的女祭司，与青年利安德认识并相爱。他每夜泅过赫勒斯滂（Hellespont）与她相会时，她都在塔楼上点灯为他引路。在一个暴风雨的夜晚。灯被吹灭，利安德迷失方向溺水而死。海洛看到他的尸体悲痛万分，跳水自杀。

方，第二天早晨，他看到欢乐的信使敲响了门，很快，这个珍贵的礼物就送出去了。

他看见，那个快乐的少女当场打开了这件情人节礼物，手舞足蹈，拍手称赞，好像那些美丽的图案一个接一个地自己展现出来。她围着艺术品跳舞，不是带着淡淡的喜欢或愚蠢的期望——因为她没有恋人；或者，即使她有爱慕者，也没有一个人能做出这么打动她芳心的美妙礼物。它更像是在她面前展开的童话故事，上天的恩赐，好像我们友好又虔诚的祖先记下来收到的恩惠，但是不知道恩主是谁。这对她也没有什么妨害，反而只会给她此后带来好处。爱一个未知的人是美好的。这里E. B. 的故事和他表示藏于内心的爱意的方式，我就只能讲到此了。

可怜的奥菲莉娅[①]唱道："早安，我的心上人。"我们别无他愿，只有对恋人们更多的支持，希望所有坚贞不渝的情侣，他们不会因为太聪明而鄙视古老的传说，而是很满意将他们自己归于老主教瓦伦丁的教区和他的真正的教会之下。

---

① 奥菲莉娅（Ophelia），莎士比亚戏剧《哈姆雷特》中哈姆雷特的恋人，因其父被哈姆雷特所杀，发疯投水而死。她在第四幕第五场中的台词，作者有改动。

重访赫特福德郡的麦克利村头

布莱吉特·伊利亚[①]做我的管家已经好多年了。在我记事以前，布莱吉特就照顾我。我们住在一起，一个老单身汉一个老管家，都未结婚；总的来说这种生活还是挺舒服的，我发现我自己没有某个鲁莽轻率的王子那样独居山间的性格，为自己的独身生活哀愁。我们的品位和习惯很一致，当然，也有“一点不同之处”。总的来说我们生活融洽，偶尔也会有争吵，这也是亲属之间难免的吧。

我们的对彼此的关切多是靠理解，而非靠说出来的；有次，我假装用比往常更加和善体贴的口吻说话，我的表姐眼泪夺眶而出，抱怨说我变了。我们都很爱读书，但各人阅读品位不同。当我沉迷于（一千次也不厌）老伯顿[②]的一些段落或和他同时代的某位作家的书时，她正读着一些现代故事或历险记，我们共用的书桌上每天总是堆满了新书。读故事就像在戏弄我一样，我对情节发展都不关心。她就必须读故事，不管讲得好还是不好，还是故事平平，只要里面有激动人心的生活、有许多的善

---

① 兰姆的姐姐玛丽·兰姆在他的文中都化身为伊利亚的表姐布莱吉特（Bridget Elia）。

② 指罗伯特·伯顿（Robert Burton，1577—1640），英国散文家，著有《忧郁的剖析》（*Anatomy of Melancholy*）一书。兰姆在《论读书和阅读》一文中也有提到。

恶事件就行。小说中人物的命运沉浮，几乎在真实生活中也是如此，但我对此已经提不起兴趣来了，只觉得沉闷乏味。非凡的性格和独到的见解，有着有趣的、古灵精怪的想法——奇特古怪的作者最让我满意。我的表姐生来就讨厌任何听起来古怪或怪癖的东西，任何古怪的、不合常规的，或超出一般感受力的书她都不读。她认为“自然而然的东西更有智慧”。我可以原谅她无视《医生的宗教》[①] 一书美妙的隐晦的语言，但是她必须就她最近口无遮拦抛出的一些失礼的含沙射影批评之辞向我道歉，她批评了我最爱的一位上上个世纪的作家——极为高贵的、纯真的、高尚的，但也有一些空灵的、创意想法的、高贵的玛格丽特·纽卡塞尔夫人[②]。

我的表姐，结交了许多（比我希望的还要多）新派哲学和思想体系里自由思想家的领头人和门徒，把他们看做是她和我共同的朋友。但是她从来不与他们的观点争论，也不接受他们的观点。她小时候接受的那一套观点对她来说仍然是值得珍重的好观念，仍然在她心中占据权威地位。她从来不会歪曲或对自己的思想要花样。

我们都有点太固执己见了。我注意到，我们争论的结果通常都是达成以下一致：关于事实、日期、情况的问题，通常都是我是对的，我的表姐错了；但是在道德方面或什么事该做什

①《医生的宗教》（*Religio Medici*），托马斯·布朗爵士（Sir Thomas Browne）著，英国医师，作家，该书论述了宗教和科学的关系，1643年出版。

② 玛格丽特·卡文迪什，纽卡塞尔公爵夫人（Margaret Cavendish，Duchess of Newcastle，1623—1673），英国贵族，多产的作家。她同时也是哲学家、诗人、散文家和剧作家。作品题材广泛，涉及到性别、权力、科学方法、动物保护等。代表作有《闪耀新世界》（*The Blazing World*）。

么事不该方面，更不用说，不管我一开始的反对意见多么激烈、坚定或确信，最后总是会被她的思维方式说服。

我必须温和地提及我这位女性亲戚的缺点，因为布莱吉特不喜欢别人说她的缺点。她有个让人尴尬的习惯：有其他人在场时也读书，当别人和她说话时，她还没理解问题是什么就回答是或不是，这很惹人生气，也是对提问者的极大不敬。面对人生最紧迫的考验，她的头脑倒能胜任，但是有时在微不足道的小事上，却临阵乱了阵脚。当决心维护什么，又是重要的事，她能夸夸其谈；但是在非关良心的问题上，她有时会无意说出一些不合适宜的话来。

家人没有太注意她年轻时的教育，于是她快乐地错过了打着教养的旗号强调妇人三从四德的那一套教育。偶然之中或故意为之，她误跌误撞地进入一个宽敞的密室，里面全是非常好的古老的英国书籍，没有人为她挑选也没有人禁止她读什么，她可以随意翻看，就像在水草肥美、有益健康的草场上放牧一样。如果我有二十个女儿，我也会这么养育她们。我不知道这种教育方式会不会减少她们顺利步入婚姻殿堂的可能，但是我可以说，这种方式（即使是最坏的后果中最糟糕的）也会培养出最举世无双的老姑娘。

在悲痛忧伤的时期，她是最真心的安慰者；但是在稍棘手的小事上和小困难上，本不需要用什么大决心意志来应对，她却有时过度操心，好心办坏事。如果她不能总是在你烦心时让你转移注意力到生活中的乐事上来的话，她肯定总是能让你在心满意足时更加快乐。她是个绝佳的同伴，一起玩乐，一起出去访友，但是最棒的，是和她一起出游。

夏天我们一起进行过一些短途旅行，去赫特福德郡，那个美丽的盛产小麦之乡，拜访我们的一些远亲。

我记忆中最古老的地方就是麦克利村，或叫麦克利尔村——在赫特福德郡的老地图里，后者拼写可能更正确。一座农舍，欢喜地坐落在从威特汉普斯台德[①]延伸而来的和缓的路上。我只记得小时候布莱吉特带着我去那里拜访一位婶祖母——我说过，布莱吉特比我大十岁。我真希望将我们两人剩下的年月积累到一起，再平分给彼此过完，但那是不可能的。那时的农舍被一个富裕的自耕农住着，他和我祖母的姐姐结了婚。他姓格拉德曼。我的祖母姓布鲁顿，嫁给了一位菲尔德先生。格拉德曼家族和布鲁顿家族现在在郡县那一带依然人丁兴旺，但是菲尔德家族基本断后了。离我刚才提到的这次拜访，已经过去了四十多年了；在那过去的年月里，我们也跟其他两个家族失去了联系。谁现在还住在那座农舍里？他们是什么样的人？是我们的远亲还是陌生人？我们害怕去猜测，但是决定设法去探究一番。

我们从圣阿尔班斯出发，穿过卢顿华丽的公园，走过一条迂回曲折的小路，大概中午时分到达了我们急切好奇前往的地方。看到那座古老的农舍，尽管它的一砖一瓦都在我的记忆里日渐褪色，却在我的心中激起一种很多年没有经历过的快乐。因为，尽管我已经不记得这里真切的模样了，我们从未忘记过一起来过这里，我们也一直在生活中谈起这个地方，直到我的记忆都变成它的幻影的复制品，我以为我熟悉这个地方的角角

---

① 威特汉普斯台德（Wheathampstead），位于英国赫特福德郡，圣阿尔班斯（St. Albans）的一个行政区。

落落，但当现在真的再一次见到它时——噢！它的样子与我曾在脑海中无数次地勾勒过的样子多么不同啊！

这里的空气呼吸起来依然令人心旷神怡，正值六月中旬，我可以和那位诗人一起吟诵道：

但是在多情的想象之中，
你是如此美丽；
当你在日光之下真正显现，
你是那般多娇①！

布莱吉特的感受相比我的来说，是一种更清醒的喜悦，因为她轻易回想起她的老熟人们，当然，有一些旧貌易容，让她有一点不满。的确，一开始，她太高兴了，几乎不敢相信这份喜悦，但是眼前的景象很快再次肯定了她心中的地方，她仔细查看了这座老宅的每根外柱，走到柴棚、果园、原来的鸽舍（现在房子和鸽子都不在了），屏息凝视、迫不及待地去与故地相认——对于一位五十多岁的女士来说，这种有失端庄得体之处也是可以原谅的。不过布莱吉特本来做起有些事来就和她的年龄不相称。

现在，唯一剩下的事情就是走进农舍里了。对我来说这个困难是不可逾越的，因为让我去见陌生人和多年未谋面的亲戚我非常害羞。但是，亲情之爱胜于顾虑，我的表姐丢下我飞一般的冲进了屋内，不一会儿她就带着一个人出来了——那位女

① 出自英国诗人华兹华斯的《未访的雅鲁河》（“*Yarrow Unvisited*”）。

士的姿态，若让雕刻家刻下来，就是“欢迎”的代表姿态。她是格拉德曼家族最小的女儿，和一位布鲁顿家族的后人结了婚，成为这幢老宅子的女主人了。布鲁顿家族的子女都很英俊漂亮，六个女孩公认是全郡县最漂亮的姑娘。但是这位嫁进布鲁顿家的媳妇，在我看来，比她们都还要更美。她出生得晚，不认识我。她只记得早年家人将正爬上台阶的布莱吉特表亲指给她看。但是只要知道她这个名字是同宗的、是远亲，这就足够了。那些细弱的亲缘关系，要是在大都市里那种人情冷漠、各自为营的氛围里，会更加细若游丝，但是在民风淳朴、朴实无华、我们钟爱的赫特福德郡，我们发现它是如此紧紧联结着彼此。短短五分钟，我们就像一起出生、从小一起长大那样熟悉了，甚至以教名称呼彼此。基督徒之间就该这样称呼彼此嘛！看到布莱吉特和她，真像《圣经》中的表亲见面[①]！

这位农夫的妻子身上有一种优雅和尊贵，举手投足之间尽显大气，与她的心胸相呼应，假使她在宫殿中，也必定是出众的美人——或者说我们是这么想的。我们受到男女主人的欢迎。我们，还有一位陪伴我们的朋友——我差点都忘了他了，B. F.[②]，他也不会很快就忘记这次聚会的，说不定现在他正在袋鼠经常出没的遥远海岸读到这篇文章呢。款待的盛宴很快已经备好了——或者说早就备好了，只是期待着我们到来而已。让我永远难忘的是，一杯本地产的葡萄酒下肚后，这位热情好客的

---

① 指《路加福音》中圣母玛利亚得知自己怀孕后，前往表姐伊丽莎白的家中，与她分享自己的喜悦。

② 可能名字取自兰姆的好友巴伦·菲尔德（Barron Field），曾在英属殖民地澳大利亚新南威尔士州悉尼市担任过法官。

表亲又亲自带我们到威特汉普斯台德，带着一股发自内心的自豪感，将我们（好像我们是什么新发现的奇珍异宝一样）介绍给她的母亲和姐姐。她们确实对我们了解得还多一些，而那时她太小了，记不得多少事情。在她们那里我们也受到了热情款待。布莱吉特的回忆受此情此景激发苏醒过来，早已模糊不清的千百种人、千百桩事儿，又都回想起来了。这让我非常惊讶，她自己和坐在一旁的B. F.（在那儿只有他算不上是我们表亲）也很惊讶，忘记了大半的名字和事情，它们过去模糊不清的影子汹涌地涌上脑海，就像沾着柠檬水写下的字在友情的温暖下又重现了一样。若有一天我记不起来这些时，但愿我乡下的表亲们也忘掉我吧；布莱吉特也不必再去追忆，当我还在襁褓之中时，她温柔地照顾我——长大成人后，我仍然傻傻地在她的照顾下；很多年前，她曾带着幼小的我，在赫特福德郡的麦克利村头，徜徉于那风景宜人的田园漫步中。

现代的尊重女性

古今礼仪相比，我们欣然看到在礼貌这点上我们可以赞美自己了；礼貌是我们应该给予女性们的一种恭敬的顺从和尊重。

我相信这种原则将促使我们展开行动，到那时我就可以忘记：从十九世纪起我们才变得文明礼貌，我们才刚刚停止在公共场合鞭打女性，这种经常发生的行为与最粗野的男性犯罪无异。

我相信这种原则将变得具有影响力，到那时我就不再需要对以下事实假装看不见：在英国，女性仍然偶尔会遭受绞刑。

我相信，有一天，女演员们将不再被绅士们的嘘声赶下舞台。

我相信，有一天，多里曼特[①]会帮助卖鱼的女人走出陋室，或帮助卖苹果的女人捡起被运货马车上不小心撞落下来的苹果。

我相信，那些在绅士圈子里以对待女士彬彬有礼而出名时髦绅士们，有一天，在下层社会，无人认识他们的地方或他们不受人关注的地方，也能做到如此；我将看到一些富商旅行者脱下他的直筒大衣，将它披在贫穷女士柔弱无助的肩膀上。因

---

① 多里曼特（Dorimant），乔治·艾特利吉（George Etherege）的喜剧《摩登人物》（*Man of Mode*）（1676 年）中的贵族。

为那位女士坐在和他同一辆马车的顶棚上前往她的教区，被雨淋得透湿。我将不会看到一位女士站在伦敦某家剧院正厅里站着看戏，直到她身体不适昏倒过去，而那些绅士们舒舒服服地坐在那里，嘲笑她的窘迫；直到有一个男人，似乎比其他男人都更有风度和良心，意味深长地宣称:“要是她再年轻点漂亮点，我会很乐意把我的座位让给她的。”这个英俊干净的人其实是个货栈主，把他或上述的那位富商乘客放在他们熟悉的女性朋友中间，你肯定要说，你从未在罗斯伯里见过这么礼貌有教养的男人。

总之，我相信，总有一些这样的原则影响着我们的行为，到那时，这世上一大半的苦工和粗活将不再由女性来承担。

直到那天到来，我才可以相信这番自吹自擂的话不是什么老一套虚构出来的东西；不是某一阶层的男男女女在人生某一阶段摆摆场面，因为他们发现这对彼此都有好处。

我甚至认为它是人生有益的设想之一：在上流社会的圈子里我将看到男人们对不同的女性一视同仁予以厚待：不管是年老的还是年轻的，相貌平平的还是美丽漂亮的，皮肤粗糙的还是肤白清秀的……他们真正将她们当作女人来对待，而非因为她的美貌、财富或头衔。

我相信到这一天礼貌才会变得名副其实，当一个衣着光鲜的绅士在一群锦衣华服的同伴中间谈论老年女性时，没有激起或意图激起大家讥笑的含义；当“过时的贞洁”、“在市场上滞销”这样的词一说出口，就立即招致男人和女人共同的厌恶。

住在面包街山上的约瑟夫·派斯，一位商人，南海公司的董事之一，也就是爱德华兹[1]这位莎士比亚评注家在一首优美的十四行诗中提到的那位，是我遇到过的唯一一位礼貌始终如一的男人。早年他给我提供庇护，也对我倾注了一番心血。我感激于在我的成长过程中他的规诫和他的榜样作用，让我的脾性里有了一些商人之气（那也并不多）。我没有从中获得更多进步，这不是他的过错。尽管他从小被当作长老会教徒抚养，后来被培养成一名商人，他是他那个时期最高雅的绅士。他不会对客厅里的女性是一套礼节，对商店里或货摊上的女人又是另一套。我不是指他待人不分良莠，而是指他向来对女性尊重有加，在任何不利情况中都不会忽视此点。我曾看到过一位卑微的女仆向他询问去往某条街怎么走，他脱下礼帽站在她面前——你随意发笑吧，他的态度是那么自然、亲切有礼，使她和他自己都不觉尴尬。他不是那种爱追逐女人为乐的男人，我们用这个词只取其字面意思——跟在女士之后；但是他尊敬她们，鼓励她们，无论出现在他面前的女性处于什么境况，他都一样尊重。我曾看到过——嘿，请你这回别再发笑了，他温柔地护送在阵雨中碰到的一位女商贩，撑开他的雨伞罩在她的一篮水果上，这样那些水果就不会被淋湿了。他是那么小心仔细，好像她是一位伯爵夫人一样。他给年长的女士让路时的那种虔诚、恭谦，比我们对待自己的奶奶还要仔细。对那些没有骑士们保护的女士，他就是当代颇有风度的骑士，卡里多尔爵士，或特里斯坦爵士[2]。那些早已凋谢的玫瑰，在那些人老珠黄的、

---

① 托马斯·爱德华兹（Thomas Edwards，1699—1757），英国批评家，诗人。

② 卡里多尔爵士（Sir Calidore），英国诗人斯宾塞的《仙后》中的人物。特里斯坦爵士（Sir Tristan），英国古代传说亚瑟王圆桌武士中的一员。

布满皱纹的脸上仍然为他绽放。

他一生未婚，但是年轻时追过美丽的苏珊·温斯坦利小姐，克莱普顿老温斯坦利的女儿。可惜这位小姐在他求爱没多久就不幸去世了，让他决定为她终生不娶。他告诉我，在他们短暂的恋爱期，有一天他对他的恋人说了一大堆漂亮话——通常的献殷勤，对于这种话，她到那时为止都丝毫没有表露出抵触之情，但是在这次却毫无效果。她连个合乎礼节的感谢都没有，反倒是似乎很讨厌他的恭维之词。

他不能将此归结为女性的善变，因为这位小姐一直以来都不是那么小气的人。第二天他发现她心情好点了，才敢跟她讨论起她昨天的冷淡，她以她一贯坦诚的态度坦言道她并不讨厌他的殷勤，她甚至能接受更夸张的溢美之辞；一位像她这样的年轻小姐理应得到所有的赞美和恭维；像大多数女人一样，她希望自己能够接受各种奉承——自然，除了伪善之外的，也无损于她的谦恭之心。

但是，就在他正要开始大献殷勤时，她偶然听到了他用相当粗暴的语言责骂一位女工，因为她没有按约定的时间把他订做的领巾送到家里去。她心想："我可是苏珊·温斯坦利小姐，年轻的女士，公认的美人，大家都知道我将继承家产，我才能听到这位正在追求我的优质绅士嘴里说出来的最动听的情话；但是如果我是可怜的玛丽什么（她指那个女帽裁缝），没能在指定的时间把他的领巾送过来——尽管我也许熬到半夜赶制领巾，那么我将听到什么恭维呢？我身为女人的自尊帮助了我；我想，如果只是出于对我的尊敬，一位女士，比如我自己，可能会受到更好的对待：我决定不接受任何有损于女性群体的花言巧语，毕竟正是由于我是女性中的一员，我才有资格、有权听到恭维赞美。

我认为这位小姐在她对追求者的责备中表现出了慷慨大度，以及一种公正的思考方式。有时我想，我这位朋友一生都对女士都视同一律，以礼相待，尊重有加，怕是来自于他香消玉殒的心上人芳唇吐授的及时教训吧。

我希望整个女性世界都可以抱有温斯坦利小姐的观念。那样的话我们就会看到始终如一的礼貌尊重了；不再在同一个男士身上看到厚此薄彼的态度——对待妻子非常礼貌，对待自己的姐妹却冷酷鄙夷、粗鲁无礼；对小姐们爱慕痴狂，却对同样身为女性的姨妈，或对不幸尚未出嫁的表姐妹毁谤又鄙视。一个女人作为女性性别尊严的减损，不管是在什么情况下，哪怕是她的女佣人、她的仆从受到了贬损，都相当于削弱了她自身的尊严。

当与性别不可分的年轻、美貌、利益会失去它们的吸引力时，她也许会感觉到这种减损。一个女人在男人追求她时，或在接受其求爱之后，她应该要求的首先是：尊重她是一位女士；然后是，对她的尊重应超过对其他女性的尊重。但是，让女士立足于自身的品性之上吧，就像立足于坚实的根基上；让那些投其所好的大献殷勤——无论多好多新奇，都成为女性自尊上繁多的、漂亮的附属物和装饰品吧。让她记住她的人生第一课，像可爱的苏珊·温斯坦利那样：尊重自己的性别——尊重女性。

内殿学院[1]的老主管委员们[2]

我出生在内殿法学院，并且在那里度过了人生的前七年。它的教堂、大厅、花园、喷泉、河流——我不禁要说，对那些年少的日子来说，我眼中的河流之王不就是浇灌了我们这片美好之地的那条河[3]吗？这些都是我幼年的记忆了。直到今天，我仍然怀着更加亲切的情感，经常对我自己吟诵的，就是斯宾塞提到这里的几句诗：

> 他们来到一个地方，那里砖塔
> 矗立在泰晤士宽阔古老的河畔，
> 现在勤奋用功的律师住在里面
> 直到他们由盛转衰[4]。

的确，伦敦城里最高雅的地方就是此处了。对一个乡下人

① 内殿学院（Inner Temple）与其他三所著名的英国律师学院林肯学院（Lincoln's Inn）、格雷学院（Gray's Inn）、中殿学院（the Middle Temple）一起，均是英国历史悠久的律师学院。

② Bencher，指伦敦四所律师学会的主管委员，英国律师协会资深会员，都是资历深厚、出类拔萃的律师，常是王室法律顾问或法官。

③ 指泰晤士河。

④ 出自斯宾塞的《婚礼颂》（"*Prothalamion*"）。

来说，第一次来到伦敦，是多大的转变啊！穿过人潮汹涌的滨河大道或舰队街，通过意想不到的林荫道，走进宏伟壮丽的大广场，那古典的绿意盎然的休息之地，那一带有着多么令人高兴的、开阔的风景啊！三座大楼俯瞰这一个大花园，那儿还有一幢造型优美的大楼，

坚固结实，尽管名叫“纸楼”[①]。

它与名叫哈考特的大楼相对，哈考特大楼更鲜亮，更古老，外表更具有梦幻感；此外还有欢乐的皇家法庭路（我亲爱的出生之地），正对着庄严雄伟的泰晤士河，河水似乎刚从特威肯汉的仙境流出，还没怎么受到商船污染，冲刷着花园的墙角。一个人能出生在这样的地方，付出一点代价也会愿意。那个精致的伊丽莎白式的大厅，多么像学院啊！那里有个喷泉，多少次我戏弄着它上下起落，那些小顽童们，我的同龄人，都猜不出来喷泉里有什么深奥的原理，震惊万分，都被吸引过来看，欢呼这是魔术！那些古老的、现在几乎黯然失色了的日晷，上面刻着道德箴言，似乎跟日晷测量的时间一样久远了，它们从天空中日光的变换来展现时间流逝，和光之源泉保持一致！孩子们观看着暗淡的光影如何悄然无声地溜走，渴望发现光线的移动，却从来没有捕捉到过它的踪迹，因为光线的变换那么微妙，像转瞬即逝的云，像第一批捕获的梦！

---

① 原文叫“Paper”，意为纸。

啊！美貌好像日晷上的指针，

它悄悄溜过，察觉不到它的步伐[①]！

相比形状简洁、好似圣坛结构的古老的日晷，它沉默地发出内心的语言，时钟是多么死板啊，它的沉重内芯用铅和黄铜做成，报时方式粗鲁、肃穆又乏味！日晷立在那里，就好像是基督教花园的花园之神。为什么日晷在各处都消失了呢？如果它的商业用途被更加精巧的发明所取代，它的道德用途、它的美，应该恳请它的继续存在。它昭示人们要适度劳动，日落之后不要过度娱乐，要戒酒，要按时作息。它是最原始的时钟，最初的人世的钟表。亚当在伊甸园里也要离不开它呢。它是适当的计时工具，让甜美的植物和鲜花按时生长，鸟儿按时啼鸣，羊群按时放牧，按时归牢。牧羊人“在太阳底下将它古雅别致地雕刻出来”[②]；通过雕刻日晷也变成了哲学家，在它上面刻下比墓志铭更打动人心的格言。它是园丁的美丽技巧，马维尔[③]记录说，在人工进行园艺栽培的时代，园丁可以让草木和鲜花摆出日晷。我必须引用他的几句诗行，因为它们和他的其他诗作一样，是饱藏智慧的精工细作。我希望在谈论喷泉和日晷引及此诗不会显得太突兀。他写到美丽的花园[④]：

我过的生活多么美妙！

---

① 出自莎士比亚《十四行诗》的第104首。

② 出自莎士比亚戏剧《亨利六世》第三部第二幕第五场。

③ 安德鲁·马维尔（Andrew Marvell，1621—1678），英国诗人。

④ 作者脚注：引自名为《花园》的诗。该诗是马维尔的著名诗作。

熟透的苹果砸在我头上，
一串串葡萄香味萦绕，
蜜汁滴进我的嘴里。
稀有的桃子和油桃，
落进我的手里。
我路过时被西瓜绊倒，
跌倒之处尽是鲜花和芳草。
心灵从它小小的愉悦，
驶入幸福美好。
心灵之海把一切创造，
任何事物都能在此找到相像；
但是它又超越这一切，
造出其他的世界，其他的海洋；
毁灭了绿荫下，
一切稚嫩的思想。
在喷泉滑溜溜的脚下，
或在果树长满苔藓的根上，
我将身上的背心脱下扔到一旁，
我的灵魂在枝桠间滑翔。
像只小鸟，立于枝头歌唱，
然后摩擦拍打着银色翅膀；
准备一场更远的飞翔，
它扑打的羽毛折射着阳光。
技艺高超的园丁描绘得多么漂亮，
用花花草草制成，一个崭新的日晷！

温和的太阳把它照耀，
走完这芬芳的黄道十二宫，
它记录着日影芳踪，蜜蜂采蜜勤劳在旁，
精密计算着时间，像我们一样。
这些甜蜜的有益身心的时光，
不用草木鲜花，还能用什么计量？

城里的人工喷泉，同样地，都在迅速消失。它们大多都干涸了，或者用砖堵死了。还有一口喷泉留着，在南海公司后面的那个绿草如茵的小角落里。它曾给那栋阴沉的大楼带来多少清新啊！在林肯学院的广场上，四个大理石小天使在那儿天真地嬉戏，纯真又淘气地从他们嘴里喷出活水来。我那时比他们大不了多少。他们已经消失了，泉水也被填起来了。人们告诉我，它们过时了，那些东西都太孩子气了。为什么不保留着它们，满足一下孩子们呢？我想，律师们，曾经也是小孩子吧。至少这些东西可以唤起他们的童年回忆。为什么一切都得大人气，必须一派成人模样呢？是世界变成熟了吗？是童年已死去了吗？是在最聪明的、最优秀的那些人的内心里，童心已逝，不再对它最早年华的魅力有感应了吗？那些石像奇形怪状的。那些带着硬假发的活着的人，仍然在那片地带匆忙来去、喋喋不休，他们外表看上去就不那么怪诞了吗？他们激烈的辩论，唾沫四溅，哪及被炸掉的小天使嘴里喷出的活泼、清凉的泉水一半让人耳目一新、天真纯洁呢？

最近他们将内殿学院大厅的大门和图书馆正面都改成哥特式的风格，我想，是为了让它们与大厅的主体建筑一致吧，原来它们都是一点都不像的。但是，那大门上的飞马哪儿去了？多么庄严的徽章！“纸楼”尽头曾挂着关于美德的壁画，充满意大利风味，谁把它们都移走了？那些画最早向我暗示了寓言！他们必须给我解释这些都去哪儿了，我如此想念它们！

的确，露天平台还在那儿，我们过去叫这“散步场”；曾经人来人往，把它的路面都踩坏了，现在那些脚步的痕迹已经不在了！它变成一个普通俗气的地方了。那些老主管委员们把这里看做他们专属的不可侵犯之地，至少每天上午是这样。他们可不会走到这块地的边缘位置或被人挤撞。他们的神气和那身衣服都宣称散步场是他们的。当你经过他们身边时，得离他们远远的。但是我们和他们的后继者就平等走在这块地上了。杰尔调皮的眼睛，总是随时准备说出笑话，几乎让陌生人都想和他针锋相对，做出机敏的应答。但是，什么样侮慢无礼的人敢结交托马斯·考文垂呢？

考文垂是个身材方方壮壮的人，他的步子很重，像大象走路一样，他的脸是狮子般的方形脸，他的步态威仪断定、笔直走直线，而且坚决不改变路线，简直像一根活动的柱子。他的下属都害怕他，他的同级和上司都感受到他那种声色俱厉的威逼之感；他走到哪里，孩子们就跑开逃避他，觉得他令人不能忍受，就像他们回避一头以利沙[①]的熊一样。他的咆哮声像耳边滚滚惊雷，无论他是快乐地对他们说话还是斥责，他那声调确实最可怕，也最令人厌恶。他说话时，从他的两个大鼻孔里喷出鼻烟的黑雾来，将空气都染黑了，更是加剧了他说话时自然

---

① 以利沙（Elisha），古希伯来先知。《旧约·列王纪下》第二章写到以利沙被童子嘲笑，两头母熊杀死了一些童子。

带来的恐怖。他吸鼻烟，不是一小撮一小撮地吸，而是一次一大把，从他那老式西装背心的袋盖下抓出一大把；他的西装背心是醒目的大红色，他的外套是深烟熏色，上面有些衣服的原色和一些装饰，还有老式的金色扣子。他便是这副模样，在平台那带散步。

在他身边有时可见一个温和的身影，面容忧郁、彬彬有礼的塞缪尔·索特。他们是同龄人，都是法学院的主管委员，但除此之外毫无共同点。在政治上，索特是辉格党人，考文垂则是忠诚的托利党人。考文垂脾气粗鲁多刺，经常对着他的政治伙伴讥讽咆哮，但对索特温和的胸怀来说都未能奏效，就像炮弹打进了羊毛里一样。你看不到塞缪尔被激怒的时候。塞缪尔名声在外，据说他是个非常聪明的人，在私人法务方面能力超凡。我怀疑他的知识也不是很多。当一件关于财产分配、遗嘱分配或其他什么的棘手案子到他面前时，他通常都交待几句，将案子丢给他的仆人洛维处理。洛维是手脚麻利的小个子，能够凭着自己拥有的非凡的天生理解力很快处理完毕。难以置信的是，塞缪尔能这么名声远扬，是靠着他装得一副庄严样子获得的。

他是个腼腆的人，一个孩子也能立即难住他，而且他极为拖拉懒散。但是尽管他是这样的人，人们还是大夸其勤奋。他总是丢三落四犯迷糊，没人能放心他独自出去。比如他穿上正式礼服去晚宴，却又忘记佩剑——那时候的绅士们时兴带佩剑的，要么就是又忘记带什么必需品。洛维在这些场合总是盯紧他，通常都会给他暗示。如果有什么不适合他说的话，结果他一定会说出来。在不幸的布兰迪小姐被处决的那天，他本来要去一个亲戚家吃晚饭，洛维早有先见之明，谨慎预见到了他可能要犯的糊涂，因此在他出发前，十分担忧地提醒了他一番，晚上吃饭千万不要以任何可能的方式暗示布兰迪小姐的事情。索特老实答应了遵守这个禁令。他刚在客厅坐下来四分钟，客人们都在等开饭通知，谈话中断了，他站起身来，看着窗外，拉拉他的褶涧花边——他的习惯动作，说道："真是沮丧的日子啊。"然后加上："我想，布兰迪小姐这会肯定已经被绞死了。"——这类事件层出不穷。但是，他同时代的一些大人物还是认为他是一个可以咨询的合适人选，不仅仅是在法律相关的事情上，而且在普通的琐细事和使人为难的事情上也要找他——这完全是风度的力量。他不苟言笑。

他在女性中间也有同样的好运。他是女士们祝酒的对象，据说还有一两位女士因为太过爱他而死。我猜，因为他从来没有对她们献过殷勤说过好话，是的，几乎连最寻常的关注，也没有给予过她们。他生得俊俏，人也不错，但是我认为他缺乏在女士面前展现出精神气和优点。他的眼睛也没什么神采。但是苏珊·P可不这么想。苏珊已经六十岁了，在一个寒冷的晚上，有人看见她独自一人，在比德路的人行道上哭泣，眼泪吧嗒吧嗒掉在地上，都能听见。因为她的朋友那天去世了。她怀着绝望的激情追求这位朋友的爱追求了四十年，那种激情，岁月也无法叫它淡漠或熄灭，可惜对方很早以前就毅然决然地觉得一辈子独身生活了，他温和但不屈不挠地执行着这个想法；即使这样，也不能劝阻她魂牵梦绕的爱他之心。温和的苏珊·P，现在你大概在天堂里和你的朋友在一起了吧？

托马斯·考文垂是考文垂贵族家族中的幼子。他在困窘之中度过了他的青年时期，这让他早早养成了极度节俭的习惯，以后一直如此。算上这笔或那笔飞来横财，我认识他的时候他已经拥有四五十万英镑了；他的神情和走路姿态，也颇为富态。他住在一间阴暗的房子里，在舰队街高级律师旅馆的抽水机的对面。现在，这栋房子由法律顾问J住着，在里面自愿苦修，我也不知道是什么原因。考文垂在北克雷有一处舒服的住处，他夏天偶尔在那里住上一两天，但是他更情愿在最热的几个月里，站在这所潮湿、狭小、像口井一样的宅第的窗口，看着窗外，像他说的那样："女仆们整天都在汲水。"我怀疑他如此足不出户，有他自己的原因。他也许觉得这样他的财产更安全。他的房子像个结实的盒子一样。考文垂就是个守财奴，不过与其说他是个吝啬鬼，不如说他是个敛财者；但即便是个敛财者，也不是埃尔维斯那样疯狂的人，埃尔维斯之流败坏了这类人的名声，没有一定的值得尊敬的坚定性和目标一致性，也是做不了敛财者。人们也许痛恨一个真正的敛财者，但是我觉得却不大容易看不起考文垂。他节约每笔小费用，经常用掉大钱，如此大手大脚让我们这些草率大方的家伙难以望其项背。考文垂一生为盲人捐了三万英镑。他严格控制家用花销的，但是他招待人时还是颇有绅士风度的。他知道哪位客人来了哪位走了，他的厨房也从来不会冷灶。

索特在对待钱财这点上恰恰相反，在其他方面也跟考文垂截然不同。他从来不知道自己到底有多少钱，手上的财产刚刚能维持住自己的地位，他那懒散的习惯基本又无改进，如果他不是有几个忠实可靠的人在身边，估计就有的罪受了。洛维管照着一切。他是他的办事员、好仆人、服装师、朋友、他的

“记忆提醒者”、向导、报时表、审计员和财务主管。不咨询洛维，索特就什么也做不了；没有他的劝告和轻责，索特就什么事也做不好；如果洛维的一双手不是世界上最纯洁的一双手，他也就不会几乎把自己整个儿都交给洛维来打理了。他简直把自己的主人头衔都放弃了，但是洛维从来没有忘记自己是仆人。

我认识洛维。他是一个无可救药的老实人。而且是个好人，敢“打”敢为。为了那些受压迫的人，他从来不考虑地位悬殊或对方人手数量。有次，一个上流社会的人拔剑威胁他，他空手夺剑，然后用剑柄狠狠揍了他一顿。因为这个剑客侮辱了一名女性，而遇到这种情况，洛维非挺身而出干涉不可。第二天他会脱下帽子站在这个人面前，谦虚地请求原谅他的干涉，因为在不牵扯什么更重要的问题上，洛维从未忘记过地位差别。洛维是充满活力的小个子家伙，生着一张像加里克①那样欢乐的脸，人们都说这两张脸很像（我有他的一张肖像，可以证实这一点）；他拥有写讽刺诗的才能，仅次于斯威夫特②和普莱尔③；他还有一些天生的天赋，比如能用泥巴或巴黎塑料捏出头像来；还会旋转制作克里比奇牌戏的记分板，诸如此类的内室小玩意儿，都做得完美无缺；他跳四对方舞或打保龄球，一样精通；他调制潘趣酒，比英国同阶层的人都要厉害；说最逗人开心的俏皮话，想出个鬼点子，你想要多少，他就能掏出多少恶作剧和新奇想法来。

---

① 加里克（David Garrick，1717—1779），著名英国演员。

② 指乔纳森·斯威夫特（Jonathan Swift，1667—1745），英国讽刺作家，随笔作家，政治宣传册作者。

③ 马修·普莱尔（Matthew Prior，1664—1721），英国诗人。

他是钓鱼人的好同伴，正是艾萨克·瓦尔顿先生[①]会挑选一起去钓鱼的那种自在、热诚、诚实的同伴。我在他垂暮之年再见到他时，他各项能力均在衰微中了，不幸瘫痪，正在人类最后的悲哀的衰弱期——“他最凄凉的残年”。但是一提到他最爱的加里克，他立刻两眼放光。“他是最伟大的人。”他会这么评价加里克，演拜耶斯演得最好，“几乎整场戏都在台上，像蜜蜂一样忙。”时不时地，他也会讲起自己的早年往事，他一个小男孩如何从林肯市[②]来这里服侍，他的母亲哭着与他分别。几年之后，他又回到林肯市，穿着整洁漂亮的男仆制服来看她，她为他的转变感恩戴德，几乎不能相信他是“她自己的小孩。”然后，激动之情平静下来后，他哭了起来，直到我希望这悲哀的第二个童年能有一位妈妈来，让他把头伏在她的腿上获得安慰。当然，我们共有的大地母亲不久后就会温柔地揽他入怀了。

考文垂和索特在平台上散步时，彼得·皮尔森最经常会加入进来，三人同行。那些日子，他们不会胳膊挽着胳膊散步，“像我们现在魁梧的三巨头大摇大摆走在街上一样”，那时绅士们基本上都是将双手背在身后以保持威严；或至少一只手背在后面，另一只手提着一根拐杖。彼得人很慈善，但是不那么讨人喜欢。他脸上有一种你可以称之为不快的表情，暗示了他缺少保持快乐的能力。他的脸苍白无血色。他的神情不招人喜

① 艾萨克·瓦尔顿（Isaac Walton，1593—1683），《垂钓高手》的作者。此书以及此人被兰姆多次提到。

② 英国东南部城市，林肯郡首府。

欢，像那位伟大的慈善家[1]（但是没有他的性情乖僻）。我知道他行善，但是我从来不很清楚他的为人。和他同时代的、但地位上低于他的另一个怪人，是戴恩斯·巴林顿，他身材魁梧方正，我认为他的步态模仿了考文垂，只不过他达不到考文垂的威严。然而，他作为一个文物收藏者，能力尚还可以的，有一个做主教的兄弟，所以他的生活倒是无忧。当他一年的司库账目交上去审计时，有一项单独的账目被法官们一致驳回："条目：艾伦先生，园丁，支出二十先令，为听我令毒杀麻雀购物。"

他旁边的是老巴顿，性格与他相反，是一个欢乐的人，每当主管委员们要在议会的房间里设宴时（相当于大学里的公用教室），都由他来定菜谱，让他那些不那么挑剔的同事们吃得舒心满意。关于他更多的事，我就不知道了。然后是里德和托平尼，里德脾气好，风度翩翩；托平尼也是好脾气，但是瘦瘦的，爱拿自己的身材开玩笑。如果说托平尼很瘦，那么沃利就是骨瘦如柴了！许多人一定都记得他（因为他约会总是迟到）以及他独特的步态：每走三步，接着就要跳一步。前三步不怎么用力，就像一个孩子才学步时，跳的那一步却相对要有力很多，像一英尺和一英寸的区别一样。他从哪里学来这种走法，或什么原因引起他这样走路，我一直都不知道。这步法本身一点也不优雅，似乎也没有比正常的走路方式更快，我怀疑是他那单薄的骨架让他形成了这样的走路姿态——一种保持泰然自若的尝试。托平尼经常打趣他的瘦，叫他"强壮兄弟"，但是沃利不

---

① 此处兰姆没有点明是谁。

喜欢笑话。他总是心怀恶意。我听说当有什么事冒犯到他时，他会狠狠地掐他家猫的耳朵。

杰克逊——人们叫他无所不知的杰克逊，也是这个时期的人。他上知天文下知地理，通晓各种各样的知识，比任何人的学问都多，因此而闻名。他是内殿学院那些不那么有文化的人当中的培根修士[①]。我记得非常有趣的一件事：有一次，一个厨师非常正式地向他道歉，请教他如何将牛肉的尾椎骨登上他的伙食账目上。如果这世上有一个人知道牛肉该部分应该怎么写，就非杰克逊莫属了。他告诉他正确的写法应该是：牛臀骨。他讲了点解剖学上的道理，这不仅加强了他的权威，而且让这位伙食委员（那时他是）学到了点知识，高高兴兴地走了。当然，有些人根据它的形状和这两个名称发音之间的相像性，确实也固执地称它为"耻骨"[②]。

我差点忘了有一只铁手的明盖，但是他是稍晚时期的人了。他在一场事故中失去了右手，便用一只铁钩替代，而且使用得很熟练。我发现那只铁手时，年龄尚小，分辨不出是真手还是假手。我还记得它带给我的惊奇。他是一个说话吵吵嚷嚷、嗓门很大的家伙。我把这也当成了是权力的标志，有点像米开朗琪罗笔下的摩西前额上的角[③]。最后，提一下马塞勒斯男爵，他

---

① 指罗格·培根（Roger Bacon，约1214—1294），英国哲学家，方济各会修士，主张通过经验方法学习自然，推崇现代科学方法。

② 牛臀骨英文既可写作"edge bone"，又可写作"aitch bone"，恰巧这两个词发音也很像，故兰姆在这里玩了下文字游戏。译文为了略作区分，将"aitch bone"译为耻骨。

③ 摩西（Moses），《圣经》故事中犹太人的古代领袖，这里指米开朗琪罗为西斯廷礼拜堂画的摩西像。

总是穿着乔治二世时期[①]的服装出门（甚至直到不久以前都还这么穿）——到此，就结束了我对内殿学院老主管委员们不完整的回忆。

奇异的形象，你们到哪儿去了呢？如果像你们这样的人仍然存在，为什么对我来说却像不存在一样呢？你们这些神秘的、让人一知半解的影像，为什么理性偏要进来，撕掉笼罩着你们的、或明或暗的奇特的迷雾？在小时候的我看来，你们是内殿学院的神话，为什么在我的回忆下你们变成了可怜可悲的角色？那些时候我看到过神，像“披着斗篷的老人们”[②] 走在大地上。让这古典的偶像崇拜之梦消失吧，让传说中的仙子和精灵的梦话都消失无踪吧！但是在孩子心中，永远会挖掘出一眼天真无邪、有益健康的迷信之泉来，夸张想象的种子在那忙着生长，生气勃勃，从每日的寻常事物间唤起不可知的和不寻常的东西。当成熟的世界在它理智和物质的黑暗中挣扎时，那片小小的歌珊地[③]将依然充满光明。只要童年和梦幻仍然还存留，想象就不会张开她神圣的翅膀，彻底飞离大地。

附言

我在文中对塞缪尔·索特那颗温柔的灵魂描述不实。轻信不完美的回忆，以及童年时期错误的认识就造成了这个谬误。但是我声明，我一直以为他是个单身汉！这位绅士，R. N.告诉我，他年轻时结过婚，结婚第一年妻子就死于难产，让他

---

① 乔治二世在位时期为 1727—1760 年。

② 出自《旧约·撒母耳记》第 28 章。

③ 歌珊地（Goshen），出埃及前以色列人住的埃及北部肥沃的牧羊地。

陷入深深的忧郁中。这件事打击深重，他之后一直未能彻底从中恢复。这给他拒绝（噢！要是能用一个更委婉的词来说明就好了！）温和的苏珊·P小姐的示爱增添了新的理解，这位腼腆孤僻的人展现出了一些特别的美。从今以后，不要让人把伊利亚的叙述当成可靠的记录了！它们实际上不过是事实的影子，是逼真的事实，却不是真正的事实。或者说，它们只是坐在历史遥远的边缘和外围。他不像R. N. 这样诚实的编年记录者，在他将这些粗糙的回忆送到出版社之前，如果咨询这位绅士的话，也许会写得更真实可靠。但是这位值得尊敬的副财务主管，他对其新旧雇主同样尊重，看到伊利亚这样不合礼节的自由漫谈一定会很困惑。恐怕这位好先生还不知道，如今，在这个言论大胆的时代，杂志得到了怎样的许可，除了《绅士》一刊外他都想不到还存在着那么多的杂志！他每月阅读这本神圣的杂志，到刊登厄尔班[①]的讣告的那期为止。但愿这些充斥着不受人欢迎的溢美之词的专栏在，他去世后还能继续下去！

与此同时，内殿学院的新主管们，好好地珍惜他吧，因为他是个最善良的人。如果疾病缠身——虽然现在他虽老未衰，依旧鹤发童颜、充满活力，多体谅他吧！记得“你们自己也会老去。”[②] 但愿那飞马——我们的旧徽章和标志，依旧繁荣昌盛，希望未来的胡克们和塞尔登们[③]照亮你们的教堂和厅堂！祝愿

---

①厄尔班（Urban），《绅士》杂志的主编爱德华·凯夫（Edward Cave，1691—1754）的笔名。

②出自莎士比亚戏剧《李尔王》第二幕第四场。

③胡克（Richard Hooker），塞尔登（John Selden），都是英国法学家，曾在内殿学院工作。

麻雀们未被毒死，在缺少更悦耳的歌手时，在你散步的地方叽叽喳喳、蹦蹦跳跳！但愿那些脸色红润、衣装整洁的儿童室女仆，得到许可，将她管照的活泼的孩子带进你壮丽的花园；当你从她身边经过时，她红着脸向你行一个最美的屈膝礼，让你回到青少年时的心绪中去！但愿这一代的少年们也盯着你看，怀着一样的迷信般的尊敬，看你在壮观的平台上散步，孩童时期的伊利亚也曾这样盯着德高望重的知名老者们在那里庄严踱步！

饭前祷告

饭前祷告的习俗也许始于世界伊始，人类处于狩猎时期，吃饭全靠机会，一顿饱餐更是胜于普通的福祉；吃饱饭是一种飞来横财，看起来就像特别的天意。在饿了肚子好几天之后，幸运地逮到的鹿或羊自然会在叫喊和胜利之歌中被拖回家，这大概就是现代祷告的起源吧。否则，就难以理解为什么人类只为食物——吃的行动，进行特定的感恩表达；我们也享受了其他许多各种各样的恩赐和好东西，但是对它们我们最多只暗示或默默地心有感念罢了。

除了吃饭之外，一天之内我想祈祷表示感恩的事情还有二十多件。我想有个仪式感谢我散步愉快，在月光下漫步，和朋友聚会，或解决了一个问题。为什么对于书，那些精神粮食，我们没有祷告呢？比如说读弥尔顿前祷告一番，读莎士比亚前祷告一番，读《仙后》之前虔诚适当地祷告一下？但是，大家公认的规矩规定了只在进餐之际进行祷告，我只好就我祷告时的经历对这个仪式略作论述；现在由我的朋友人类编排、我试图扩大使用范围的祷告仪式，它们富有哲思、诗意甚至部分的异教色彩，只能推荐给那些特定的秘密人群——不管在何处聚会的一小族乌托邦的拉伯雷[①]式基督徒了。

在穷人的饭桌上，孩子们对着简单清淡的一餐进行饭前祷告，有着自身的美感。正是在这里祈祷变得格外文雅得体。穷人，几乎不知道他明天是否还能吃上饭，在他的食物旁边坐下，真正地感受到上天的福佑。而富人就只能勉强地表现出一点感恩，因为在富人从来没有“想吃饭”这个概念，除非是看了什么极端的理论才会有这个概念。吃饭的目的是为了维持生存，富人生活无忧，何来此认识？穷人的面包是他每日的口粮，真真正正是一天的主食，而富人们的饭菜是一直都有的。

最简单的饭菜，开动之前祷告一番是最适合的了。最不能激起人们食欲的东西，才能让大脑去自由考虑一些食物之外的东西。一个人面对一盘简单的萝卜炖羊肉，会觉得感恩，满心感激，能够安安心心去思考吃的法令和教规；而面对着鹿肉或甲鱼，他要是坦白那忧虑不安的思绪，与祷告的目的就不协调了。当我坐在富人家的餐桌边时，桌上是美味可口的汤，香气扑鼻，让大家垂涎三尺，大家就想着吃，都不知道怎么个吃法好，还让他们先祷告再吃饭，是不合时宜的。人正处在饥饿的驱使下，似乎不该再插进来一个宗教仪式。用垂涎欲滴之口嘟囔着些感激赞美之辞只会让祷告的目的混乱。贪图美食之人的食欲扑灭了温和的虔诚之火。身边食物腾起的香味是异教风格的，肚子里的贪恋美食之神早攫住那香气供自己享用了。因为食物过于丰盛，超过了需求，夺走了目的和手段之间的均衡。赐予者被他的恩赐遮住了。报之以感激，你惊讶于此事的不公：

---

① 拉伯雷（Francois rabelais，1494—1553），著名法国人文主义者。

感激什么？因为自己吃得太多，而很多人都在挨饿吗？这简直是在赞扬神的过错了。

我注意到了，即使是饭前必做祷告的好人，也察觉到了这点尴尬。我在牧师和其他人脸上也看到了这种羞愧——同时并存的某些情景亵渎了这种祷告。用虔诚的腔调在几秒中之内念完祷告词，说话者很快就会回到他平常的声音中，帮助他自己或他的邻座盛饭盛菜，好像要摆脱什么令他心神不安的伪善之感。这不是因为那个好人确实就是个伪善者，或者他没有认真做祷告执行他的职责，而是他在内心深处感觉到了面前满桌佳肴的场景，和进行平静、理性的祷告两者之间不相容。

我听到有人叫道：难道你想让基督教徒在桌前坐下来，像猪一样吃光它们的食槽，想都不想一下赐予他们食物的人吗？不，我想让他们坐下来像基督徒一样，铭记恩赐，不要像猪一样。如果他们的胃口大开，必须纵容自己于世界各地可以搜罗得到的美食之中，我会希望他们推迟祷告到一个更为合适的时机，比如当食欲平息下来再进行；当饮食有节制，菜肴有节度时，良心的呼声能被听见时，祷告的理性就回归了。贪食和吃得过多对感恩来说都不适宜。我们读到当耶书仑①吃得太胖，他就变得极度兴奋。维吉尔更清楚哈尔皮②的本性，他笔下的西林诺能饕餮任何东西，都不会吐出一句感恩之言！

我们也许感激的只是有些食物比其他东西更美味，尽管那只是一种卑鄙的、低级的感恩，但是祷告的适当目的在于营养，

---

① 耶书仑（Jeshurun），出自《圣经·申命记》第32章第15节。

② 哈尔皮（harpy），希腊神话中的怪物，女人身，翅膀、尾巴和爪子似鸟，本性贪婪。下面的西林诺（Celaeno）是哈尔皮中的一员。

而不是味道；在于每日面包，而不是美味；在于生存必需品，而不是纵容这副血肉之躯。我想知道，一个城市牧师在某些大厅宴会主持饭前祈祷时，心里是怎样的沉着镇定，他知道他的最后一个总结圣词——那非常可能是他宣扬的神圣名字，即是许多迫不及待的贪食者们的信号，标志着他们可以开始污秽的狂欢宴饮，没有一丁点儿真正的感恩之心（若感恩就应该节制饮食），就像维吉尔笔下的鸟怪一样！那些刺激食欲的珍馐佳品的香气，混合着也污染着神圣的祭坛献祭，如果这位好人自己不觉得他的虔诚因此被遮挡一分，就已经算很不错了。

对满桌山珍海味、饕餮过度最尖酸的讽刺，是《复乐园》中撒旦在荒野摆出的诱惑盛宴[①]：

> 一张桌子富丽堂皇地摆开，
> 佳肴堆叠，最优质上等的肉
> 和美味；捕到的野兽，猎住的飞禽，
> 烘焙，烧烤或烹煮而成，
> 撒上香料熏蒸；鱼都来自于海里或岸边，
> 河流或小溪，为了捕获它们排干了
> 本都[②]，鲁克连湾和非洲海岸的水。

我敢向你保证，撒旦认为这些佳肴可以直接动筷，不用进行饭前祷告。当魔鬼做东道主时，它们好像喜欢简单仪式。我担心，诗人在这里想要摆出他通常的端庄得体来呢。他想到了

① 以下引用的几段都出自弥尔顿《复乐园》第二卷。
② 本都（Pontus），黑海南岸古王国。

古罗马的骄奢淫逸吗？或者他在剑桥读书时的会餐日？这对黑利阿加巴鲁斯[1]来说更是诱惑。整场宴会太像城市厨房烹饪出来的，那些附带的小吃亵渎了那种深厚、抽象、神圣的场景。魔鬼大厨召唤来的一大堆调料，与那位饥肠辘辘的客人[2]的简单需要不相称。搅乱了耶稣美梦的人，也许能从他的美梦中获得更好的教益。对于那饥饿的上帝之子有节制的想象，什么样的盛宴会出现呢？他的确做梦过，

他的食欲常常变成美梦，
有肉有酒，自然的甜美点心。

但是是什么样的饭菜呢？

他在梦里，站在基立溪[3]畔，
看到乌鸦用尖嘴叼着食物
日夜不息给以利亚运送；
尽管饥饿，它们被教导不得吃运送的食物；
它们见过那位先知逃向沙漠，
他在那里的一棵杜松树下睡着，
然后他醒来
发现炭火上已经备好了晚餐，

① 黑利阿加巴鲁斯（Heliogabalus，即 Elagabalus，约 203—222），古罗马皇帝，生活骄奢淫逸，违背宗教信仰。

② 撒旦设宴是为了诱惑耶稣。

③ 基立溪（Cherith），先知以利亚（Elijah）对以色列国王亚哈（Ahab）宣布将有三年大旱，他自己在大旱年间的前期生活在该溪畔。

旁边一位天使叫他起身吃饭，
睡醒之后再吃第二顿，
获得的力气足够支撑他四十天：
有时，他与以利亚分享，
或与客人但以理[1]共进美餐。

没有比弥尔顿对这位神圣饥者的梦境更细致入微的构想了。对于这两次幻想中的盛宴，你认为哪一次进行所谓的祈祷最适合、最恰当呢？

理论上说我并不反对祈祷，但是实际上我觉得（特别是饭前）它们似乎有一些别扭、不合时宜。我们这样或那样的食欲，是对我们理性的绝佳刺激，否则我们对于保存和延续种族的伟大目的就软弱无力。我们的食欲，站在一定距离之外、怀着与之相称的感激加以思考，也是一种适当的恩赐；但是最想吃东西的时刻（明智的读者会懂我的意思）也许最不适于进行祷告。

贵格会教徒从事他们形形色色的事业，比我们更镇静，更有资格进行饭前祷告。我一直很敬佩他们沉默的饭前祷告[2]，因为我注意到他们接下来吃肉喝酒都不像我们那么狼吞虎咽和耽于肉欲。他们既不贪食也不贪杯。他们吃饭，像一匹马吃下切得整齐的干草，态度漠不关心、平平静静，吃相干净利落。他们既不会把自己弄得油腻，也不洒出什么汤汤水水。当我看到一位公民吃饭时围着围嘴和领巾时，我不认为这像什么神圣的

---

① 但以理（Daniel），《圣经》中古希伯来先知。

② 贵格教（Quaker）不起誓，主张和平、人人平等，没有等级结构划分，聚会一般会在一片沉默中开始。发言者自愿。

白法衣。

我对吃饭的态度不是贵格教会的那一套。我承认我对食物品种漠不关心。那些油肥的鹿肉我可以不动声色、平心静气地吃下去。我讨厌有人狼吞虎咽，食而不知其味，我会因此怀疑他在重大事情上的品位。我也会本能地躲开称自己喜欢吃碎牛肉馅的人。从一个人对食物的喜好可以看出他的性格来。C认为不爱吃苹果布丁的人不是一个心地纯洁之人，我不确定他的观点是否正确。随着我年幼时的天真慢慢衰落，我对那些无害的美食是一天比一天更不喜欢了。所有的蔬菜类食物都让我没有胃口。只有芦笋我依然爱吃，似乎还能唤起我一些温柔的心思。

如果食物烹饪得差强人意，我会不耐烦，爱发牢骚。比如，饭点回到家来，期待有一顿美味的大餐，却发现饭菜非常无味无趣。黄油没有化开——最常见的厨房失误，让我忍不住要发脾气。《漫步者》[1] 的作者每次吃到他最爱的食物，就要发出口齿不清的动物般的声音。这样的声音适于放在祷告之前吗？或者，那个伪善的人将他的虔诚祷告推迟到他不那么忧虑不安时，是不是更好呢？我不埋怨各人的不同口味，也不会绷着我那张瘦长脸去反对那些美妙的食物、那些欢乐和宴会。但是这些欢宴，无论多么值得称赞，本身就没有什么优雅或得体的地方，尽管食客在饭前祷告时假装显得虔诚，其实他早已公然地对着

---

①《漫步者》（*The Rambler*），英国作家塞缪尔·约翰逊（Samuel Johnson，1709—1784）的书。

某条大鱼献飞吻了——他的大衮[1]，不过不是装在特别的献祭用的柜子里，而是盛在他面前油腻腻的汤碗里。只有对于天使和孩子们的宴会来说；对于卡尔特教派[2]的菜根和更朴素的伙食来说；对于贫穷卑微之人微薄但很在乎的便餐来说，祷告才是一首甜美的序曲；在饮食奢糜的人食物堆积如山的桌上，祷告变成了不和谐的气氛，时间不恰当，与当场情况也不搭；我认为，只有儿童故事里诺顿[3]那个地方，猪拉的风琴更适合饭桌上的环境。

我们吃一顿正餐坐得太久，好奇研究各道佳肴，吃得一片混乱，太过全神贯注把好东西（本该是大家公有的）都拨到自己的盘子里来，还有什么优雅可言，还怎么来进行祷告呢？感谢我们拿来的菜肴超过了我们能吃得下的分量，等于是在不义之中又加进了伪善。正是隐约认识到这个真理，使祷告这项职责在大多数饭桌上变成了冷冰冰的、无精打采的仪式。在饭前祷告和餐巾都必不可少的家庭里，谁没有看到那个从来没有得到解决的问题被抛出来：谁来念祷告词？这家的好主人，来拜访的牧师，还有那年长一些、权威稍次一点的其他客人之间，恐怕都会相互恭维、相互推辞，每个人都乐意将这项职责不明的别扭任务推给其他人承担。

---

① 大衮（Dagon），《圣经·旧约》中非利士人的主神，上半身是人，下半身是鱼。

② 卡尔特教派（Chartreuse），天主教的一支，于1084年由圣布鲁诺（St Bruno）所创，提倡修行冥想。

③ 诺顿的猪会拉风琴一说（Hog's Norton），据说是在莱斯特郡（Leicestershire）的霍克诺顿（HockNorton）这个地方，风琴手曾经被称为猪，造成的误传。

有一次，我和两位同属卫理公会[1]、但信仰不同的教徒一起喝茶，那晚我荣幸地介绍他们初次认识。在第一杯茶还没分发完毕时，一位牧师先生一本正经地向另一位发问，问他是否要说点什么。似乎对于某些宗派来说，惯例就是喝茶也该先祷告一番。那位牧师兄弟起初没有理解他的意思，但是经过解释后，他也庄严地回答说，他的教会并没有这个惯例。不管这个彬彬有礼的借口是默许了礼节，还是依从了信仰不够坚定的兄弟，反正增补茶前祷告总算是免了。他们两个那样的精神，卢西恩[2]难道不要用于描绘一下同一教派的两位牧师，相互恭维客气，都想对方履行供奉祭品或撤销祭祀的职责？与此同时饥饿的上帝怀疑着还有没有人给他焚香，张着鼻孔期待着两位祭司履职（像踩在两张凳子之间一样），最后还是没有吃上晚饭，只得悻悻走了。

饭前祷告仪式时间太短，似乎缺乏虔诚；时间太长，我又担心难逃指责说不合时宜。我并不完全赞同爱拿双关语打趣的C. V. L.（我的令人愉快的基督公学同学）那警句般简洁的祷告方式。每当被迫要做祷告时，他先快速狡猾地向饭桌上瞥一眼，问到："在座的没有牧师吧？"然后意味深长地加上："感谢上帝[3]！"我不认为我们学校古老的祷告形式很恰当，那时我们得对着餐桌上干干的面包干酪念祷告词，将那谦卑的食物恩赐，和宗教在我们的想象中提供的最严肃、最巨大的好处联系起来。

---

① 卫理公会（The Methodist Church），基督教新教的一个派别。

② 卢西恩（Lucian，125—180），希腊讽刺作家。

③ "Thank God"既有感谢上帝的意思（表示虔诚的感恩），也可理解为"谢天谢地"，没有牧师来主持祷告，大家可以尽快开饭，表达了这个人物的讽刺。

这些已经过时了。我记得我们一起祷告感恩上天赐予“美好的食物”，面前全是饭菜，固执地从低俗和食欲的角度来理解那句话——直到有人回想起一个传说，说的是基督公学的黄金时期，年轻的学生晚餐能吃上冒着热气的大块烤肉，直到某个虔诚的恩主，认为外表体面比他们的味觉更值得同情，将吃的肉换成了校服——想起来真是心有余悸啊——我们的羊肉，于是也就被换成了裤子。

初次看戏

在十字庭院①的最北端屹立着一座宏伟建筑的大门，虽然现在它已经沦落成寻常用途了，变成了一家印刷厂的入口。那个旧大门，读者，如果你还年轻，你可能不知道那曾经是老杜利剧院②——加利克的杜利剧院——所剩下来的遗址。每当我走过它的门前，仿佛时光倒退四十年，回到我第一次看戏的那晚。那是个湿漉漉的下午，只有雨停了，我们（长辈和我自己）才能外出。透过窗户看到水坑时，我的心跳如打小鼓一样，因为大人们教我，水坑中的水面静静不动，就说明雨停了。我似乎还记得最后的一滴雨溅了一下，然后我欢心雀跃地奔走宣告雨真的停了。

我们是拿着我的教父F先生送的免费入场券去看戏的。他在赫尔本街费瑟斯通大厦的角落开着家油店（现在已经改名叫“戴维斯”了）。F先生是个高大严肃的人，说话高傲，对自己的地位自命不凡。那些年他和喜剧演员约翰·帕默③有来往，他似乎刻意模仿着帕默的步法和举止，也很有可能约翰的那一套

① 十字庭院（Cross-court），伦敦旧时地名。

② 杜利剧院（Drury，即Drury-lane Theatre），伦敦的剧院之一，大卫·加里克（David Garrick，1717—1779），英国著名演员，曾在1747—1776年担任剧院经理。

③ 约翰·帕默（John Palmer），英国演员，不很出名。

倒是从我教父这里学来的呢。他还认识谢里丹[1]，有时谢里丹来拜访他。正是在他赫尔本街的房子里，年轻的谢里丹带着他的第一任妻子——美丽的玛利亚·林丽，从巴斯的一所寄宿学校私奔出来。当他那晚带着他情投意合的妻子到达时，我爸妈也在场（正在打夸得里尔牌）。从两方面交情中的任一条都可以推知，我的教父可以随时弄到杜利剧院的免费入场券。当然，我听过他说，这么多年来他为剧院的乐队和各种通道提供照明的油灯，唯一的薪酬就是谢里丹亲笔签名、慷慨赠送的免费券——他对此也很满意。因为，跟谢尔丹很熟络，或者说他自以为好交情，对我的教父来说比钱更珍贵。

F先生是油店老板里最有绅士风度的人了，他常常夸夸其谈，但也彬彬有礼。哪怕最寻常事情，他也常常要雄辩一番。有两个拉丁词常挂在他嘴边（从一个油店老板嘴里发出的拉丁文是多么怪异啊!），后来我掌握的知识更多了，便能挑出它们的错来了。就严格的读音来说，它们应该读作“vice versa”[2]，在他独特的发音中，故意将音节简化了或者说英语化了，变成听起来像“verse verse”。那些年，那两个词让我心有敬畏，现在我已经能够直接阅读塞内加[3]和瓦洛[4]了，他的这点小墨水就不值一提了。但是，凭着他那种威严的姿态和这些扭曲的音节，他获得了圣安德鲁斯教堂授予的最高教区荣誉（虽说这荣誉也算不上什么）。

---

① 理查德·谢里丹（Richard Brinsley Butler Sheridan，1751—1816），英国著名戏剧家。继加里克之后担任过杜利剧院的经理。

② vice versa，拉丁文，意为“反过来也一样”。

③ 塞内加（Lucius Annaeus Seneca，约 4—65），古罗马著名哲学家，散文家。

④ 瓦洛（Marcus Terentius Varro，公元前 116—27），古罗马学者，作家。

他已经去世了，因此我在这里写下对他的回忆，不是为了我最初看戏时的免费券（小小出色的护身符！——小小的钥匙，看上去无足轻重，但给我打开了比天方夜谭还要神奇的世界！)，而且，因为他遗嘱中的馈赠，我才拥有了一处可以称为我自己的地产——位于赫特福德郡，邻近路边的、宜人的普克里治村。当我一路前往去继承这份遗产时，当我的脚踩在属于我的土地上时，教父庄严的习惯似乎突然附于我身，我昂首阔步（我是否该承认这种得意之情?)，走在我四分之三英亩[①]的土地上，土地正中还有间宽敞的宅邸；我感觉到一个英国不动产所有者才有的感觉：从此片土地的中心到天空都是我的！这块地产后来转入了更为精明、深谋远虑的人手中，恐怕也只有一个熟悉土地经营的人才能恢复它的原貌了。

那些年月，有座位在剧院正厅的免费券。该死！后来不知道哪个让人不舒服的经理废除了它们！总之，拿着免费券，我们就去剧院了。我记得等在门口——不是现在剩下来的这扇门，而是在它和里面一道有檐的内门之间——哦，何时我才能再那般满怀期待地等待着！我听到了小贩儿们卖水果和糖果的叫卖声，那是剧院必不可少的伴唱。我记得剧院门口女水果贩子最时髦的说法是："买一点橙子吧！买一点糖果吧！买份戏单吧！"——"买"这个词要念成"埋"[②]。但当我们进入剧院后，我看到绿色的幕布挡在我想象的天堂前，即将拉开——我耐着性子，屏息凝视地期待着！罗[③]的莎士比亚全集《特洛勒斯和克

① 一英亩约等于4046．87平方米。

② 英文原文中是把chase读成chuse。

③ 罗（Nicholas Rowe，1674—1718)，英国戏剧家，曾编过莎士比亚全集。

莱西达》那部剧前面的插图上，我看到类似的场面：狄俄墨得在营帐的那一幕[①]——后来，每每看到那幅插图，总是能让我回到那晚的思绪中去。

那时候剧院的包厢里，坐满了锦衣华服的贵妇人，矗立的壁柱涂着一层亮闪闪的材料（我不知道是什么），显得柱子似乎裹在玻璃之中，在我朴实寻常的想象里我认为是糖果，但是，如果让我想象得再狂放一点，它们好像脱去了平庸的性质，变成了流金溢彩的华贵糖果。乐队席的灯光终于亮起来了，那些"美丽的曙光女神！"[②] 第一次铃响了。它还会再响第二次——我无法控制我的热切期盼，只好闭上眼睛，把头埋进母亲怀里，不再去等待铃响。铃儿响第二次了。大幕徐徐拉起，我那时还不到六岁，但看的戏却是《阿尔塔薛西斯》[③]！

我在世界历史尚有涉足——古代史部分，现在舞台上就是波斯宫廷。我得承认，它讲的是历史，我对故事情节不感兴趣，因为我不理解它的含义。但是当我听到"大流士"[④] 这个名字，我立即就被带入但以理[⑤]的世界中了。我所有的感情都沉浸在梦

---

①《特洛勒斯和克莱西达》（*Troilus and Cressida*），莎士比亚根据希腊神话改编的剧本，特洛伊王子特洛勒斯爱上了祭司之女克莱西达，后克莱西达又接受了希腊军官狄俄墨得（Diomede）的追求，最后特洛勒斯被希腊将领所杀。营帐一幕出自第五幕第二场。

② 下文提到的歌剧《阿尔塔薛西斯》开始曲里的一句话。

③ 阿尔塔薛西斯（*Artaxerxes*）是一部三幕歌剧，由托马斯·安涅（Thomas Arne）改编自梅塔斯塔西欧（Metastasio）1729 年的歌剧《阿尔塔赛斯》（*Artaserse.*），主要讲的是历史人物波斯王朝的阿尔塔薛西斯一世在其父薛西斯一世被阿尔坦班奴斯暗杀后继位的故事。

④ 大流士（Darius），古波斯帝国国王。

⑤ 但以理（Daniel），《旧约》中的希伯来先知。《但以理书》中曾提到过大流士。

幻中了。华美的服装，花园，宫殿，公主在我眼前闪过。我对演员还没有什么概念。那时我就身在波斯波利斯[①]；他们信奉的燃烧的偶像[②]几乎将我也变成信徒。我充满敬畏，相信这些示意不只是自然界的普通火焰。它是魔法，是梦幻。除了在梦中，我不曾获得这样的快乐。接下来是《哈勒昆的入侵》[③]，我记得，这部剧中法官们变成了可敬的祖母，对我来说好似是一块彰显正义的严肃史实；就连裁缝手里拿他自己的头走来走去，也像圣丹尼斯的传奇[④]那样真实。

我被带去看的第二场戏是《领主之妻》，对这部戏我只隐约记得一些舞台布景，以及一些模糊不清的印象了。接下来是一部哑剧，叫做《卢恩的鬼魂》，现在我理解过来这部剧是对去世不久的里奇[⑤]的讽刺，那时我还以为（对讽刺作品来说它显得太真诚了），卢恩是一个像卢德王[⑥]一样是远古的古人了，是哈勒昆[⑦]家族的一位先人，将他的木匕首（木头权杖）传递了数不清的时代。我看到这位穿杂色衣服的远古小丑从他寂静的坟墓走出来，穿着件惨白的拼布缝缀的长袍，看上去像一条死了的虹鳟鱼。我便以为哈勒昆们死时都是这样。

---

① 波斯波利斯（Persepolis），古波斯帝国都城之一。

② 古代波斯信奉拜火教。

③《哈勒昆的入侵》（*Harlequin's Invasion*），加里克编写的哑剧，写滑稽丑角哈勒昆入侵莎士比亚的领地，以失败告终。

④ 圣丹尼斯（St. Denys），法国保护者，传说被斩首后，拿着自己的头又走了两英里地。此处作者说自己少不更事，将戏和传说都当成真的。

⑤ 指约翰·里奇（John Rich，约 1682—1761），英国哑剧演员，艺名为卢恩(Lun)。

⑥ 卢德，即卢德王（King Lud），不列颠古代国王。

⑦ 哈勒昆这个名字本身就有滑稽角色、丑角的意思。

我很快又看了第三出戏。它是《人情世故》[1]。我觉得我当时肯定是一本正经地坐在那里，严肃得像个法官，因为我记得好夫人威士福特歇斯底里的感情，像一些严肃的悲剧激情一样，让我深受感染。接着，《鲁滨逊·克鲁索》[2] 上演了，在剧中，克鲁索，仆人星期五和鹦鹉，真的就像故事里的一样。这些哑剧里的小丑啊傻瓜啊我几乎是一点也记不清了。我相信，我那时是不会嘲笑它们的；因为我那个年龄，就连看到内殿法学院古老的圆顶教堂（简直是我的教堂）里有很多古里古怪的哥特式风格头像，或张口凝视，或咧嘴而笑，对我来说它们似乎都充满了神圣的意味，我是不会嘲笑它们的。

我是在 1781 至 1782 年间看的那些戏的，那时我 6 岁到 7 岁的样子。又隔了六七年（因为上学读书时想出去看戏是不被允许的）之后，我才又一次走进了剧院。过去看《阿尔塔薛西斯》的那个晚上一直深深留在我的脑海里。又一次来看戏，我本指望同样的情况下可以重温那时的感受。但是 60 岁的我和 16 岁的我之间的差别，却远没有 6 岁的我和 16 岁的我之间的差别大。在那段年月我还有什么没有失去呢？6 岁，正值人生最初阶段的我一无所知，不谙世事，不辨万物。但是，我感觉一切，热爱一切，对一切好奇，——

---

①《人情世故》(*The Way of the World*)，英国剧作家威廉·康格列夫（William Congreve，1670—1729）的喜剧。下文中的“好夫人威士福特”（Lady Wishfort）是剧中一个人物，剧中男主人公米雷贝尔以假装向她求爱的手段追求她的侄女，惹她生气。

② 即《鲁滨逊漂流记》，鲁滨逊·克鲁索（Robinson Crusoe）是主人公的名字，后面的“星期五”（Friday）是他在荒岛上驯服的野人，他给该仆人起了这个名字。

我说不出来是以什么方式，但我得到了培养[①]。

我离开内殿法学院[②]时，还是个对一切心怀热爱的人；再回来时，已经变成了一个理性主义者。故颜未改，旧貌依然，但是往日看戏时的那些象征寓意，那些浮想联翩，都不在了。绿色的大幕不再是两个世界间的阻隔，大幕拉起本是要让时光倒退回逝去的时代，展现出一位“先王的幽灵”[③]，但是大幕不过是一块用绿色台面呢料子做的布，不过是用于将观众与演员隔开，那些人一会儿要走上前来扮演戏中的角色。灯光——乐队席的灯光，是由一台粗糙笨拙的机器上打出来的。第一声铃响，第二声铃响，现在只是提词员打的铃声了，往日时，它像布谷鸟的啼鸣，声音如鬼魅般虚幻，由一只看不见、也猜不出的手发出的提醒。现在，演员也只是化了妆的男男女女而已了。我曾认为是他们变了，但其实变的是我，是那长如几个世纪、实则不过短短六年的时光改变了我。小时候那个晚上看的只是一出平庸的喜剧，也许对我来说这是幸事一桩，因为它给了我时间在心中播下一些说不清道不明的期待，也许让我仍然保留着最真的情感；不久之后，我第一次看到西登斯夫人[④]演的伊莎贝尔时，那种感觉又回来了。今昔对比和怀旧之情很快为这出戏的吸引力所折服。剧院又进了一批新剧目，看戏对我来说又变回了最令人愉快的消遣。

---

① 出自艾萨克·瓦尔顿的《垂钓高手》(*The Compleat Angler*)。

② 内殿法学院（Inner Temple）被简称为Temple，兰姆小时候家住在法学院中。

③ 出自莎士比亚戏剧《哈姆雷特》。

④ 西登斯夫人（Sarah Siddons，1755—1831），英国著名女演员。兰姆在《芭芭拉·斯威特》一文中也有提及。

梦的孩子：一段奇想

孩子们喜欢听长辈们讲故事，讲他们还是孩子时的故事，然后用他们的想象力勾画出他们素未谋面的祖母、伯祖父们是什么样。正是出于这种精神，有一天晚上，我的一对小儿女绕膝，听我讲讲他们的曾外祖母菲尔德[1]：她住在诺福克郡的一幢大房子里（比他们和爸爸住的房子还要大一百倍!）——至少那个郡的人们都相信，那幢大房子正是他们不久以前才听过的歌谣《林中之子》[2] 里那些悲剧的发生之地。当然了，孩子们，他们凶残的叔叔，以及知更鸟，整个故事都被栩栩如生地雕刻在大厅壁炉的面板上，直到一个愚蠢的富人将它拆卸下来，装上一块现代时兴的大理石面板，上面光光的什么故事都没有。听到这里，爱丽丝带着一副她妈妈特有的神情，那么温柔动人，让人不忍认为这神情有谴责的意味。

然后我继续讲下去，他们的曾外祖母菲尔德是多么虔诚，多么善良，多么受每一个人爱戴和尊重，尽管她实际上不是那

---

① 兰姆的外祖母是玛丽·菲尔德（Mary Field），在赫特福德郡的布莱克斯威尔一户普鲁默姓氏的的家庭当了五十年管家。

② 英国传统儿童故事，失去双亲的两个小孩被其意欲夺得他们遗产的叔叔交由恶棍谋杀，两恶棍发生争执，其中一人杀死同伙。两个小孩被留在林中死去，由鸟儿用落叶盖上了他们的尸体。

幢大房子的女主人，只是受房主之托管理那幢房子而已（但是，从某些方面来说，也可以说她是房子的女主人），房主在邻郡的某处买了一幢更新的、更时髦的大宅，搬去那里住了。但是曾外祖母住在这间大房子里，好似自己就是房子的主人。在她居住期间，她保持着大房子的大户气派。之后房子逐渐老旧，几近于坍塌，它的旧装饰都被揭下来，运到了房主的新房子里去，在新居里重新被用起来。但是新居配旧饰看起来十分不搭，就像有人将他们近期在寺里[①]看到的旧坟墓搬来，树在C夫人俗丽的镀金客厅里一样。

讲到这里约翰微笑的神情好像在说："那可真是愚蠢极了！"然后我讲了祖母如何去世的，附近所有郡县的穷人们都来参加她的葬礼，有些绅士们也来了，他们闻讯赶来，表达对她的追思。因为她是一个如此虔诚善良的女人；她真是个好人，熟记了所有的《诗篇》[②]，唉，还有《新约》的大部分内容。此时爱丽丝摊开了她的小手。

然后我告诉他们，曾外祖母菲尔德曾经是个身材高挑、亭亭玉立、优雅翩翩的女人，她年轻的时候是个多么出色的舞者——这时爱丽丝的小小右脚不由自主地动起来，但是，看到我哀容满面，她停止了动作——整个郡县最棒的舞者！我说，直到一种叫做"癌症"的残酷顽疾袭来，以疼痛压弯了她的腰；但是，病魔无法打败她的奕奕精神，或叫她的精神屈服，她的精神还是屹立不倒的，因为她是那么善良，那么虔诚。

---

① 指伦敦的西敏寺。

②《诗篇》，属于《圣经·旧约》中的一卷，收圣诗、圣歌、祷词共150篇。

我继续讲，她过去独自睡在大房子里的一间空落落的房间里，她相信看到过午夜两个幼童的幽灵[①]悄悄地在离她房间很近的楼梯上滑上滑下，但是她说:“这些纯洁的幽灵不会伤害她的。”即使那些日子晚上有女仆看护我睡觉，我也从来没见过幼童幽灵，那时的我还是害怕极了，因为我可是连曾外祖母一半的虔诚和善良都没有。

这时约翰舒展眉头，努力表现出一副男子汉的无畏气概。然后我说，曾外祖母对她所有的孙子孙女都是那么的好，节假日里喊我们到她的大房子里欢聚一堂，特别是我，在那里独自一人盯着罗马十二恺撒——也就是罗马帝国的皇帝的半身雕像能看上好几个小时，直到那些旧的大理石头像似乎活过来一样，或者是我自己也快变成像他们一样的雕像了。我乐此不疲于在大房子里四处游荡，那么多空空的大房间，有着破旧的帷幔，随风飘动的挂毯，镀金部分快要磨光了的雕花橡木板。有时我在那宽敞的老式花园里玩耍，要不是时不时碰到一个孤独的园丁，整座花园都仿佛被我独占了。油桃和桃子垂在墙头，除了偶尔采摘一二，我可一点也不想去采摘它们，因为它们是禁果，也因为我觉得在那树容忧郁的紫杉树或冷杉树下游荡更有乐趣，拣拣红莓、冷杉果，它们只是看着好看而已。或者是躺在青草地上，闻着花园甜美的气息；或在橘园晒太阳，沉醉在那让人满心感激的温暖中，让我觉得自己也要和那些橘子啊酸橙啊一起成熟了。我或是去花园尽头的池塘边看鲦鱼游来游去，不时这那就能看到一条闷闷的梭鱼静止不动悬在水中央，好像在嘲

---

① 传说普鲁默家族失踪过两个小孩，文中鬼故事由此生发而来。

笑鲦鱼嬉戏的欢腾劲儿。我爱这无所事事的消遣，那些一般总能让小孩子垂涎三尺的东西，桃子啊、油桃啊、橘子啊的甜美滋味，可比不上这般消遣能够吸引我！

听到这里，约翰偷偷把一串葡萄放回盘子里。爱丽丝不是没注意到这串葡萄，约翰本打算和她分着吃的，但两人听了故事感觉不大适宜，似乎都愿意暂时放弃它。然后我稍稍提高了嗓门，告诉他们的曾外祖母菲尔德是多么爱她的孙子辈们，她最疼爱他们的伯伯，约翰·L[①]，因为他是一个那么英俊潇洒、活力四射的年轻人，是我们所有人的头头儿。而且，不像我们中的有些人内向地躲在孤独的角落，他可以驾驭他能找到的最烈性的马，那时他不过也是个不比他们大多少的小顽童！清晨，他能让这些马驮着他跑遍半个郡，追上出门打猎的猎手。当然他也爱大房子和花园，只是他那么精力旺盛，大房子和花园的围墙可关不住他！

后来，他们的顽童伯伯逐渐长大成人，他勇敢无畏，英俊帅气，人见人爱，其中曾外祖母菲尔德尤为宠爱他。当我还是个跛脚的小男孩时，他常背着我走好几十英里——因为那时他比我大几岁，这样我就不用在脚痛中前行了。但是之后他自己也跛了脚，当他不耐烦时、在痛苦中时我（恐怕）总是不够体谅他，也不记得当我跛脚时他对我是怎么样耐心又体贴的了。他去世后，虽然他才刚去世一个小时不到，我却感觉他离我而去很久了一样，生死相隔是那么遥远的距离！起初我还能承受得住他的去世，但不久此哀事便在我心头萦绕不散，虽然我没

---

① 指兰姆的哥哥约翰·兰姆，死于1821年。

有像其他人那样痛哭流涕、悲伤萦怀，我想到要是我死了他会怎么样，我一整天都很想念他，直到那时我才明白自己有多爱他。我想念他的善良，想念他发脾气时，我希望他还活着，能和他吵架也好（我们过去时有吵架），而不是永远地失去他了。他去世之后我心神不宁，就像他们可怜的伯伯被医生截肢后的心情一样。

这时孩子们都放声大哭起来，问他们戴着的小小孝布是否是为约翰伯伯的。他们抬起头来，恳求我不要再讲约翰伯伯的故事了，而是讲讲他们的妈妈，已经去世的美丽的爱丽丝。我告诉他们，在过去的七年里，我如何时而满怀希望，时而绝望至极，但仍然坚持追求美丽的爱丽丝·温顿[①]的。我尽量在孩子们的理解范围内，解释少女的羞怯、为难和拒绝是什么含义——突然，我转向小爱丽丝，发现爱丽丝的灵魂正透过她女儿的眼睛得以真实地重现，我开始迷惑站在我面前的到底是谁，这头盈盈秀发到底是谁的，当我愣在那里痴痴地看着时，两个孩子的身影都在我的视野里变淡，渐退渐远，直至变成站在最远那端的两个凄楚的影子。他们没有说话，却又奇怪地让我觉得他们开口说道："我们不是爱丽丝的孩子，也不是你的孩子，我们压根就不是孩子。爱丽丝的孩子叫伯特伦爸爸。我们是虚无，比虚无还空无一物，不过是个梦境。我们只是有可能成为的人形，必须等在忘川冗长的河岸千百万年，等待我们转世为人，拥有自己的名字。"——这时，我突然惊醒，发现自己正安

---

① 1792 年，兰姆爱上了一位名叫安·西蒙斯（Ann Simmons）的女子，追求多年，未果。西蒙斯小姐最后嫁给了一名名叫巴川姆（Bartram）的铁匠。兰姆在他的随笔里将自己年轻时的爱人化名为爱丽丝·温顿（Alice W-n）。

静地坐在我的单人扶手椅上，原来我刚刚只是睡着了而已。忠诚的布莱吉特还是老样子趴在我身边——但是约翰·L（或叫詹姆斯·伊利亚[①]），却永远地逝去了。

① 兰姆为哥哥约翰起的假名。

扫烟囱小孩礼赞

我喜欢遇到扫烟囱的人——请不要误会我，我指的不是扫烟囱的成年人，扫烟囱的老家伙对我没有什么吸引力，而是那些幼小的新手，在他们最初的满身煤黑中蓬勃成长，母亲给他们洗刷的痕迹还没有全部从他们脸上抹去。他们与黎明一起到来，甚至还要早一点，带着他们觅活儿时的腔调，听起来像一只幼小麻雀的啾啾声；在我看来，他们在日出之前就悬于高空干活了，像早晨的云雀一样。

我尊敬这些我们本国的这些小黑人——这些小孩，穿着像牧师一样的黑色衣服，但从不自傲；从他们的小小神坛中（烟囱顶），在十二月早晨刺骨的寒风中，给人类布道忍耐这一课。

观察一个孩子的工作有种多么神秘的快乐啊！看到一个小孩，也不比我大多少，天知道通过什么地方，钻进了似乎是地狱的鬼门关。我在想象中追踪着他：他钻进去探索那么多黑漆漆、闷气的洞穴，想到他们在黑暗中的身影，以及“他肯定永远回不来了”这样的念头，我不禁浑身发抖；但我又被他看到亮光时的微弱喊声唤醒，然后我（噢，我简直是满怀喜悦！）跑出门，正好赶上看见那个黑黑的小家伙安全地再次出现，他挥舞着工具以示胜利，像插在攻克的城堡上的旗帜！我似乎记得有人跟我说过，有次一个扫烟囱小孩中的坏家伙，被罚留在了烟囱上，用他的刷子来指示风向。当然这场景太可怕了；和《麦克白》古老的舞台提示差不多："一个孩子的幽灵头戴王冠，手里举着树枝。"[①]

读者，如果你在早晨散步时遇到这些小绅士中的一员，最好能给他一便士。给他两便士就更好了。如果是天寒地冻的天气，看在他不辞劳苦从事这项艰难工作、脚后跟全生了冻疮的份上，对你的仁慈之心的要求，自然是提高到了六便士[②]。

有一种混合饮料，我知道主要原料是种名叫黄樟的甜木。这种木头可以煮出一种茶来，与牛奶和糖调和，味道之美味，超过中国顶级茶的味道。我不知道你的味蕾如何评判这份美味，对于我来说，怀着对里德先生的每一份尊重——他很久以前在舰队街[③]南边开了家店（他称全伦敦仅此一家），出售这种"有益健康的、回味无穷的饮料"，只要你走近大桥街，就能看见那唯一出售"萨洛普[④]"的店。我从来没有亲自尝过他推荐的混合饮料，我的嗅觉事先不断悄声提醒我小心，我的胃绝对不可尝试此物，于是我只好彬彬有礼地谢绝这份美意。但是我看到过，精通珍馐佳品的高雅之人，饮之酣畅。

我不知道这种饮料触动了具体哪一部分器官的欲求，但我发现年幼的扫烟囱小孩特别喜欢它。油腻的碎木料（黄樟是有一点油的）是否确实稀释和软化了那煤烟的凝固物——（在解剖中）那些凝固物有时被发现依附在这些羽翼未丰的学徒们的

---

① 出自莎士比亚戏剧《麦克白》第四幕第一场。

② Tester，英国旧时的六便士银币。

③ 英国伦敦市内一条著名的街道，传统上英国媒体的聚集地。

④ 指本段谈及的这种混合饮料。

上颚；也许大自然，觉察到她在这些年幼的受害者们的命运里掺进去太多辛苦，促使她让大地长出黄樟，产出甜美的润泽药剂。但是即便如此，对这些年幼的扫烟囱小孩来说，无论什么味道或气味的饮料，都不能像这种混合物一样这么有滋有味，让他们疯狂着迷。他们身无分文，但若遇到这种饮料，总要垂下他们黑乎乎的脑袋使劲嗅一嗅腾腾向上的热气，让自己又高兴又满足，看起来不亚于那些家养宠物的满意神情，比如猫咪新发现缬草时发出咕噜咕噜的声音。这种情感作用，连哲学也解释不清。

现在，尽管里德先生不无理由地自夸，他的店英国独此一家；但是读者们，如果你们是生活作息正常的人，你们或许还不知道这个事实：里德先生有一群勤劳的模仿者，在黎明前的那段时间，露天摆着小摊儿，买同样一种可口的饮料给卑下的顾客。当浪荡子喝酒到午夜后踉踉跄跄地回家，粗手粗脚的工匠起床又开始一天工作的准备事宜，两者相遇，争相抢道，常常是前者更不占上风。夏天时，当家家厨房炉火熄灭，还未重新点燃时，我们这大都市的下水道发出恶臭。浪子，希望喝上一杯宜人的咖啡来驱散一整夜的湿气，在经过饮料摊时诅咒它那难闻的气味；但是工匠停下脚步喝上一杯，赞美这芬芳的早餐。

这就是“萨露普”饮料——早熟的卖花女的最爱，早起园丁的欣喜之物，清晨他将还带着朝露的卷心菜从汉默斯史密斯运送到修道院花园①那的著名集市上去。噢，我想，“萨露普”

① 修道院花园（Covent-garden），伦敦中部的一个蔬菜花卉市场。

常常是穷得叮当响的扫烟囱小孩极为喜欢甚至渴慕的饮料。如果你偶然遇到他低头嗅着那诱人的香气，神情暗淡，请款待他一下吧，请他喝上一大碗（只需要花您一个半便士），再加上一片美味的黄油面包（只需多加半个便士），那么您厨房的火炉，就可除去因常年烧菜煮饭积下的过多烟垢，向上缭绕升起更轻盈的烟雾了；那掉下来的煤灰再也不会落在您昂贵的、精心搭配的汤中了；那很快传遍了一条街又一条街的“烟囱失火啦!”这样令人讨厌的叫喊声，招致邻近十个教区的救火车都咔哒咔哒地开过来，让一个小火花打破您的平静、也破费救火的事，也不会再有了。

我天性对当街冒犯非常敏感，市井小民对某个绅士一次偶然跌倒、被泥溅上的袜子大加嘲笑和奚落，展现出毫无教养的得意之情。但是我能忍受一个年幼的扫烟囱小孩的玩笑，甚至完全可以原谅。前年冬天，我像往常一样沿着齐普赛大街[①]的一侧匆匆走着，当我向西转时，我滑了一大跤，摔了个仰面朝天。我带着疼痛和羞耻快速爬起来，但是尽管我面子上装作若无其事，可还是听到了一些小鬼们顽皮的笑声。他站在那里，用他沾满煤灰的手指指着我给大家看，特别是指给一个贫穷的妇人看（我猜是他的妈妈），直到这件好笑的事（他认为这很好笑）都让他那可怜的红红的眼睛都笑出眼泪来了。他的眼睛红红的，是因为之前经常哭，煤灰让眼睛发炎了，但他还是为这件事眼里闪烁着高兴的光芒。这样的快乐，从凄苦中夺取来的一点儿快乐，贺加斯[②]已经捕捉到他的形象了（贺加斯怎么会忘了他

---

① 齐普赛大街（Cheap-side），伦敦街名。

② 威廉·贺加斯（William Hogarth，1697—1764），英国绘画家，雕刻家。

呢?)，他在《去芬奇莱的游行》这幅画中，画了一个对着卖煎饼的人咧嘴笑的扫烟囱小孩，笑我的那个小孩站在那里，就像他站在那幅画中一样，一动不动，好像这个笑话会永远持续下去，他的欢笑里带着最大的欢乐，最小的恶作剧，因为一个真正的扫烟囱小孩的笑是绝对没有恶意的。只要一个绅士的面子可以容忍当他的笑柄和嘲讽对象，哪怕是到半夜，我都会乐意如此。

按理说，我对所谓的一口贝齿的诱惑力是无动于衷的，每一对朱唇（请女士们见谅）都好比是一个小匣子，存放着这些珠宝；但是我认为，这些珠宝还是越少见光越好。无论是最高贵的淑女还是最讲究的绅士，对我露出皓齿，对我而言就等于展露了他们的骨头。但是我必须承认，一个真正的扫烟囱小孩露出（甚至是炫耀）的洁白发亮的牙齿，打动了我，像一种不合常情但令人愉快的礼貌，一种可以应允的纨绔习气。它好像是

夜晚一朵乌亮的云，
翻出了她银色的衬里[①]。

它像是什么还未绝迹的绅士遗风，更好日子的象征，贵族的暗示——毫无疑问，他们生活之凄苦黑暗，敝衣之灰黑肮脏，在这双重黑暗之下，时常潜伏着贵族的血液，出身名门的身份，袭承自失踪的祖先和流失的谱系。这些幼弱的受害者几乎在婴

---

① 出自弥尔顿的诗《柯摩斯》(*Comus*)。

儿期就被秘密拐骗，早早成为学徒，我担心，他们的存在，也让拐骗婴儿现象更为猖獗。在这些年幼的被拐小孩身上常常可以辨识出受过的教养和真正谦恭有礼的气质，明显暗示出一些强制性的收养（否则就无法解释了）；即使是今天，仍然有许多贵族的母亲们为她们的孩子哀悼，支持了以上事实；小仙子秘密带走小孩的故事也许遮蔽了可悲的事实，年轻的蒙太古[①]被家人找回只是许许多多不可挽回的、绝望的拐卖事件中唯一幸运的特例。

数年前，一个扫烟囱的小孩失踪了，人们多方搜寻，无果。一天中午，在阿伦德尔城堡[②]（霍华德家族的宅邸是游客们非常好奇的参观之处，主要是因为他家的床，已故的公爵在这方面是个行家），在公爵华盖之下的高贵床榻上发现了一个酣睡的扫烟囱小孩。那张床四周围着最精致的深红色床幔，嵌织着星形的小皇冠，床单比维纳斯哄阿斯卡尼俄斯[③]睡觉的臂弯还要洁白柔软，那个小孩就在在两条床单之间睡着了。这个小生灵，不知怎么地在那些错综复杂、宏伟的烟囱通道中迷路了，顺着一些不为人知的孔洞降落在这个金碧辉煌的房间里，在沉闷的长久摸索之后疲惫不堪，看到房间里的大床，他再也无法抵抗怡神安眠的诱惑，于是他悄悄地爬进这些床单里，将他黑黑的脑袋枕在枕头上，沉沉睡去，好像一位霍华德小

---

① 相传18世纪蒙太古夫人的儿子小时候被人拐走做了扫烟囱的小孩，后被熟人发现，得以寻回。

② 阿伦德尔城堡（Arundel Castle），位于英国苏塞克斯郡，从11世纪起是诺福克公爵（Duke of Norfolk，姓氏为Howard）家族的府邸。

③ 阿斯卡尼俄斯（Ascanius），罗马神话中古代拉丁姆城市阿尔巴隆加（Alba Longa）的国王，阿涅阿斯之子，维纳斯是他的祖母。

少爷。

这是给参观城堡的游客讲的故事。但是我禁不住认为，这个故事似乎就是对我刚才所暗示的内容的证明。如果我没弄错的话，故事里那个小孩有一种贵族的本能起作用了吧。要不然，那个地位卑微的可怜男孩，不管他是多么疲惫，怎敢掀开公爵床上的床单，从容不迫地爬上去睡下呢？他肯定被训导过这样做会有什么惩罚。那块小毛毯，或房间的地毯，明明都是可以睡的地方，而且也已经大大超过他的资格了，我不禁思索，是不是天性的巨大力量在他心中显现，才促使他这样冒险的呢？毫无疑问，这位年少的小贵族（我认为他一定是）被什么回忆诱惑，但还没有达到完全的觉醒；他意识到他婴儿时的情境，那时他常被他的妈妈或保姆轻拍入睡，就在他发现的床上，他现在只不过是爬回了他原来的摇篮和休息之处。没有其他什么原理，比这“前生活状态”的柔情（请允许我这么称）更能解释着大胆的行为了。的确，任何其他理论，都只能说这个睡觉的小孩是个不懂礼节的、不合时宜的小鬼。

我可爱的朋友詹姆斯·怀特深信这种经常发生的人生变形记，对此印象颇深。出于某种扭转这些可怜的调包小孩[①]命运之误的想法，他每年都为扫烟囱小孩举行一次盛宴，他非常乐意担当主人和侍者的角色。一年一度的圣巴塞洛缪集市开始后，他就在史密斯菲尔德举办这场盛大的晚宴。邀请卡一周之前就发给伦敦及附近的扫烟囱工头们，仅限他们手下的小孩子参加。时不时也有年龄大点的小伙子进来，大家和气地假装看不见，

① 暗中被偷换后留下的婴孩，尤指民间故事中被仙女用此法调换的婴孩。

但是我们的主要客人都是一群孩子。有一个倒霉的家伙，虽然赖着他满是灰尘的外套闯进了我们的聚会，但是老天有眼，种种迹象及时揭露出他不是一个扫烟囱的人（那些乍一看像煤灰的东西都不是煤灰），群情愤慨，将他赶出了聚会，就像没穿正式礼服的人被赶出婚宴一样。

但是总的来说，整个宴会其乐融融。设宴地点是个舒服的地方，在集市北面的围栏之间，不是太远，不至于听不到闹市里愉快的喧哗声；但又不是太近，不会太招人注意，因此不会受到面露好奇惊讶之色的闲人的打扰。客人们 7 点集合。在那些小小的临时接待室里，摆着三张铺着亚麻布的桌子，不算十分讲究，但每张桌子都有一位俊俏的女主人端着锅中煎得嘶嘶作响的香肠。这些小调皮鬼的鼻孔张得大大地嗅着香味。詹姆斯·怀特，主侍者，负责第一张桌子；我，以及我们信任的好搭档比歌德，帮助服侍后两桌。你可以想象，为谁该坐第一桌，孩子们爬啊，挤啊，就连罗彻斯特①在他最疯狂的时候也没有我的朋友这样劲头十足，他表演了各种滑稽耍宝。在对全体客人的到来表达感谢之后，他的“就职”仪式就是搂紧老厄修拉夫人胖乎乎的腰（三位主妇中最胖的）——她正站在那里焦急地煎着食物、一半祝福一半诅咒着“这位先生”，在她纯洁的嘴唇上印上一个温柔的吻以示敬意。大家集体发出一声赞叹，声音大得能穿透夜色，几百张咧嘴而笑露出的牙齿以它们的闪亮洁白惊诧了夜空。

啊！看着那些黑黑的小少年们边吃着油腻的肥肉，边说着

---

① 罗切斯特伯爵（Earl of Rochester，1647—1680），英王查理二世的宠臣，著名的风流才子，一生浪荡不羁。

嘴角抹了油般的殷勤好话，真是一种乐趣。怀特会为弱小的小孩切出合适的小块肉，将长一点的香肠留给大一点的孩子；他会拦住那狼吞虎咽的孩子，即使那一块肉已经被咬在他们嘴里了，声称“必须再煎一次，至棕黄色，要不然它不配为一位绅士的佳肴”；他将这片白面包，或那片香甜酥皮推荐给幼弱的少年，建议他们都小心别碰坏牙齿——他们继承的最宝贵的财产；他给大家分配麦芽酒，好像它们是葡萄酒一样，他一面说出酒的制造商，一面声称，如果酒不好，他就要失去他们的光顾了；他特别建议大家喝前先把嘴擦擦干净。然后我们举杯共祝：祝“国王陛下”！祝“黑色衣服”！不管孩子们懂不懂，对他们来说都是同样有趣又让他们得意的；然后是最高祝词，每次必说的：“愿刷子代替桂冠!”所有这些，还有五十种其他祝词，都是他的小客人们听不太懂，但能感受出来的话。每次祝酒，他便站在桌子上，先加上一句“先生们，请允许我提议什么和什么”，这些祝词对那些年轻的孤儿们来说是莫大的安慰；他们不时地囫囵吞枣地将烟熏味的香肠塞入嘴中（因为这种场合是不该拘谨的），这让他们非常心满意足——你可以相信，是这场欢乐盛宴最有滋味的部分。

所有金童玉女，
像扫烟囱的人一样，必须归于尘土[①]。

詹姆斯·怀特已经去世了，这些晚宴也随着他的离世老早

---

① 出自莎士比亚戏剧《辛白林》(*Cymbeline*)，第四幕第二场。

前就停办了。他去世时带走了这个世界一半的乐趣，至少是我的世界一半的乐趣。他的小客人们在围栏之间寻找他，怀念他，责备圣巴塞洛缪的宴会改变了，史密斯菲尔德的荣耀也永远地消逝了。

对伦敦城里清理乞丐一事的控诉

社会改革是一把一扫而光的扫帚，是现代版阿尔喀德斯[1]手中的大棒，为时代清除不正之风；现在这把扫帚无所不至，把伦敦城里最后一批令人烦恼的、一身破烂衣服风中飘的乞丐们也根除干净。破背包，破拎包，破提袋，棍子，狗，拐杖……所有的乞丐帮带着他们的行李在这最后的迫害下迅速地逃往郊区。从繁华的十字街口，到巷陌转角，四散的乞丐守护神“叹息着被送走了。”[2]

我不赞同这种大规模的清除乞丐，这简直是针对某一类人的鲁莽的改革运动或肃清战争。因为我们从乞丐身上，亦能多获裨益。

乞丐是贫民中最古老、最高尚的。他们诉诸于我们共同的天性；比起哀求某个教区或社团的某位同胞或某群人的好心或反复无常的善意，他们更少激起纯真之心的厌恶。他们的行乞不会招致怨憎，愿给多少，皆随君意。

在他们凄凉生活的背后有一种尊严，好像赤身裸体比穿着

---

① 阿尔喀德斯（Alcides），希腊神话中的人物，力大无比，以完成 12 项英雄业绩闻名。

② 出自弥尔顿的诗《基督诞生之清晨颂》（“*Ode on the Morning of Christ's Nativity*”）。

制服的人更接近人之本真。

伟大人物在他们的命运反转中体会到这一点；当戴奥尼夏[1]从国王贬黜为教书先生时，除了轻视，我们对他还有什么感觉？凡戴克[2]以他作了一幅画，画中他挥动教鞭代替权杖，但相比贝利萨留斯[3]当街乞讨，他能在我们的心中激起同样的对英雄的惋惜，和同样悲悯的钦佩吗？难道后者的道德教训不是更优雅、更令人扼腕？

传奇中的瞎眼的乞丐，美丽的贝西[4]的父亲，他的故事不像打油诗传唱得那么低俗，不像酒馆的招牌上写的那么降格。穿透过那身伪装，一个光辉灵魂的火花仍然闪耀着。这位高贵的康沃尔伯爵（这才是他的真正身份），造化弄人，从他效忠的君主不公正的审判中逃脱，被剥夺了所有，坐在别斯纳尔鲜花盛开的草地上，带着他比鲜花更娇嫩、更有青春活力的女儿，照亮了他的褴褛衣衫和行乞生活。如果家道衰落后他们俩开店营生，或在什么裁缝铺的三尺案台上缝补为生，他们的形象还能这般打动我们吗？

故事中或历史中，乞丐与国王总是一对冤家。诗人们和浪

---

① 戴奥尼夏（Dionysius），古叙拉国王，据说后被驱逐王位，以教书为生。

② 凡戴克（Vandyke，1599—1641），出生于英国弗兰德斯的画家。

③ 贝里萨留斯（Flavius Belisarius），查士丁尼大帝部下的拜占庭将军。传说被挖去双眼，变成无家可归的乞丐，在罗马城里向行人乞讨："给贝里萨留斯一欧布鲁斯（古希腊钱币）吧！"

④ 出自英国民谣《别斯纳尔草地上的盲乞丐》（"The Blind Beggar of Bethnal Green"，又名"The Blind Beggar of Bethnal Green and Pretty Bessy"，"Blind Beggar's Daughter"等），讲叙一位伯爵在战争中失明，后与女儿乞讨为生的故事。

漫主义作家们（像可亲的玛格丽特·纽卡塞[①]称呼的），他们会最尖锐、最充满感情地描绘命运的大翻转，直到他们把他们的主人公变成真真正正地衣衫褴褛、讨饭为生的乞丐才肯罢休。命运没落之深，说明了他从高位跌下的高度。只让人物悬于贵贱之间，只会招致读者反感。时乖运蹇，必须沦落到底。李尔王[②]，被赶出原属于他的皇宫，必须剥去他的华服，直到他任凭"风吹雨打"；克莱西达[③]，失去王子之爱，必须伸出她惨白的胳膊——不再是美人的白皙，而是麻风病患者的那种惨白，摇铃以祈求救济一点食物。

路西安[④]式的才子们很清楚这一点；当他们要对无情的伟大人物表示鄙视的时候，就颠覆他们的高贵：他们写亚历山大在阴间补鞋子，瑟米拉密斯女王在阴间洗脏衣服[⑤]。

民谣里唱，一个伟大的君主斩断了他对一位面包师女儿的情丝！但是当我们读到那"真实的歌谣"时，讲一位柯普图亚

---

① 兰姆喜欢的一位17世纪英国女作家。在《赫特福德郡的麦克利村头访旧》一文中也有提及。

② 李尔王（King Lear），莎士比亚四大悲剧之一《李尔王》中的主人公，被他的两个大女儿分得国土后逐出皇宫，在衷心爱他却曾遭误解的小女儿死后，精神崩溃而死。

③ 克莱西达（Cresseid），特洛伊战争中，卡尔克斯（Calchas，希腊军队的祭祀和占卜师）的女儿，爱上了特洛伊末代国君普里阿摩斯（King Priam）的小儿子特洛伊罗斯（Troilus），发誓永世相爱，但作为人质交换到希腊人手中时，又爱上了希腊勇士狄俄摩德斯（Diomedes）。许多中世纪和文艺复兴时期的作家以此题材创作过作品。本文的故事出自15世纪苏格兰诗人亨利森的诗歌，记叙她爱上狄俄摩德斯后被其抛弃，失去美貌，染上麻风病，变成一个乞丐。

④ 路西安（Lucian of Samosata，125—180），希腊雄辩家，讽刺作家。

⑤ 出自拉伯雷在《巨人传》中的讽刺。

国王向一位乞丐少女求婚[1]，难道我们不觉得这非常贴合我们的想象吗？

救济民，贫民，穷人，这些都是表示怜悯的词，但是怜悯中包含着轻视。没有人会真的蔑视一个乞丐。贫穷是相对的，每种程度的贫穷都被它的“相邻等级”嘲讽。穷人那可怜的租金和收入一下子就能算清。他的自命贫穷几乎是荒唐可笑的。他想存钱的可怜尝试只会博人一笑。每个鄙视他的伙伴都能用鼓一点的钱袋将他的比下去。在街上穷人责备更穷的人，无礼地提及他的境况，表明自己的要比他稍微好一点；而富人从他们身边过，对这两个穷鬼都加以嘲笑。乞丐不会被这种卑鄙的相互比较所侮辱，也没有人会想到要和他比谁的钱包重。他根本不在比较的范围内，不在衡量财产的范围内。他表明自己就像一只狗或一只羊那样一无所有。没有人笑话他对自己拥有多少财富炫耀摆阔。没有人指责他骄傲，或谴责他假装谦恭。没人跟他抢道，或争吵要占上位。没有什么富邻意图侵占他的房子。没有人起诉他，没有人和他打官司。如果我不是现在这样一位独立自主的绅士的话，我可不要当什么大人物的仆人，追随跟班或穷亲戚；由于我这个人心思缜密，心灵高贵，我宁可选择当一个乞丐。

破衣服，是贫穷的耻辱，却是乞丐们的华服，他这一职业优雅的标志，他的占有权，他的礼服，他希望在公众面前展现的衣服。他那身衣服本来就没有时尚不时尚之分，他走起路来

---

① 出自传说《国王和乞丐女》（“*The King and the Beggar-maid*”），柯普图亚国王（Cophetua）是一名非洲国王，其貌不扬，一日看到一位乞丐姑娘潘捏洛芬(Penelophon)，对她一见钟情，娶为王后，两人生活平静，颇受民众爱戴。

难看地一瘸一拐，也不会影响什么。没有人要求他穿宫廷丧服。他各种各样的颜色都敢穿。他的衣服比贵格会教徒的衣服更缺少变化。他是世上唯一一个不用考虑外表的人。尘世的起落不再与他有关。他独自继续停留在乞丐生涯。股票或土地的价格丝毫不能影响他。农业或商业的兴衰打动不了他，最坏也只是改变他的施主。他不期望成为任何人的保释人或担保人。没人能用宗教或政治问题烦扰他。他是世上唯一一个自由之人。

这个大城市里的乞丐是那么多，他们是它的风景，它的名人。没有乞丐就像伦敦没有叫卖声一样，让我无法忍受。如果一条街一个乞丐也没有，就觉得不值一逛。他们像民谣歌手一样不可或缺；他们独特的衣服就像是老伦敦的标志性装饰。他们是活着的道德教义，象征，纪念物，日晷上的格言，贫民的布道，儿童读物，他们拦住那来去匆匆的拥挤人潮发有益的告诫：

看看那一洗如贫、倾家荡产的穷光蛋[①]！

尤其是那些瞎了眼的老乞丐，在吹毛求疵的现代人驱逐他们之前，他们过去常常在林肯律师学院花园的围墙下坐成一排，抬起他们毁掉的眼睛感受一线怜悯，和（如果可能的话）一丝光芒，以忠诚的狗为他们带路，如今他们到哪里去了？也许他们被赶到了哪个角落，阴暗蔽日，感受不到有益健康的空

① 出自莎士比亚戏剧《皆大欢喜》（*As You Like It*）第二幕。

气和阳光的温暖？他们也许被关在四墙之间，在凋敝的济贫院里忍受双重黑暗的惩罚，在那儿半个便士掉下来的声音再也不能安慰他们老无所依的丧亲之痛，也远离过客欢乐的声音和激起希望的脚步声！他们将无用的拐棍挂在哪里呢？谁来喂养他们的狗呢？圣L的监管者也许把狗都射杀了？或者在B——温和的教区牧师的建议下，狗被捆进麻袋里，扔进了泰晤士河中？

拉丁语学者中最有英国风味又最经典的文森特·伯恩[①]，永别了，你那宽容随和的灵魂！他在他最美的一首诗中论及人类和四足动物的密切关系——人与狗的友谊：《狗的墓志铭》。读者们，读读这首诗吧，然后再判断，如果这个常见现象，可以唤起诗人写下这样温情的诗歌，那么它对每天穿过熙攘大都市的过客们来说，对他们的道德观念，本质上是有利还有有害：

我是伊鲁斯忠诚的狼狗，长眠此处，
过去我每日为我瞎眼的老主人带路，
是他的向导和保镖：有我陪伴，
他完全不用拐杖，
现在他走在路上，经过路口
以盲杖探路，步步不安；
但是他友好地牵着我时，每一步都安全无忧
步步向前，稳稳当当，直到他走到了

① 文森特·伯恩（Vincent Bourne，1695—1747），英国古典学者。

他那石头堆上的可怜座位，在那附近
人潮涌动，密集汇合，
他对着他们大声哀歌
从清晨到夜晚，悲伤诉说他的黑暗处境
不是所有的哀怆都被白费，时不时地
有同情心的好心人，给上几便士。
其间我在他脚边顺从睡觉，
不是完全熟睡，而是竖着耳朵提着心，
听着他最小的动静。
他善良的手常把面包屑分我一点
还有他的残羹冷炙分我一勺。
当夜晚提醒我们该回家了时，
在漫长的一天，乏味乞讨之后筋疲力尽。
这就是我的生活，我的生活方式，
直到年老和慢性疾病突然袭来，
将我与我瞎眼的老主人分隔开。
但是至少这些善行的优雅不会消亡，
不会随着岁月流逝在沉默中被遗忘。
伊鲁斯为我垒起用草皮覆盖的小小坟墓，
不情愿的石匠为我刻上廉价的石碑，
上面短短几句诗行，
赞美乞丐和他的狗的美德，
缅怀这人狗之间友谊深情，
相伴一生，永世长青。

我用视力不好的眼睛找寻了几个月，还是没有找到那个著名的人物，或者说是那个残缺不全的人。他只剩下英俊的上半身，用一个精巧的木制装置滚着轮椅协助自己行动，滑动着穿过伦敦的人行道，非常敏捷，对本地人、外国人、孩子们来说都是一道风景线。他很健壮，有着水手般的红润面色，头露在外面任凭风吹日晒。他是天生的奇人，科学家们的思考对象，无知者眼中的天才。小孩子发现他竟然跟自己差不多高，盯着那个似乎无所不能的人看。普通的残疾人看到这个只有半截身体的巨人，精神矍铄，坚强刚毅，心地真诚，会看不起自己的懦弱。很少有人不为他侧目；一场事故削去了他的下半身，那时发生在 1780 年暴乱时期的事了，他从那时起就变成了半身人。他似乎由大地所生，一位安泰[①]，从他附近的土地中吸取新鲜养分。他是一尊伟大的残片，像埃尔金石雕像[②]一样好。本该恢复他的失去的双腿的自然造化，并没有遗失，只是退居到他的上半身中，让他变成了半个大力士。

突然我听到一声巨大的声音，如雷霆万钧，隆隆咆哮，好像置身地震之前，我低头一看，原来是他呵斥一匹被他的怪异样子惊吓到的马。他似乎要用自己的残身撕裂这匹颤栗的冒犯他的马一样。他像半人马怪兽的人体部分，马的那部分在什么可怕的人马大战中被砍掉了。他继续向前挪动，好像即便只剩下这半具躯体，他一样可以自如生活。他并不缺什么；他快活

---

① 安泰（Antaeus），希腊神话中的巨人，大地女神的儿子。只要保持与大地接触，就有无穷的力量来源。

② 埃尔金石雕像（Elgin Marbles），藏于不列颠博物馆的古雅典雕刻品残件，19世纪由英国埃尔金伯爵运到英国。

地仰望天空。他每日这样移动到门外乞讨，已经四十二年了，在此营生中他已头发斑白，但是他的好精神仍未受损，因为他不愿意以他的自由空气和活动，换得在济贫院的拘束生活。现在他正为他的固执受罚，他被关进了一所感化院（这名字真是颇有讽刺意味）里。

像这样的一种日常景象，难道应该被当作一种公害，呼吁法律干涉予以清除？对那些大城市里的过客来说，难道不是一种有益的和感人的场景？在大城市的展览上、博物馆里，各种珍品供应让人目瞪口呆（除了这种琳琅满目的景致，还有什么能算上大城市，还有什么吸引人的地方?），但就容不得一个事故造成的畸形人（不是生来畸形）？在他流动行乞的四十二年里，这个人为自己的孩子积攒了小几百镑（据传言说），他伤害了什么人呢？他强加别人什么了吗？施舍给他钱的人，也算在给钱时见过这个奇人了。他一整天日晒雨淋，挨冻受累，苦心费力地移动着他笨拙的身躯，只有在晚上才能休息一下，参加他的残疾人同伴俱乐部，吃上一顿热乎乎的肉和蔬菜——对此一位牧师在下议院提出了对他的控诉！他身为家长的那份舐犊深情（如果是事实的话）值得立一个雕像，而不是受到鞭打惩罚！至少，也应该把诋毁他说的什么夜间狂欢宴饮之类的夸大、不实之辞改掉吧。难道仅仅因为这个理由，他就理应被剥夺他选择的、不但无害反而有益的生活方式，在他垂暮之年被当做强壮的流浪汉收容关押？

曾有一位名叫约里克的人，坐下来与残疾人一起吃饭，非但不感到羞耻，还给予他们祝福，哎，还有赠给他们一点儿钱，作为友好的象征。“时代，你失去了这样的人了。”[1]

关于乞讨带来的大好运气，这样的故事有一半（我非常相信）都是吝啬鬼的诽谤。不久之前，有一件事见报后引起广泛谈论，然后人们据此对慈善事业做出种种推论。事情是这样的：有一位银行职员，有一天惊讶地收到通知，告诉他有个陌生人留给他了五百镑遗产。原来，每天早晨他从自己居住的派克汉姆（或那里的某些村子）走到单位去时，某个瞎眼的乞丐就坐在博罗的路边行乞，过去的二十年，每天他都给乞丐的帽子里放上半便士。这个善良的老乞丐只能从他的声音中认出是他每天施惠，当他死后，他把攒下来的钱（攒了半个世纪）赠给了他的这位银行老朋友。这个故事，是意在让人们把他们的好心和金钱都收起来不要给瞎眼乞丐，还是一个教导人们赠人玫瑰、手有余香的美好故事呢？

我有时希望我是那位银行职员。

我似乎看到了那位可怜的、善良的老乞丐，抬起他的盲眼看着太阳——对他我能收紧钱包吗？

也许，当我身上没有零钱时。

读者，不要被那些冷酷的言辞吓到，什么假冒啊，欺诈啊。给他们钱吧，不要起疑问。将你的面包撒在水上[2]。不知不觉中你就款待了天使（像那位银行职员一样）。

对那些假装的乞丐，也不要收紧您钱袋的绳子。有时也做

---

① 出自莎士比亚戏剧《裘力斯·恺撒》第一幕第二场。

② 出自《旧约·传道书》（*Ecclesiastes*）第 11 章，11：1："将你的粮食撒在水上，因为日久必能得着。"（Cast thy bread upon the waters，for thou shalt find it after many days.）

一点慈善嘛。当一个可怜的人（外表上看明显是乞丐）来到你面前，祈求你的帮助时，不要停下来询问他说的“那七个小孩子”是否真的存在。不要为了省半便士，非要打破沙锅问到底，得到一个令人失望的真相。不如相信他好了。如果他只是伪装出来的一家之主，也给他钱吧，想想（如果你乐意的话）你宽慰了一个贫穷的光混。当他们带着伪装的表情来到你面前时，喃喃乞求着，把他们当做演员就是了。你不也花钱看喜剧演员伪装成其他人物吗？更何况这些可怜人，你也分辨不出他们到底是真是假！

论烤猪

人类，像一本中国手抄本书里写的那样，我的朋友M[①]足够好心地朗读并解释给我听，在天地初开的头七千年里茹毛饮血，从动物身上撕下或咬下生肉来吃，就像到今天为止阿比西尼亚人做的那样。这个时期清楚地在圣人孔子的书《春秋》[②]的第二章里得到了暗示，孔子指明了人类的黄金时期，用了“厨房”[③]一词，指厨师们的节日。手抄本书继续说，烤肉的艺术，或者说炙烤食物[④]（我认为后一种出现的更早）是由以下方式偶然发现的。

牧猪人何缇[⑤]，一天早晨走进树林里，像往常一样给他的猪采集橡果，将他的小屋交给他的大儿子波波照看。波波是个非常粗笨的男孩，和他的同龄人一样爱玩火，结果一些火星溅到了一捆稻草上，稻草立即就烧起来，大火很快蔓延到他们那简

---

① 可能指兰姆的朋友托马斯·曼宁（Thomas Manning），曾学习过有关中国的知识，也去过中国。

② 原文是*Mundane Mutations*，《世间盛衰》，似乎指《春秋》。

③ 原文Cho-fang，发音近似“厨房”，但兰姆下文说是厨师们的节日，怀疑是兰姆对中文的误解。

④ 原文用了“roast”和“broil”两个词，但两词差异不大，都是在热源上加热、炙烤之意。

⑤ 原文是Ho-ti，音译为中国人名何缇。下文的Bo-bo音译为波波。

陋小破屋的每个角落，直到它化作灰烬。除了他们住的屋子（你可以想象，是洪荒时代的、勉强使用的建筑），更重要的是，一窝刚生下来的小猪，一共九只，都烧死了。

一直追溯到我们读到过的最遥远的时代，中国的猪在整个东方都被认为是一种奢侈食物。你可以想象到波波的惊慌失措，倒不是为那间房子——用一些干树枝，花上一两小时，他爹和他随时都可以轻易再盖一间出来；他惊恐的是猪没了。正当他想着怎么向他爹交待时，他绞着手站在冒着烟的、过早夭折的一头小猪的余烬旁，一股气味钻进了他的鼻孔，和他之前闻过的味道都不同。它是从哪儿来的呢？不是从烧毁的小屋上来的——他闻过那种味道。的确，由于这个倒霉的年轻人爱玩火又粗心大意，此类事件也不是头一回发生了。这味道也不怎么像他熟悉的草药、花草树木的味道。同时，似乎有一种预兆，他垂涎欲滴。他不知道该怎么办。他弯腰戳了戳那只猪，看看是否还有什么活着的迹象，结果烫到了自己的手指。为了让手指凉下来，他呆里呆气地把手指塞进嘴里。一些烧焦的猪皮粘在了他的手指上，他生平第一次（诚然，也是人类第一次，因为在他之前无人知晓）尝到了——猪烤过后脆皮的味道！

他又一次笨拙地摸了下那只猪。现在它不那么烫手了，但他仍然有舔手指降温的习惯。在他的笨脑子里，真相终于大白了，是那只猪散发出了那样的味道，那只猪尝起来那么美味；他身边摆放着的是新发现的享受，他弯腰撕下一大片连着肉的烤焦的猪皮，像只野兽一般狼吞虎咽的吞了下去。当他爹拎着打人的棍棒，走进这些冒烟的椽木之间，看到一地狼藉，棍棒雨点般的打在这个小无赖的肩膀上，下下都像冰雹那么结实，但波波觉得不过像挨了苍蝇叮一样。因为他的肚子里感受到的那种让他极为满足的美味，使他对身上其他地方所遭受的一切都麻木无感。他爹也许能把他打得皮开肉绽，但无法阻止他丢下那只烤猪，直到他吃得一干二净，才有点觉察到他的处境。接着就是下面这样的对话。

“你这个没规没矩的小崽子，你吞下去了什么？你的鬼把戏烧掉了我三间屋子还嫌不够吗？真该绞死你，你一定是吃了火星子了，我不知道是什么东西——我说你吃的都是什么啊？”

“噢，爸爸，猪，猪啊。过来尝尝这些烧焦的猪吧，无上美味！”

何缇的耳朵因为恐惧嗡的一响。他诅咒他的儿子，诅咒自己，他真不该生出这样的逆子——吃了烧死的猪。

波波，自从这天早晨开始，嗅觉变得大为敏锐了。很快他又找到了另一头猪，将它撕成两半，强行将较小的一半塞进何缇的手里，叫道：“吃吧，吃吧，尝尝这只烧过的猪，爸爸，就尝一下——哦，老天爷啊！”他一边这样野蛮地叫着，一边狼吞虎咽地吞着猪肉，好像要把肚子塞得满满一样。

何缇将那团可恶的猪肉抓在手里，浑身每个关节都在发抖，犹豫着要不要杀死他的儿子——因为他像个违背人性的年轻怪物一样。当烤猪的脆皮烫到他的手指后，就像他儿子的反应那样，他也立即将手指放到嘴里凉一下。这次，他尝到了一些脆皮的味道，他假模假样地做出难吃的样子，以证明对他来说很不好吃。总之（因为手抄本书讲到这里也有点乏味了），父子二人都坐在杂乱不堪的废墟上吃起来，一直没有离开，直到他们吃掉了所有的小猪。

波波被严格命令不能将这个秘密说出去，因为邻居肯定会把他们当做可恶的坏蛋，用石头把他们砸死，因为他们竟然想着在老天爷赐给他们的好肉上做改进。然而，奇怪的事情发生了。有人发现何缇的小屋失火的次数比以前频繁多了。从上次失火事件后，总是不断再发生火灾。有些火灾发生在大白天，有些则是在夜晚。经常是在一窝小猪出生后，何缇的家肯定会陷入火光之灾中。何缇自己，更显得异常，他非但不严惩他的儿子，似乎比以前更加纵容他了。最终他们被人盯上了，可怕的谜底被揭开了，父子二人被传唤到北京接受审判——北京那时候也只是个巡回审判的小城。证据呈上堂前，那可憎的食物也摆上了法庭；但做出判决之前，陪审团主席请求拿一些烤过的猪肉呈上陪审席，这也正是罪犯被指控的物证。

他摸了摸烤猪，陪审员们也都跟着摸了摸，他们都烫到了手指，就像波波和他爹之前那样，下意识地就把手指放进嘴里吹凉。于是，不顾所有的事实以及法官最清晰的指控，让整个法庭、市民、陌生人、记者和所有在场的人都大吃一惊的是，陪审团既没离开陪审席，也没有露出任何商议的样子，就作出了一致的判决：无罪。

那个法官是个机灵的家伙，对决议明显的不公正视而不见。当法庭散会后，他就悄悄地不择一切手段把小猪全搞到手了。不出几天，他在市内的大宅就着了火。大火蔓延，四面八方火光冲天，除此之外什么都看不到。那个地区燃料和猪的价格大涨，保险公司全体关门歇业。人们盖的房子越来越单薄，直到有一天人们开始担心建筑科学不久就要在世上失传。因此，这种烧房子的习俗延续着，直到随着时间流逝，我的手抄本书上说，一个圣贤——像我们的洛克[①]一样——出现了，他有一个发现，猪肉，或其他任何动物的肉，可以煮了吃（他们称之为烧），不需要为此把整个房子都烧掉。于是他发明出了第一个简陋的烤架。一两个世纪之后，我忘了是在哪个朝代了，人们开始将肉串起来烤，或叉在烤叉上烤。通过这些缓慢的过程，手抄本书总结到，最有用、似乎也是最显而易见的艺术，在人类社会慢慢发展起来。

我们也不要太相信上述故事。但是，我们也得承认，如果为了烹饪食材，要给类似放火烧毁房屋这么危险的实验找一个值得的托辞（特别是在那些时候）的话，那么那个借口就应该是烤猪。

在所有的美味佳肴中，我认为至高无上的美食享受是烤猪。

我不是指你们说的那些成熟的肥小猪——介于小猪和食用猪之间的那种半大的猪，而是指幼小肉嫩的乳猪。小乳猪不足一个月大，还未在猪圈里待过，还没有与生俱来的缺点——不纯洁的色欲，从猪的祖先遗传下来的缺点，还未在它身上显现。它的声音也还没有变得粗野，介于幼兽的尖细音和哼哼声之间，是温和的先兆，或猪呼噜声的前奏曲。

它必须烤着吃。我知道我们的祖先是将它们用沸水煮熟了吃的，但是那外层的皮就浪费了！

我认为，没有什么美味能与脆皮相比，它们酥脆焦黄，甚为好看，又没有烤得过度。脆皮，就像它的名称一样，它邀请着牙齿咬破那层脆薄易透的皮，来分享这道盛宴的美味，带着

---

① 指约翰·洛克（John Locke，1632—1704），英国哲学家，古典自由主义之父，最有影响力的启蒙运动思想家之一，被认为是英国第一位经验主义家。

黏黏的、油油的——噢，不要将它称为脂肪，那是一种不可思议的长在皮下的美味，是脂肪温柔的绽放；是尚未成熟便收割的脂肪，在发芽之际就已采撷，还保持着最初的纯净。那是乳猪纯粹的乳膏和精华之所在，是瘦肉，又不是，而是一种动物中的吗哪[①]——半肥半瘦，肥瘦交融，共同汇成了这神赐般的珍馐，现在常见的佳品。

看啊，小乳猪在炙烤之时的样子，似乎是享受着让他[②]精神焕发的温暖，而不是什么他不愿接受的灼热的高温。他串在铁丝上转动，多么温和宁静！现在他烤好了。他那个幼小的年纪是多么敏感，他漂亮的眼睛哭出了泪水，像发光的胶汁，像闪亮的星星。

看到他摆放在盘子里——他的第二摇篮，他躺在那里，多么温顺，你会舍得让这个纯洁的小猪长成肥头大耳、粗野难管的成年大猪吗？十有八九他会变成一头贪吃、邋遢、顽固、暴躁的动物，沉迷于所有污秽的生活方式中，小猪则被从这些罪恶中拎出来——

在罪恶使它颓丧，或不幸使它枯萎前，
死亡带着关爱及时出现[③]。

他的记忆是散发着香味的，没有做成散发着恶臭的熏咸肉，让农夫吃了恶心反胃狠狠咒骂；也没有将它灌成臭烘烘的肉肠，

---

① 吗哪（Manna），《圣经》故事里古以色列人经过荒野所得的天赐的食物。

② 这段中兰姆都用了“he”，将小猪拟人化了。

③ 出自柯勒律治的诗《婴儿的墓志铭》（“Epitaph on an Infant”）。

他在明智的美食家那满足的胃里找到了不错的归宿，在那样的坟墓里，他也算死得其所了。

天下美馔，属他的风味最好。菠萝的味道也很不错。她确实几乎太超凡脱俗了，享受这种美味，就算不是罪恶的，也和犯罪差不多了。一个真正心慈手软的人最好不要吃，因为她的味道对于凡人的味蕾来说太过鲜美，她会弄伤靠近她的嘴唇，让嘴唇剥落下皮——像情人的吻，她会咬伤你的唇。她的味道凶猛又激烈，是一种栖息在痛苦边缘的愉悦。但是她只停留在味蕾中，却和食欲无关，一个饿极了的人会固执地要把她换成一块羊排。

小猪——让我赞美他吧，他不但能激起食欲，而且能满足挑食者的胃口。强壮的人可以用他饱餐一顿，柔弱的人也能消化他温和的油汁。

不像人类复杂的性格，一堆美德和缺点费解地交织在一起，想要弄清楚就得承担风险；小猪从头到尾都是好的。他身上没有哪一部分比另一部分更好或更坏。他提供的小小身躯各方面都有益。他是盛宴上最无嫉妒心的，是所有人都可享用的食物。

我是这样一种人，生活中有什么好东西，一概慷慨大方地赠予朋友一份（虽然这样的朋友很少）。我声明，我对朋友的乐趣、爱好和适当的满足，就像对待我自己的一样关心。我经常说："礼物让遥远的朋友心更近。"野兔，野鸡，山鹑，鹬鸟，家养鸡（那些"温顺的田园家禽"），公鸡，珩鸟，腌猪肉，成桶的牡蛎，我一收到这些食物，就毫不吝啬，倾囊赠友。我喜欢让朋友们也尝到这些东西。但是这也得适可而止。一个人不可能像李尔王那样，"给予一切"。我对小猪就很吝啬。我认为将所有的美味，尤其是一种注定要送到自己的盘子里的、非常适合自己口味的东西，都轻易送出家门（打着友谊的旗号，或者找出其他什么借口），是对恩赐者的忘恩负义；这反而表明了一种漠不关心。

我记得上学时遇到过的此类良心不安的事情。我的好姑妈①，每次在我放假结束返校之前都会给我的口袋里塞上一大堆蜜饯或是一些别的什么好吃的。一天晚上她给我送来一个刚出炉的、还热气腾腾的葡萄干蛋糕。在我回学校的路上（正走在伦敦桥上），一个头发花白的老乞丐向我致敬（今天我毫无疑问可以肯定他是个假装的乞丐）。我没有什么便士可以施舍给他，在忘我的虚荣中，在一个学生的行善的浮夸中，我给了他一份大礼——一整块蛋糕！

我飘飘然地走了一会，像一个同在此情境下的人一样，怀着一种自我满足的温柔安慰感；但是在我快要走到大桥尽头时，我的良心回归了，我哭了出来，想到我这么做对我的好姑妈来说多么忘恩负义，将她精心准备的礼物丢给了一个陌生人——一个我从来没有见过的陌生人，说不定还是一个坏蛋！然后我想到，我的姑妈会以为是我、而不是别人吃掉了她做的美味蛋糕，下一次我见到她时应该说什么好！于是，那块香甜蛋糕的味道又回到了我的记忆中，我曾满怀好奇、津津有味地看着她做蛋糕，她将蛋糕坯放入烤炉里时是那么喜悦，如果她知道我一口也没吃会是多么失望！我责备自己鲁莽的施舍精神、毫不适当的虚假的行善之心，但是我最希望的，是再也不要看到那

---

① 指小时候照顾兰姆的姑妈海蒂（Hetty），兰姆在《三十五年前的基督公学》一文也曾提到她。

个阴险的、不中用的、头发花白的老骗子。

我们的祖先在把小猪杀作祭祀品时的方式是很讲究的。我们读到要将小猪用禾束这样的东西抽打至死，像我们听到过的其他什么古老的习俗一样。规训的时代已经过去了，但是探究（仅仅是从哲理的角度）这个过程能否将娇嫩的小猪本来就温润可口的猪肉变得更软更柔，是很令人好奇的。这就像加工一朵紫罗兰一样。但是我们应当小心，当我们谴责这方法的残暴时，我们不该指责此法的智慧。它也许给予了一种滋味。

我在圣欧默尔[①]时，记得年轻学生的一场辩论，双方都旁征博引、言语诙谐。辩论题目是一个假说:“假设小猪被鞭打至死后味道更好（一种极刑鞭挞），给食者增加了比我们虐杀动物所能想到的其他手段都更强烈的滋味，那么人类用鞭打处死动物这一方法是正当的吗?”我忘记了辩论结果是什么了。

烤猪的调料必须精心调配。确实无疑的是，猪肝和猪脑可以撒上一些面包屑，再放上一点温和的鼠尾草叶。但是，亲爱的厨师太太，我恳求您，不要放洋葱类的调料。若是大肉猪，你将整只烤肉猪放在盘子里，撒满青葱，将它们填满气味冲人的一整个园子的大蒜都可以；你都不会败坏猪肉的味道，或使那股冲味儿比猪本身的臊腥气更强烈。但是烤乳猪你可要小心，他那么幼弱，是美味中的上选珍品。

---

① 圣欧默尔（St. Omer），由耶稣会会士管理的一所为英国学生提供天主教教育的学校。

单身汉的抱怨[①]

作为一个单身汉，我花了不少时间记下已婚人士的那些病症，以此安慰自己，因为他们都说我因保持单身而失去了那些人生更高等的快乐。

我不是说，夫妻吵架给我留下了多深的印象，加强了我决心独身、遗世独立的倾向，我老早前就深思熟虑这么决定了。我去已婚人士家拜访，最经常冒犯我的是一种截然不同的过错——他们太相爱了。

要说他们太相爱，因此冒犯了我，这也没有把我的意思解释清楚。更何况，这有什么冒犯我的地方呢？他们就爱撇开全世界，只剩下两人更充分地享受对方的陪伴，这表明他们于千万人之中只选择了彼此，岂不美哉？

我所要抱怨的是，他们当着我们这些单身者的面，公然这样卿卿我我，毫不害臊地形喜于色，你跟他们相处一小会，就会通过一些间接暗示或直接告白，感受到你不是他们选择终身伴侣的对象。有些事不说破，或只是放心里想想，自然不会冒犯人；但如果明确表露出来，就挑起了更多的冒犯。如果一个

---

① 原题是 A Bachelors Complaint of the Behavior of Married People（单身汉对已婚人士行为的抱怨），此处简译。

人和认识的一位长相平凡、衣着普通的年轻女士搭讪，开口就愚鲁地告诉她：她不够漂亮也不够多金，他是不会娶她的；那他真该因为自己这样的无礼举止，被人踢上一脚。既然见了面，有机会提及婚姻之事，但他觉得不适合提到此话题，那么这个事实本身就能暗示出他无意娶她的意思了。这位年轻的女士自然也会理解这点，好像这个含义已经被转化成了语言一样；一个理智的年轻女士也不会因此争吵什么。同理，一对结了婚的人无权用语言，或用跟语言差不多明确的行为告诉我，我不是那个受青睐的幸运家伙，不是那位女士的选择。我知道我不是就够了——我可不想要终身被人提醒这点！

炫耀自己知识过人或财富过人，已经足够伤人面子；但这些好歹也不是一无是处。向我卖弄、辱我浅薄的知识，可能反倒能增加我的见闻；富人的豪宅和名画，花园和庭院，我至少有暂时的使用权。但是炫耀结婚的快乐却一点好处都没有了：它是彻底的、不图回报、不讲条件的侮辱。

结婚这个好听的头衔，说到底就是一种垄断，而且还是一种最容易招致怨恨的垄断。大部分享受某种特权的人，都会狡猾地保住了他们独占的优势，尽可能地保持在众人视线之外；这样没有他们幸运的邻居们，极少看到他们的什么好处，也就不会质疑他们的特权。但是这些结了婚的垄断者们，却将最令人反感之处当着我们的面大肆显摆。

没有比刚步入婚姻殿堂的新人，脸上流露出的十足的自满自得之意更叫人不快的了——特别是那位新娘：她的神情告诉你，她已名花有主，你对她不要再打什么主意了。的确，我是没有希望了，连奢望也别想：但是像我之前所说的，这意思心照不宣就行了，何必表露出来？

这些人趾高气昂，认为我们这些未婚者无知；他们这些想法也并非那么不理智，但这样又更冒犯人。我们这些单身汉无依无伴，确实不如他们理解结婚后两人世界的奥秘，但是他们的傲慢可不是仅仅到此为止。如果一个单身者擅自当面提出什么意见，即使是对最无关痛痒的话题，他作为一个没结婚、人生不完整的人也得立即闭嘴。不但如此，最可笑的是，我认识的一个结了婚的年轻女士，结婚也不过两周而已，在伦敦市场上养殖牡蛎最适合的模式这个问题上，我不幸与她观点不一，她讥笑着问：一个像我这样的单身汉怎么能装作知道这些事情？

但是我到目前为止所说的都还不算什么，等他们有了小孩——他们通常都是会养小孩的，那神气，就更不得了了！我想有小孩有什么了不起的，每条街道每条巷子都挤满了他们，最穷的人往往有着最多的小孩，极少有夫妻一个小孩都不生；他们往往长大变坏，击败父母的希望，走上邪路，最后以贫穷、耻辱、绞刑架等告终。我可说不出来生养这些小孩有什么好骄傲的。如果他们是年轻的凤凰，一年只能有一只涅槃而生，那还没什么可说的，但当他们是如此平庸时——

有些女性认为自己生了孩子劳苦功高，在丈夫面前摆出居功邀德的样子，对此我就不说什么了，随她们去吧。

但是我们又不是他们与生俱来的臣民，凭什么指望我们给他们进贡香料、没药[①]、焚香，恭顺崇敬他们？

“像巨人手中的箭，婴儿如此出生。”[②] 我们的祷告书中为女

① myrrh，没药树的树胶脂。这几样都是敬神用的。

② 出自《旧约·诗篇》第127篇。

人安产感谢礼的祷告词就是这么说的。“那个箭筒里满是箭的男人是幸福的。”[1]——我要这么说。但是，不要让他把箭筒对准我们这些手无寸铁的家伙，让他们养他们的箭吧，但不要擦伤和射穿我们。我观察到，这些箭是双头的：它们有两个叉，你不是被这个箭头射中，就是被那个箭头射中。比如，当你走进一间满是小孩的屋子时，如果你不巧没有注意到他们（也许你脑中在想着其他什么事，没有听见他们天真的童音），你马上就会被贴上标签：一个难以接近的、阴郁的、讨厌孩子的人。另一方面，如果你发现他们非常吸引人，被他们美丽的姿态所吸引，开始真诚地与他们嬉笑玩乐，大人们就会找一些借口和其他托词，意在把你赶出房间——“他们太吵太闹腾了。”或者“某某先生不喜欢小孩子。”反正，不管是这个箭头还是那个箭头，你总是逃不掉的。

我可以原谅他们的嫉妒，如果这给他们带来任何痛苦的话，我可以不和他们调皮捣蛋的孩子嬉戏；但是我认为，要我去爱他们是不讲道理的：不加区别地去爱一整个家庭，也许八口、九口或十口人；要我去爱所有的可爱宝贝，因为孩子们是那么让人着迷。

我知道有句谚语说：“爱屋及乌。”这话可不是时时都很实际，特别当那只狗攻击你，或闹着玩咬你时。但是一只狗或其他什么东西——任何非动物的东西，比如一个纪念品，一块手表，一枚戒指，一棵树，或是和即将长期分离的朋友最后分手告别的地方，这些我能转而爱上，因为我爱这个人，任何能使

---

① 以箭喻婴儿，即指多子的男人。

我想起他的东西，只要它本质上不存在什么态度，易于接受任何我给与它的想象性色彩。但是孩子是真实的人物，是独立的存在：他们本身友好或不友好，因此我对他们的爱或恨在于我看到他们的品质如何。一个孩子的天性是件严肃的事情，不能被认为是另一人的附属品，根据此来爱他们或恨他们：他们以自己独立的姿态和我站在一起，像其他男人和女人一样。噢！但是你会说，的确他们正处在招人喜爱的年龄，一个婴儿的温柔岁月总有东西吸引到我们。——此话不错，那正是我对他们更加慎重的原因。我知道一个甜美的小孩是自然中最美的事物，甚至连给予了他们生命的优雅母亲都比不上他们；但是一件事物越美，我们就希望它在同类事物中美得更出挑。一朵美丽的雏菊和另一朵雏菊并没有什么区别，但是一朵紫罗兰应该看起来更娇俏、闻起来更芬芳。我对女人和孩子就是一直这么苛求。

但这还不是最糟糕的：一个人在抱怨不受重视之前，至少得先让人跟他们熟悉起来吧。这自然意味着拜访等一些形式的交往。但是如果这位丈夫，结婚前和你有着深厚的友情，但是你不是作为其妻那方的朋友，如果你不是跟在她的裙裾后面溜进这栋房子的；而是，在他们恋爱之前，你就是他的老朋友了，彼此关系亲密——看看你自己吧，你的地位岌岌可危了——不到一年你的友情就站不稳了，你会发现你的老朋友逐渐对你变得冷漠，态度大变，至少是找机会和你分开。在我的朋友当中，如果有什么已婚的、还仍然值得我坚定信赖的朋友，与他的友谊一定是在他结婚之后才开始的。

虽然有一些限制，她们倒还可以接受这种友谊；但是，如果没跟她们打过招呼，就擅自与某一位朋友结下了认真的友谊同盟，即使是在他们两人认识之前，这对她们来说就不可容忍了。每段长久的友情，每段旧日的亲密交情，必须呈报到她们的办公室里，让她们审核重新盖章，就像君王登基召回用得好好的旧钱一样，那些钱币在他出生之前甚至被人想到之前的朝代就铸造出来了，在他允许钱币流通于世界之前，要重新做上记号，铸印上他的权威头像。你可以猜猜，在回厂重铸时，一个像我这样生锈的金属通常会摊上什么样的运气。

为了侮辱你，让你耗光她们的丈夫对你的信任，她们有数不清的手段。当你说话时带有一点好奇的语调时，她们嘲笑你，好像你是个说了什么俏皮话的怪人；话虽有趣，人还是古里古怪——此乃手段之一。为了达到目的，她们有种独特的注视着你的方法，直到最后她们的丈夫，曾经尊重你的判断力的那些人，本来虽然觉得你在见解和态度上有些奇特，但看出你并不庸俗；现在，他们也开始怀疑你是不是个幽默的人了！觉得他单身时期结下深厚友谊的人，恐怕不那么适合介绍给女士们。——这也许可以叫做凝视法，这方法常常在实践中来挤对我。

还有一种夸张的办法——讽刺法：那就是，当她们发现她们的丈夫待你特别好时，知道想让他从持久的情感里摆脱不那么容易，因为那份情感基于他对你的尊重。无论你说了或做了什么，她们就夸张地、假情假意地附和赞叹一番，直到那个好男人理解这全是为了恭维他，逐渐对因这太过坦率而欠下的感激之债感到厌烦，他对你的热情慢慢减少，最后终于沦落为温和的尊重——对你只有“合乎礼节的情感和不太关心的善意”①，

---

① 出自苏格兰作家约翰·侯姆（John Home，1722—1808）的悲剧《道格拉斯》（*Douglas*）。

那时她就能和他态度一致地待你了，不用勉强自己，也不用太过真诚。

另外一种方法（她们必须完成想要达到的目的，手段无穷无尽），就是用一种和和气气的天真简单，故意曲解最初让她们的丈夫喜欢你的地方。如果是你的品德里的某个优点，牢牢钉住了她想打破的锁链，她们就胡乱捏造说你的谈话缺乏辛辣老到，她会叫道："我本来认为，亲爱的，你口中的那个朋友某某先生，会是个顶顶聪明的人呢。"或者，是你谈话的魅力让他最初开始喜欢你，他对这点很满意，对你的道德品行上一些无足轻重的谬误就视而不见了；可是，只要她一捕捉到你的过失，她就会欣欣然惊呼："亲爱的，这就是你的好朋友某某先生啊……"

有一位好女士，我曾告诫她说我是她丈夫的老朋友，应该给予我足够的尊重。她坦言道：婚前她常听到某某先生提到我，这让她非常想结识我，但是看到我后她的期待就落空了；因为从她丈夫对我的描述来看，她以为自己将要见到的是一个高大英挺、军官一样的人（我用了她的原话）；但是，看起来真相全部相反。这真是直话直说啊，我为了礼貌起见才没有回问她：评判她丈夫的朋友的造诣，她怎么能够以一个和她丈夫大相径庭的标准来评判？因为我的朋友和我身高差不多，他穿鞋量是五尺五，我稍稍比他高半英寸；他像我一样，神态和容貌中未显任何军人气质。

这是在我拜访已婚者们的家时遇到过的一些荒谬的、伤人感情的事。将每件事都列举出来是不可能的，因此我只提一种已婚女士常见的失礼行为：待我们如夫君，待夫君如客人。我指的是，当她们用熟悉免客套怠慢我们，换成他们丈夫，就恭谦有礼。举个例子，苔丝塔西，那晚已经到了我通常吃晚饭的时间，又让我多等了两到三个小时，她在一旁焦急不安，因为她的丈夫某某先生没有回家，她宁可直到牡蛎全都煮坏了，都不愿在他没回来前尝一个，觉得先尝的话就有负礼节。这反倒搞反了礼节的意义：因为如果我们在一群人中，发现别人得到了更多的关爱和尊重，我们就会不舒服；礼节正是去除人们不舒服之感的一种发明。因为重要的大处它必存偏爱，为免招致不满，它尽力在不重要的小处极尽关心。按这个道理，即使她丈夫吵着要吃晚饭，苔丝塔西坚持要把牡蛎留下来等我来吃，这才算严格按礼节的规则行事了。至于女士们想对丈夫保持礼节，我认为只要举止谦恭、端庄得体就可以了。因此我必须抗议西拉西亚故意纵容她丈夫暴饮暴食，我正在她家的桌子上津津有味地吃着一盘欧洲酸樱桃，她端走了送给了桌子另一端的丈夫。然后她推荐了一盘不那么好的醋栗给我这个单身汉。这两件事都无法让我原谅她们的当众侮辱！

但是我已经厌倦了用假名抱怨我的这些已婚朋友了。让他们改一改他们的态度和礼节吧，要不然，我发誓有一天我要将他们的真实姓名写出来，来惩罚惩罚这些肆无忌惮的冒犯者们。

论穆登的表演[1]

几晚前，我看完这位杰出的表演者在《轻舟》的表演后归来，当我躺到床上时，他那古怪的影像仍然在我脑中萦绕不散，让我无法入睡。我试图使自己摆脱这些幻想，故意想些最截然不同的联想，但只是徒劳。我下决心严肃起来。我考虑起人生最严肃的话题，比如个人的痛苦，公众的灾难，但是都没有用。

那个怪人在那里坐下
嘲笑我们的处境[2]。

他那古怪的样子——让人眼花缭乱的戏服，所有他搜罗到一起的古怪东西——他那蛇般蜷曲的手杖，挂在口袋上，垂下来摇晃着；克里奥帕特拉[3]的眼泪，还有他的其他一些纪念物。奥基弗[4]异想天开的滑稽剧，还有他的更加狂放不经的评论，让人忍不住大笑，直到笑到最后没有了力气再笑，就像过度的悲

---

① 穆登（Joseph Shepherd Munden，1758—1832），英国演员，是他那个时代最著名的喜剧演员，直到1824年退休。他也是兰姆非常喜欢的一位演员。

② 出自莎士比亚戏剧《理查德二世》。作者有改动。

③ 克里奥帕特拉（Cleopatra），古埃及最后一位法老，即埃及艳后。

④ 约翰·奥基弗（John O'Keeffe，1747—1833），爱尔兰演员和剧作家。

伤一样，反而邀来了睡眠的光临，虽然最初也是它把睡眠赶走的。

但是我没这么容易逃脱。我一陷入睡眠中，同样的幻影——只是更令人困惑了，就开始以梦的形态袭来。不是一个穆登，而是五百个穆登，在我面前跳舞，脸像是你抽了烟片后（不管你抽不抽烟片）看到的那种，都是奇怪的组合，其中所有奇异的人中最奇异的就是他的脸。整个城镇都曾为失去埃德文[①]而哭泣，现在埃德文几乎被人遗忘了。穆登从到来的那一天起，就背负使命为擦干这个城镇的眼泪而来的。噢！当我醒来时，为了那些铅笔的力量修复了他们[②]！有一两季伦敦城会举办贺加斯[③]画展。我不知道为什么不办一个穆登展呢。穆登的丰富度和多样性一点不输前者！

这儿能辨认出一张法利[④]的脸，一张奈特[⑤]的脸，一张里斯顿[⑥]的脸（但是这是怎样的一张脸啊！）；但是穆登没有哪张面容可以固定下来，能称为是他的脸的。为了逗你发笑，在与你那一本正经的严肃神情进行的不可思议的对抗中，当你觉得他已经用尽了他的百变表情时，突然他又抖出完全新的一套表情，像九头蛇[⑦]一样。他不是一个人，而像是许多个人。与其说他是

---

① 可能是指埃德文（John Edwin，1749—1790），英国18世纪的演员。其子（1768—1805）也叫此名，为英国演员，一直活跃到19世纪。

② 指这些演员的样子都被画成画像，收藏在展览馆里。

③ 威廉·贺加斯（William Hogarth，1697—1764），英国绘画家，雕刻家。

④ 指查尔斯·法利（Charles Farley，1771—1859），英国演员，编剧。

⑤ 指爱德华·奈特（Edward Kight，1774—1826），英国喜剧演员。

⑥ 指约翰·里斯顿（John Liston，1776—1846），英国喜剧演员。

⑦ 九头蛇为希腊神话中的怪物，头砍掉能再生。这里比喻穆登能够源源不断地展现出新的表情。

一个喜剧演员，不如说是一群喜剧演员。如果他的名字可以像他的表情那样多变，光他的名字就能填满一张演员表。他，仅仅他一个人，真真正正地可以做出万般鬼脸来：换成任何其他人，“扮鬼脸”这个词都只是比喻而已，顶多指一个人可以做出一些表情变化。他的脸上像挂着某种看不见的衣橱，让他随便伸手进去一摸，轻易就能换上一副面孔；就像他的朋友苏伊特①使用的假发一样。要是有一天看到他露出个河马头，或变成什么有羽毛的变形物，比如一只红嘴鸥或鸟头麦鸡，我也丝毫不会惊讶。

我看过这位天赋过人的演员演的克里斯托弗·卡利爵士②，还有他演的老道恩③，散发出一种情感的光辉，这种情感让挤得水泄不通的剧院里，所有观众的心都随着剧中人物跳动；他像一名神职人员一样，有益于人们的道德之心。我极少在其他演员身上发现近似于此的卓越品质。但是在那滑稽剧的荒诞不经中，穆登站出来，就像贺加斯那样独一无二、无人比肩。说到贺加斯，奇怪的是，他并没有追随者。现在，穆登的教育开始了，且必须由他将亲自结束这场教育④。

还有什么人能够像他一样迸出奇思妙想？还有什么人能像他那样看见幽灵？还有什么人能像他一样，和被忽略的奇异东

---

① 指理查德·苏伊特（Richard Suett，1755—1805），英国喜剧演员。

② 克里斯托弗·卡利爵士（Sir Christopher Curry）为喜剧《英科尔与雅里可》（*Inkle and Yarico*）中的一个人物，一位善良、幽默的人。该剧1787年于伦敦首次上演，非常成功。

③ 老道恩（Old Dornton），穆登在霍克罗夫特（Holcroft）的戏剧《毁灭之路》（*The Road to Ruin*）首演时扮演这个人物，取得了演艺生涯的首次杰出的成功。

④ 指穆登的表演自始至终给观众的陶冶。

西——他的影子“塞萨”战斗？在《普雷斯顿的修鞋匠》[1] 这部戏中，他从修鞋匠演到贵族，又从贵族演到修鞋匠，让观众的大脑随着剧情狂热不止、激动不已，仿佛一千零一夜的故事正在他眼前上演。还有谁能像他一样，将不可思议的个人影响力赋予最普通的日常物品？一张桌子，一个榫接木凳，在他的想象力中，升华成像仙后座的王座那样高贵的东西——它被赋予了天上星宿般的重要性。既然它已上升到了苍穹，你提起它时，便无法不怀有更多的敬意。正如菲斯利[2]所说，一个乞丐，在米开朗琪罗笔下，都能升华成贫穷之父。穆登的表演热情也是如此，这股热情触及到的东西，都将作古、变得高贵。他的罐子和长柄勺像古老的预言景象中煮沸的罐子和铁钩一样壮丽、原始。一桶黄油，在他的思考下，变成了柏拉图式的概念。他能从本质上理解一条羊腿肉。他站在一堆日常普通物品中任匠心驰骋，像一个原始人置身日月星辰之中。

①《普雷斯顿的修鞋匠》(*The Cobbler of Preston*)，一部滑稽剧。

② 亨利·菲斯利（Henry Fuseli，1741—1825），英国画家，学习米开朗琪罗的画法，偏爱超自然的主题。

前言[1]

致《最后的伊利亚》——已故伊利亚的旧友作

伊利亚，这位可怜的绅士，几个月来身体日渐衰弱，最终归于尘土。

说实话，这也是他该撒手西去的时候了。他生前作品的幽默之处——如果有什么幽默之处的话，也已经消失殆尽；两年半的时间对一个幽灵[2]来说也是够他忍受的了。

现在我可以放心大胆地坦白了，对我这位朋友作品的反对，我听到过的，都有理有据。我得承认，他的文章粗陋有余，生搬硬造，不堪卒读，用古体古风的词句加以粉饰，令人生厌。如果不是这样，这些也算不上是他的大作了；一个作家应该在这些自娱自乐的古风雅作中保持自然而不做作，比假装出一副自己不甚领会的自然之风要好得多。一些人认为他的文章傲慢自负，但他们不知道他写出来的那些东西，看起来好像是自己的事，其实往往取材于（历史地）发生在别人身上的事；就像

---

① 兰姆原以“伊利亚”的笔名在《伦敦杂志》上写随笔，半根据个人回忆半虚构地构建了伊利亚这个人的世界。在《伊利亚随笔》出版后，他不想再以“伊利亚”这个虚构人物写下去，遂写了此篇以示“伊利亚”此人已死。但后来他还有继续创作，至《伊利亚随笔续集》问世，便以此篇作为该随笔集的前言。

② 兰姆虚构了伊利亚的形象来回忆诸多旧日生活，而伊利亚某种程度上又是他自己的代言人，有时又抽离出来。故像幽灵幻影一般。

在之前的那篇随笔中（这样的例子不胜枚举），他以第一人称（他最爱的叙事方法）写一个乡下男孩远离亲朋好友、在伦敦城里的学校孤单无助的情形[1]，与他自己年少时的经历其实截然相反。

我已故的朋友在许多方面是个奇特的家伙。那些不喜欢他的人，恨他；一些曾经喜欢过他的人之后却对他恨之入骨。原因在于，他说话口无遮拦，不分时间场合，有什么说什么。严肃的宗教家视其为自由思想家；而自由思想家则把他当做一个盲信者，或认为他是一个信口雌黄之人。极少有人能够理解他，我甚至也不确定他是否一直都理解他自己！

他太爱用反讽这种危险的修辞手法。他播种下模棱两可的言论，收获直截了当的、明明白白的憎恨。他会用一些不痛不痒的笑话打断最严肃的讨论；也许对可以理解他的人来说那笑话不那么无关题旨。那些长篇大论、滔滔不绝的说话者恨他。他那种不拘一格的思维习性，加上从小就有的口吃，让他注定成为不了一个演说家；但他似乎也认定：凡有他在的场合，任何人都不该担任演说家的角色。他这个人其貌不扬，不值一提。我有时看见他在所谓的上流人士中间，但是在那儿他也是个陌生人，沉默地呆坐着，被人当做是个古怪家伙；直到一些不凑巧的时机让他开了口，他会结结巴巴地说出一些愚蠢可笑的俏皮话（也许这些话若被人正确理解的话，也不都是全部无意义的），这一开口就让别人对他打上了第一印象。和他一起呢要么正中下怀，要么话不投机，但是十有八九，他的这个风格会让

---

① 指《三十五年前的基督公学》

在场的人都变成他的敌人。

他的想法比他的言辞要浑然天成多了[①]，他最拿手的即兴讲话也看似是刻意为之。他被人指责说是装幽默装风趣，但实际上他苦苦挣扎于将他的那点想法清晰地表达出来。他结交朋友，都是一些个性上显示出独特之处的人，因此，他的朋友中没有很多科学人士，极少有专研文人学士。他的朋友大都是些没有固定财产来源的人；通常对这些人来说，没有比一个有着固定收入（尽管也只是中等水平的收入而已）的绅士更让人反感的了。他们中大多数人自然也认为他是个出了名的吝啬鬼。就我对伊利亚的了解来说，这可是大错特错了。老实说，他的朋友，在世人眼里不过是一些衣衫褴褛的穷人。他发现他们在尘世畸零飘摇，他们的独特之处，或其他的什么地方，吸引了他。他们像刺果般粘住了他，但是尽管如此，他们也是一群心地善良、充满爱心之人。他从来不太关心所谓的“上流社会”阶层。如果那些上流人士中有谁对他表示反感（肯定会引起冒犯），他也无能为力。当他遭人抗议，要求他多体谅一点上流人士的心情时，他会反驳说：他们哪一点上又体谅他的了？他对自己的饮食和娱乐很有节制，适可而止，只有对抽印度烟叶这项稍显过度。他认为抽烟能让他谈吐自如。哎呀！随着那友好的烟雾缓缓升起，他的闲聊漫谈有时也随之缭绕升起！那些绷住了他舌头的声带放松下来，这个口吃的人摇身一变成了一个健谈的政治家！

对于我这位老友的离世，我不知道我是该悲哀还是该高兴。

---

① 这里暗指伊利亚的口吃，使他有什么想法都没法顺利地讲出来。

他的笑话开始过时了，他的故事将被发掘出来。他留恋生命，亦感风烛残年，你可以看到那牵扯着他的命运线绳已经变得越来越细。近期和他曾就此事聊起，他怒气冲冲，我认为他不值得为此动怒。我们在夏克威尔，他郊区的静养之处散步时，一些职业学校的孩子碰到我们，礼貌地鞠躬致意，他认为这是对他的特别礼节。“他们把我当成微服私访的官员了。”他一本正经地咕哝到。他害怕自己看起来像任何重要人物或教区要员，他的害怕都快变成一种怪癖了。他觉得自己给人的印象日益接近那样的角色。总的来说，他厌恶别人像对待什么德高望重的人一样来对待他，对年岁增长小心翼翼，因为年龄愈高更容易让别人对他产生年高德劭的印象。只要有可能，他就混迹于一群比他年轻的人之中。他不适应时间前行的步伐，只能在岁月流逝中拖拉着脚步。他的举止落后于他的年龄，他更像是个大男孩。他的成人礼服[①]穿在他身上从来都不合身。幼年时的种种回忆为他打下了烙印，他对成年期鲁莽的闯入愤恨不平。这些都是他的缺点，但是正是这些缺点，才是读懂他的一些作品的密钥。

---

① 原文“toga virilis”，成年托伽，指古罗马男子满 14 岁后在正式场合穿的衣服。

穷亲戚

穷亲戚，是本质上最无足轻重的人物；一种粗鲁无礼的交往；一种令人反感的亲近；一种让人不安的良心；在你的飞黄腾达如日中天之时飘来的一片不合时宜的阴影；一种不受欢迎的提醒；一种不断重现的侮辱；一种让你倾家荡产的花销；一种让你的自尊无法忍受的催讨；一种成功之中的瑕疵；一种对你发迹的责难；他们是你血脉里的污点；你荣耀上的污渍；你长袍上的裂口；你盛宴上的死人头颅；阿加索克利斯的罐子[①]；你大门外的末底改[②]；你门前的拉撒路[③]；你的拦路虎；你房间里的蛤蟆；你油膏里的苍蝇；你的眼中沙；这是你的敌人们的胜利，是你对朋友们的道歉；是无济于补之事；是丰收季节的冰雹；是在一磅蜜糖中间加上一勺酸汁。

他一敲门，你就知道是他来了。你心想："那是某某先生。"一阵连续的叩门声，在熟悉与尊重之间，它似乎想要得到款待，又对此不抱希望绝望。他走进来面带微笑，但又局促不安。他

---

① 阿加索克利斯（Agathocles，公元前361—前289年），西西里岛叙拉古（Syracuse）的暴君，后自立为西西里王。相传其父是一个陶匠。

② 末底改（Mordecai），《圣经》人物，以斯帖（Esther）的堂兄，从哈曼（Haman）手中救出犹太人，曾坐在宫门口以示对犹太人遭迫害的抗议。

③ 拉撒路（Lazarus），《圣经》人物，穷乞丐。

伸出手要跟你握手，又缩了回去。他偶然无意地上门拜访，却正好赶上饭点，桌上已经坐满了人。他看到你高朋满座，说是要告辞，但是禁不住劝又留下了。他挤进一把椅子里，某位客人的两个孩子就得被安排在旁边的一张桌子上。他从来不在接待日来，虽然你的妻子用有些自鸣得意的口气说："亲爱的，也许某某先生今天要来吧。"他记得每个人的生日，声称他很幸运能够偶然撞上这个好日子。

他声称不吃鱼，而且桌上的比目鱼也太小了，但是经不起客气，改变了自己最初的决心，又吃了一块。他本来只喝波尔图葡萄酒[①]，但是如果别人硬要他喝的话，他又喝光了剩下的一杯波尔多葡萄酒。仆人们对他感到困惑，对他既怕太过卑躬屈膝，又怕不够恭敬礼貌。客人们认为："他们似乎在哪儿见过他。"每个人都猜测他的境况，大多数人认为他是个见风使舵者。他直呼你的教名，暗示他跟你是本家。他越是显得熟悉，你越是觉得他缺少自信。如果他只表现出一半的熟悉，别人也许以为他只是一个偶来登门的客人；如果再大胆一点，他就根本不会被人猜出来到底是谁。要说是朋友，他太谦卑了，要说是常客，他又太过显得自己派头十足。

他是比乡下佃农更糟的客人，因为他不带来任何租金；但是奇怪的是，从他的穿着打扮上判断，你的客人都把他当做了佃农。别人邀请他打惠斯特牌，他借口贫穷推脱了，但真被冷落一边，又郁郁不欢。散客的时候，他提出要去为大家喊马车，但是又让仆人去了。他记得你的祖父，突然提起某件无足轻重

---

① 波尔图葡萄酒（Port），葡萄牙产，一种深红色的酒精含量高的浓甜葡萄酒。

的、陈芝麻烂谷子的家庭轶事来。他知道这件事，那时家族还没有兴旺昌盛起来，“他有幸见证了这事。”他回忆起过去的境况，展开他所谓的——有利的今昔对比。他带着一种挖苦味道的祝贺，询问你家具的价格，对你家的窗帘布大为赞美，让你感到一种侮辱。他还大谈那个新壶形状更优雅，但还是旧的茶壶用起来舒服——这点，你必须牢记。他认为，你必须拥有自己的马车，这样出行就大大方便了，向你的夫人恳询是否如此。他又问你的家族纹章在小牛皮纸上是否已经做好，直到最近才知道你的家徽是如此这般的造型。他的回忆不合时宜，他的恭维话也很荒谬，他的谈话让你烦扰，他来了又固执不肯走；当他终于离开后，你赶紧将他坐过的椅子拖到角落，感觉像摆脱了两个大包袱。

这世上还有更可悲的事[①]——女性穷亲戚。对男性穷亲戚你还可以做点什么，你也许可以勉强替他冒充掩盖，但是你的穷女性亲戚们，就无可救药了。“他是个风趣的老家伙，”你可以这么说，“假装穿着一身破衣服。他的境况比别人以为的要好多了。你们都喜欢请一位有个性的人来做客，他就是这样的人。”但是你没法掩盖一个女人的贫穷。即使女人生性善变，也没有哪个女人肯打扮得有失身价。真相必须大白，无法蒙混过关。“她明明跟兰姆家有亲戚关系，要不然她为何在他们家里?”

她很可能是你妻子的表亲。至少十有八九是这种情况。她的穿着打扮介于贵妇和乞丐之间，但是前者的成分明显更多一点。她最令人讨厌的地方就是她的谦恭卑微，对自己地位低下

---

① 原文“evil under the sun”，出自《圣经·传道书》6：1:“I have seen another evil under the sun, and it weighs heavily on men.”

有自知之明，还丝毫不加掩饰。对男亲戚，有时有必要压压他的风头，但是对女亲戚抬举都没有用。用餐时你给她递过来汤，她请求在诸位绅士喝过之后再喝。某某先生邀请她喝一杯酒，她在波尔图葡萄酒和梅蒂拉白葡萄酒之间犹豫，最后选择了前者，因为那位绅士想喝的是前者。她称呼仆人为“先生”，坚持不要麻烦他来帮她托着盘子。管家以居高临下的态度对待她。当她把钢琴误认为是大键琴时，孩子的家庭教师纠正她的错误。

戏中的理查德·阿姆莱特①先生，就是个著名的例子，那种认为“亲戚即朋友”的理想化观念，会给一位绅士带来不利之处。他与那位豪门小姐之间隔着一点可笑的门第之差。他的好运一直被一位老太太的母爱所打断，她百般阻扰，坚持要叫他“我的儿子迪克”，似乎乐于看到他沉到社会底层。但是她最后出了一大笔钱来补偿他遭受的侮辱，将他捧上了显赫的上流社会。但是，并非所有人都有迪克的脾性。我认识一位真实生活中的“阿姆莱特”，他缺乏迪克的乐观和抗压能力，确实沉到了底层。可怜的W，是我在基督公学的同学，一位优秀的、大有前途的年轻人。如果说他有什么缺点的话，就是太骄傲了，但是他的骄傲是不伤人的；他的骄傲不是硬心肠、与不如自己的人保持距离，只是为了避开对自己的贬损。它是尽可能地保持自尊的原则，非但不会侵害他人的自尊，还希望其他人都平等地维护自尊。在这个话题上，他会希望你和他想法一致。我和

① 理查德·阿姆莱特（Richard Amlet），迪克是他的小名。18世纪英国戏剧家约翰·凡布鲁（John Vanbrugh）的喜剧《联盟》（*The Confederacy*）中的人物。剧情梗概为阿姆莱特为追求一位富商之女冒充为上校，其母是一个小商贩，又和富商有来往，后资助了儿子一大笔钱，让两个年轻人喜结良缘。

他有过许多争执，当我们长成了大男孩时，我们个子高，穿上蓝色校服更加显眼，招惹他人的不快。大都市的人爱打听又爱嘲笑人，当我们假日一起外出上街时，因为我不愿意和他一起走小巷和死胡同以避开人们的注意，我们为此经常吵架。

W带着这些伤心事，去了牛津大学。在那里，一个学者生活的尊严和甜蜜，与谦卑的入学身份混合在一起，让他对学府产生了一种强烈的热爱，同时也让他对社会有着深深的厌恶。工读生[①]的长袍（比他的校服更糟糕）紧紧裹着他，就像浸沥毒汁的衣服[②]一样。他觉得自己穿着这身衣服十分可笑。但是拉提姆[③]也曾穿着这身衣服，腰板挺直地走在校园里，胡克[④]年轻时穿着这身衣服，得意洋洋，带着一种毋容反对的自负之情。在学校的树荫深处，或者他的孤独的房间里，这个穷学生躲开人们的注意。他在书籍之间找到了庇护，书籍不会侮辱他；学习不会过问这个年轻人的财产情况。他是自己书斋的主人，极少关注他的小世界之外的事情。

勤奋钻研学问对他起到了治愈作用，他得到了安慰，转移了注意力，他几乎变成了一个健康的人；但他无常的命运又一次打击了他，而且是更为恶意的打击。W的父亲，此前一直在牛津附近的某处卑微地做房屋油漆匠，听闻大学里的一些头头

---

① 一般是家境比较贫寒的学子，需要一边打工一边读书，制服与普通学生不通。

② 希腊神话中，人马怪尼萨斯临死时将浸过他毒血的衣服交给赫尔克利斯(Hercules)的妻子，赫尔克利斯后来穿上此衣，被毒死。

③ 休·拉提姆（Hugh Latimer，约1487—1555），曾任英国沃塞斯特主教，爱德华六世时的英国国教牧师，在剑桥大学上过学。

④ 理查德·胡克（Richard Hooker，1554—1600），英国神学家，圣公会牧师，圣公会神学创始人，对英国国家有很大影响。曾在牛津大学上学。

们意欲大兴土木，他就把家搬到城里来，希望被雇佣做一些他们提到的公共活计。从那时开始我就发现那位年轻人的脸上有一种决心，那种决心最终将他永远地从学术追求上夺走了。对不熟悉我们大学的人来说，做学问的人和城镇居民——特别是城镇居民中从事贸易的那部分人，两者之间的区别，就像这两类人的称呼一样，这种区分是如此泾渭分明，看起来似乎过于严苛、让人难以相信。

W父亲的脾性跟W完全相反。老W是个生意人，小个子，整天忙忙碌碌，见人阿谀奉承；儿子在身边时，他见到任何一个穿着大学学袍的人，都会右脚擦地后退，行鞠躬礼，脱帽致意，不管他儿子向他使眼色阻止或提出更明确的抗议。哪怕是W的室友，同样也是工读生，他也一样卑躬屈膝、毫无必要地点头哈腰。这样的情况无法长久。W必须离开牛津换换空气，要么就在这里等着被窒息而死。他选择了前一条路。让那些古板的道德家们说去吧，他们过分将孝道抬高到了人尽不及的高度，指责那个不孝子；他们是不懂这些纠结的。我支持W。我最后一次见到他是在一个下午，在他父亲房子的屋檐下。那是一条不错的小巷，从大街通往某个学院的后门，W父亲的房子就在那里。他若有所思的样子，而且更平和了。发现他情绪不错，我斗胆拿他家门前的一幅福音传道家[①]的画像开起玩笑，那是他父亲因为生意兴隆之故，特意将其精致裱框，挂在他漂亮的店铺里，作为繁荣的象征，也作为他对这位圣人感激之情的标志。W抬头看看路加，然后他像撒旦一样，“认出那裱好的标

① 此处指路加，画匠艺师的保护者。

识，便逃走了。”[①] 第二天早晨，一封信放在他父亲的桌上，宣布他接受了某军团的委任，即将乘船去葡萄牙。他是第一批在塞巴斯蒂安的城墙下阵亡的将士之一。

我不知道为什么，谈到穷亲戚这个话题我开始只是半认真的态度而已，却详述起这件伤心往事来；但是这个话题本来就内容广泛，既能激起悲剧的联想，也能唤起喜剧的回忆，让我很难将两者完全分开、互不混淆。关于这个话题我的最早的记忆，当然既不是什么痛苦的事，也不是非常丢脸的事。在我父亲的桌旁（一张不很好的桌子）每周六都会来一个神秘人物，他是位老绅士，穿着整洁的黑色礼服，有着悲伤又英俊的面容。他显得很庄严，话很少，他在场时我都不敢发出一点声音。我本来也不打算说话，因为我被教导要在沉默缄声中对他表示敬意。一把特殊的扶手椅是专门留给他的，在任何情况下都不得违背。一种特别的甜布丁也是，只有在他来的那天才会有，其他日子是没有的。我过去一直以为他是个家财万贯的大富翁。我所有能知道的部分，就是他和我父亲很久很久以前是林肯法学院[②]的校友，他来自敏特。我知道所有的钱都是从造币厂[③]铸造出来的，我以为他是所有钱的主人。他的出现还和关于伦敦塔[④]的可怕念头交织在一起。他似乎超越了人类的疾病和情感，只有一种巨大的忧郁笼罩着他。由于一些无法解释的命运，我

---

① 大意出自弥尔顿的《失乐园》第四卷结尾部分，句子并非原文。此处“褛好的标识”指店中的路加画像。

② 本文作者虚构林肯市中有一所林肯法学院。实际上，林肯市是英国东部林肯郡的首府，林肯法学院在伦敦。

③ 敏特（Mint），又有造币厂之意。

④ 伦敦塔是古代英国国王囚禁犯人的地方。

猜想他不得不在每次出门时都穿上那件丧服般的黑礼服；一个囚犯——一个高贵的人，每周六从伦敦塔里放出来。

我经常奇怪我父亲的鲁莽冒失，尽管我们大家都明显对他大为尊敬，谈到他们的年轻岁月时，父亲时不时地会敢于站出来反对他的某些观点。林肯古城的房子是划分开的（像我的大多数读者知道的那样），有些建在山上，有些建在平原。这种明显的区别让学生们也分成两派（尽管他们来到同一所学校上学），家住山上的学生和家住平原的学生；让这些年轻的法学家有了相互敌对的充分理由。我父亲是山上派的领头人，他仍然坚持说在技巧和刚毅方面，山上派的学生（我父亲自己的那一派）比平原派的学生（那时他们是这么称呼的）都要更优秀，而那位老绅士是后一派的头头。他们在这个话题上有过许多激烈的争论，只有这种争论才能让那位老绅士显出真面目来——争端被挑起来了，甚至有时候剑拔弩张、似乎真的要打起来了（我倒是盼望见识一下）。但是我父亲，不屑于坚持他们那一派的优势，通常设法机敏地转换了话题，谈起对大教堂[①]的赞美来。对于那座大教堂，无论是山上派还是平原派都很喜欢，认为它胜于不列颠岛上的其他教堂，他们能在此话题上达成一致，将之间不那么重要的纷争也就搁置一边了。

有次我看见那位老绅士真的生气了，我还记得一阵痛苦掠过我心："也许他再也不会来我们家了。"大家劝他再吃一盘甜布丁，我说过，只有他来拜访时才会有甜布丁。他不仅拒绝了，而且面露厉色。但是我的姑妈，老林肯人，在这方面跟我的表

---

① 可能指林肯市内900多年历史的林肯大教堂（Lincoln Cathedral），也可能指的是英国著名的威斯敏斯特大教堂（Westminster Cathedral）。

姐布莱吉特有几分相像——她有时不合时宜地表现出礼貌客气；于是她说出了下面这句语惊四座的话："再吃一盘吧，比利特先生，你可不是每天都能吃到布丁啊。"

那位老绅士当时什么话也没说，但是那晚他一直伺机出气，当他和父亲之间有一些争执时，他重重说出一句，让全场人都目瞪口呆，现在我写下这句话时仍然觉得冒冷汗："娘儿们，你这个老废物！"约翰·比利特在这次当众侮辱之后不久就去世了，如果我没记错的话，后来又有一块布丁小心翼翼地呈到他面前，代替冒犯了他的那一块。他 1781 年死于敏特市，在那儿他过了很久舒适而独立的生活。他去世后，我们在他的写字桌里找到了他留下的五镑十四先令一便士——老天保佑！他留下了足够埋葬他的钱，他从没有向任何人伸手要过一分钱。这也是一位——穷亲戚。

漫谈读书

> 读书就是以别人大脑制造的产物来自娱。现在我认为一个优质、有教养的人应该为他自己自发产生的思想而自得其乐。
>
> ——《旧病复发》[①] 中福平顿爵士的台词

我的一位机灵朋友听到以上这段出色的俏皮话后十分吃惊，于是他就放弃了阅读，为了提升自己的原创性。冒着丢面子危险，我必须承认我的相当一部分时间都用来阅读别人的思想了。我在别人的思考中浪掷此生。我喜欢沉浸在别人的思想里。当我不在散步时，我就在读书；我无法坐着不动思考，自有书本替我思考。

我没有什么抵触的书。沙夫茨伯里[②]的书对我来说不算太文雅，乔纳森·维尔德[③]的故事也不算太低俗。任何可以被称作是书的东西，我都读。但也有些是书的形状，我却不把它们当做

① 英国17世纪剧作家范伯鲁（John Vanbrugh，1664—1726）的戏剧，福平顿爵士（Lord Foppington）是里面的一个花花公子。

② 沙夫茨伯里（Shaftesbury），即安东尼·库珀（Antony Cooper，1671—1713），英国伦理学家。

③ 乔纳森·维尔德（Jonathan Wild，1683—1725），18世纪伦敦甚至全英国最著名的罪犯，也是作家们爱写的一个人物。

是书。

在具有书的形状却非书的这一类型里，我认为以下都算作此类：《宫廷年历》，《礼拜规则》，袖珍笔记本，背面装订起来并印了字的棋盘，科学专著，历书，法令汇编，休谟[①]、吉本[②]、罗伯森[③]、贝第[④]、索姆·詹尼斯[⑤]的作品，“绅士的书橱必不可缺”的那些卷册，弗莱维·约瑟夫斯[⑥]（那个博学的犹太人）的历史著作，巴莱[⑦]的《道德哲学》。除了这些书，我几乎什么书都看。我庆幸自己如此好运，阅读兴趣如此广泛，如此无所不包。

我得承认，看到那些披着书的外衣栖息在书架上的东西我就十分生气，就像假冒的圣人一样，篡夺了真正的圣坛，闯入了圣地，却逐出了合法的居住者。拿下来一本外观装订精良的一卷书，希望它是什么好看的剧本，然后打开“似乎是书页”的东西，突然映入眼帘的却是让人不感兴趣的《人口论》[⑧]。指望拿一本斯蒂尔[⑨]或法夸尔[⑩]的书看，找到的却是亚当·斯密[⑪]。看到整齐排列的、看起来傻乎乎的全套百科全书（大英百科全

---

① 大卫·休谟（David Hume，1711—1776），英国哲学家，历史学家。

② 爱德华·吉本（Edward Gibbon，1737—1794），英国历史学家。

③ 威廉·罗伯森（William Robertson，1721—1793），英国历史学家。

④ 詹姆斯·贝第（James Beattie，1735—1803），英国伦理学教授，诗人。

⑤ 索姆·詹尼斯（Soame Jenyn，1704—1787），英国神学家。

⑥ 弗莱维·约瑟夫斯（Flavius Josephus，约37—100），犹太历史学家。

⑦ 巴莱（William Paley，1743—1805），英国神学家。

⑧ 英国人口学家、政治经济学家托马斯·马尔萨斯（Thomas Robert Malthus，1766—1834）的著作。

⑨ 理查德·斯蒂尔（Richard Steele，1672—1729），英国散文作家。

⑩ 乔治·法夸尔（George Farquhar，1678—1707），英国剧作家。

⑪ 亚当·斯密（Adam smith，1723—1790），英国著名经济学家。

书或大都会百科全书)，都用俄罗斯皮或摩洛哥皮装订。那些上好书皮的十分之一，就可以舒服地给我的发抖的对开书换个书皮，让派拉塞尔萨斯[①]修整一新，让老雷蒙德·卢利[②]重新恢复成原来摸样。我从未读过这些冒名顶替的书，但是我渴望剥掉它们的书皮，来好好温暖我那些封面破破烂烂的旧书。

一本书最需要结结实实、整整齐齐地装订起来。装帧华丽与否，是次要考虑的事情。即使可以承担得起，也不能无节制地对所有书都不加分辨地予以精装。比如，我就不赞成给杂志合订本精装。简装或者半革装[③]（用俄罗斯皮）是我们通常的装帧法。莎士比亚或弥尔顿的书（除非是第一版），要是装帧过于华美，则显得有纨绔之气。收藏这样的书不会带来什么殊荣。书的外表（书本身倒是广为阅读），说来也奇怪，并不会让书主产生什么好感，也不会让他因为拥有这本书而洋洋自得。比如汤姆逊[④]的《四季》，有一点破旧、有一些折痕的书页看起来最佳（我坚持这样认为)。对一个真正热爱书的人来说，只要他不会因为过分挑剔而忘记读书的温情，当他从“流动图书馆”借来的《汤姆·琼斯》[⑤] 或《维克菲尔德牧师传》[⑥] 时，那些污损的书页，磨坏的封面，更不用说它特殊的气味（除了俄罗斯皮

---

① 派拉塞尔萨斯（Paracelsus，1493—1541)，德国瑞士籍医生，植物学家，炼金术士，占星家。

② 雷蒙德·卢利（Raymund Lully，1235—1316)，西班牙哲学家，神秘主义者。

③ 半革装（half-binding)，一种书籍装帧法，仅书脊和四角用皮。

④ 詹姆斯·汤姆逊（James Thomson，1700—1748)，英国诗人。

⑤《汤姆·琼斯》（Tom Jones)，英国小说家亨利·菲尔丁（Henry Fielding，1707—1754）的作品。

⑥《维克菲尔德牧师传》(Vicar of Wakefield)，英国剧作家、小说家托比亚斯·斯摩莱特（Tobbias George Smollett，1721—1771）的作品。

之外)，是多么美好啊！它们怎样被千百位读者的拇指摩挲过，带着喜悦之情翻开它们的书页！孤独的女裁缝翻过它，在一整天辛苦的针线活之后，到了深夜，她终于可以从睡眠时间中挤出几个钟头，她（女帽裁缝，或辛苦工作的女用外套裁缝）高兴地读着书中引人入胜的内容，如痴如醉，就像思绪泡在忘川[①]的一杯水里，忘记了孤独和辛苦！谁还会在意它们有一点污迹？谁还指望它们有更漂亮的装帧？

从某些方面说，越是好的书，对装帧越没有什么要求。菲尔丁，斯摩莱特，斯特恩[②]之流的书，总是不断再版，因此，我们对于它们个体的消失就不怎么可惜，因为我们知道它们会“没完没了”地有再版出来。但是当一本书既是好书又很珍稀，那一本书就自成一类，当它消失时，

> 我们不知道普罗米修斯的火炬
> 是否可以重新点亮[③]。

这样的书，比如纽卡斯尔公爵夫人[④]写的《纽卡斯尔公爵传》，就是一件珍宝，为了将其好好地珍藏起来，用再贵重的匣子、再耐磨的封套都不为过！

不仅是这一类书似乎无望再版；还有一些作家的老版本的

---

① 忘川（Lethe），冥府之河，能让人遗忘今生。

② 劳伦斯·斯特恩（Lawrence Sterne，1713—1768），英国作家。

③ 出自莎士比亚戏剧《奥赛罗》（*Othello*）第五幕第二场。

④ 玛格丽特·卡文迪什，纽卡斯尔公爵夫人（Margaret Cavendish，Duchess of Newcastle，1623—1673），英国贵族，作家。

书，比如菲利普·西德尼[①]、泰勒主教[②]的书、弥尔顿[③]的散文作品，富勒[④]的书，我们尚有再版他们的书，然而，尽管书籍本身流传四方，广为谈论，我们知道它们并没有在（也许永远也无法在）全国人民心中常驻一席之地，不会成为他们的藏书。对于这些书最好是用耐用的贵重封面装订起来。我不在意莎士比亚的第一版对开书是什么样，我更喜欢罗和汤森[⑤]的普通版本，没有注释，有画得极差的插图，不过能稍微对原文做一点图解。这个版本没有试图让插图超过文字本身，反而比莎士比亚全集那些配有精美版画插图的版本要好多了。我和我的同胞对莎士比亚戏剧有着共同的情感，我最喜欢的版本是最常被翻阅、被触摸的版本。相反地，读博蒙特[⑥]和弗莱彻[⑦]，我只读对开本的版本。八开本的版式读起来太痛苦了。我对它们毫无好感。如果它们像那位诗人当下的版本那样被人广泛阅读，我应该会更喜欢新版本，而不是老版本。我不知道有什么比再版《忧郁的剖析》[⑧] 更无情无义的事情了，就像把一位了不起的古怪老人尸骨挖出来，穿上最新潮的寿衣，供现代人批评，有这

---

① 菲利普·西德尼（Philip Sidney，1554—1586），英国文艺复兴时期作家、诗人。

② 泰勒主教（Jeremy Taylor，1613—1667），英国著名主教，散文家。

③ 弥尔顿（John Milton，1608—1674），英国著名诗人，作家。兰姆的散文中多次引用他的作品。

④ 托马斯·富勒（Thomas Fuller，1608—1661），英国著名牧师，散文家。

⑤ 罗·尼古拉斯（Rowe Nicholas，1674—1718），本身也是英国作家，曾编订《莎士比亚全集》，由伦敦出版商汤森（Jacob Tonson，1656—1736）出版。

⑥ 弗朗西斯·博蒙特（Francis Beaumont，1584—1616），英国剧作家，诗人。

⑦ 约翰·弗莱彻（John Fletcher，1579—1625），英国剧作家。

⑧《忧郁的剖析》（*The Anatomy of Melancholy*）英国学者罗伯特·伯顿（Robert Burton，1577—1640）的代表作。

个必要吗？哪个多不幸的书店主才会幻想让伯顿的书又畅销起来啊？

可恨的马隆[1]做的蠢事不能比这个更糟糕了：他贿赂了斯特拉福教堂的司事，允许他用白浆粉刷了老莎士比亚的雕像！原来那座雕像，样子粗糙却十分栩栩如生，脸颊、眼睛、眉毛、头发、他常穿的衣服都色彩逼真，尽管不是十全十美，但是这些精巧的部分和细处，是我们对这位文豪的模样唯一的可靠见证。他们用白涂料将这些统统覆盖了。如果我是沃里克郡的治安法官，我一定要立即处置那个注释者[2]和教堂司事，带上足枷，惩罚那对胡作非为、犯渎圣罪的恶棍。

我想我看见他们正在作案——这两个扰古人清安、自作聪明的盗墓贼！

如果我作如下坦白，会不会被认为是怪诞？我们有些诗人的名字听起来比“弥尔顿”或“莎士比亚”更好听些，对耳朵来说是更佳的享受——至少对我的耳朵来说是这样。也许是因为那两位大家的名字在日常谈话中被提及太多，显得陈旧了。最好听的名字，应该提起它们就似扬起一阵香气，比如，基特·马洛[3]，德雷顿[4]，霍桑顿的雷拉蒙德[5]和考利[6]。

读书，在绝大程度上取决于你何时何地读。在晚饭快好前

---

① 埃德蒙·马隆（Edmund Malone），英国莎士比亚学者。

② 指马隆。

③ 基特·马洛（Kit Marlowe，即 Christopher Marlowe，1564—1593），英国剧作家，诗人。

④ 迈克尔·德雷顿（Michael Drayton，1563—1631），英国诗人。

⑤ 霍桑顿的雷拉蒙德（Drummond of Hawthornden，1585—1649），英国诗人，散文家。

⑥ 亚伯拉罕·考利（Abraham Cowley，1618—1667），英国诗人，散文家。

焦躁不安的五六分钟里，谁还能拿起一本《仙后》[1]，或安德鲁斯主教[2]的一卷布道文来临时打发这几分钟时间呢？

读弥尔顿的作品，最好伴着庄严肃穆的音乐。但是弥尔顿的诗中有他自己的韵律，你想听到他的音乐，必须清除杂念，洗耳恭听。

寒冬之夜，蜗居温暖的家中，将世界都关在门外，温和的莎士比亚不拘礼节地走了进来。在那样的季节，读读《暴风雨》，或者他的《冬天的故事》，最适合不过了。

这两位诗人的作品免不了要大声朗读出来——读给自己听，或（凑巧的话）读给另一位知己听。超过一个人，它就退化为读书给一群听众听了。

只能让人兴致来得快去得也快、情节匆匆赶写出来的书，浏览一下即可，没有必要诵读出来。即使是现代小说中写得不错的作品，听它们被朗读出来时我还是觉得极为厌恶。

将报纸新闻读出来是让人无法忍受的。在一些银行办公室里，（为了节省个人时间）习惯就是由一个职员——最有学问的那位诵读《泰晤士报》、《纪事报》的全部内容，大声读出来以方便大众。尽管嗓门足够大，朗诵方法得当，听者却觉得乏味。在理发店或酒吧中，一个人会站出来，读出一段新闻；他认为这则新闻像某种重大发现一样，有必要通报出来。另一个人也读出他的选段。所以，整版的内容最终就会被打成零散的段落让读者知晓。不常读书的人阅读速度通常很慢，不用这种权宜

---

①《仙后》（*The Fairy Queen*），斯宾塞（Edmund Spenser，1552—1599）的名作。

② 安德鲁斯主教（Bishop Andrewes，1555—1626），英国神学家。

之计，这些人中恐怕没人能读完整张报纸的内容。

报纸总是能激起人的好奇心。没有人读完一张报纸放下来时不感到失望。

在南都饭店，我见到一位身着黑衣的绅士，拿着报纸读了很久。我很反感听到侍者不断地喊叫："《纪事报》送来了，先生！"

晚上走进旅馆，点过晚餐，还有什么比在临窗的座位上发现两三本杂志更让人开心的呢？一定是之前什么粗心大意的客人忘在座位上的，老《城乡杂志》，上面登着一些关于私密约会的图片——《贵族情人和G夫人》，《温柔的精神恋爱者和老花花公子》，诸如此类等等，都是过时的丑闻了。但此时此地，你会愿意换一本更好的书看吗？

可怜的托宾，最近眼睛瞎了，他也不是很懊悔再也不能看一些严肃的书籍了，像《失乐园》，《考马斯》[①] 之类——他还可以让人读给他听，但是他自己略读一本杂志或一本轻松小册子的乐趣，就让他颇为怀念了。

我不在意被撞见在某个教堂充满宗教气息的大道上独自阅读《老实人》[②]。

有一次，我无拘无束地躺在樱草山[③]的草地上读《帕梅拉》[④]，

---

①《失乐园》(*Paradise Lost*)，约翰·弥尔顿的著名长诗。《考马斯》(*Comus*)，弥尔顿的一部假面舞剧剧本。

②《老实人》(*Candide*)，法国著名作家伏尔泰（Voltaire，1694—1778）的小说，抨击了教会的伪善和专制。

③ 樱草山（Primrose Hill），伦敦摄政花园北边的一座小山。

④《帕梅拉》(*Pamela*)，英国作家塞缪尔·理查森（Samuel Richardson，1689—1761）的书信体小说，写的是一位风流的富家主人爱上了他的女仆，使用威逼利诱等各种手段企图占有她，帕梅拉宁死不屈维护自身贞德，双方历经多次交锋，互相反而产生了真正的爱情。富家主人被感动了，最后抛弃恶习，正式娶她为妻。

偶然被一位熟悉的小姐发现（那儿是她常来的地方），我不记得比这次经历更出奇的意外了——一个男人被人发现认真读着这本书！虽说这书里是没有什么内容真的该叫他羞愧的，但是她在我身边坐下来，似乎决心要和我一起读这本书，我真希望我手里拿着的是其他什么书啊。我们和和气气地读了几页，发现这个作者不怎么对她的胃口，她便站起身来告辞了。爱刨根问底的读者，我将以下留给你猜想了，在那样的左右为难中，（因为我们之间有一位）脸红的是那位仙女呢还是那位青年？从我这里你们可打探不出这个秘密。

我不算一个十分支持户外阅读的人。我在户外读书无法集中精神。我认识一位唯一神论的牧师，通常会在上午十点到十一点的样子在斯诺山上（那时还没有斯金纳大街）看到他研读一卷拉德纳[1]的著作。我承认他有着我不能企及的超然世外之气。我一直很钦佩他闲庭阔步，远离俗世。遇到搬运工的绳结或一只面包篮子，就会迅速让我掌握的神学知识忘得一干二净，连五大教义[2]也统统记不起来了。

还有一些站在街边看书的人，每每看到他们，我都心怀同情。这些穷绅士们，没有足够的钱买或租一本书看，只能在露天书摊上偷着学一点知识。书摊主人，用冷冷的、嫉妒的眼神盯着他们，想着他们何时才能把书放下来。这些人小心翼翼地冒着险，一页翻过一页，时刻都提防着老板禁止他再翻书，但

① 拉德纳（Nathaniel Lardner，1684—1768），英国神学家。

② 指法国加尔文教派的主要教义，五点说。

又无法否认读书的满足感，他们“攫取一点担惊受怕之中的乐趣。”[1] 马丁·B用这种方式，每天看一小段，看完了两卷本的《克拉丽莎》[2]，这时书摊老板挫败了他值得称赞的雄心壮志，问他（这还是他年轻时的事了）到底买不买这本书。马丁声称，他的一生中后来再没有像在书摊心神不安的蹭读时那种读书之乐了。我们时代的一位古怪的女诗人[3]根据这个主题写了一首非常感人质朴的诗：

我看见一个男孩站在书摊旁，
眼神饱含读书的渴望，
他翻开了一本书贪婪读起来，
这被书摊老板看到，
我听到他立刻对着男孩大喊：
“你，先生，从来没有买过一本书，
因此你一本书也不该看！”
男孩慢慢走开，连连把气叹，
他真希望自己从来不识字，
那么就不会想去老吝啬鬼的书摊。
穷人受过许多苦难，
富人从来未曾为此心烦。
我很快又看到另一个男孩，

---

① 出自英国诗人托马斯·格雷（Thomas Gray，1716—1771）的《伊顿学院颂》（“Ode on a Distant Prospect of Eton College”）。

②《克拉丽莎》(*Clarissa*)，塞缪尔·理查森的另一本书信体小说。

③ 实则是兰姆的姐姐玛丽·兰姆写的诗。

似乎至少一整天都没吃饭，

对着酒馆食橱里的冷肉痴痴地看。

这孩子，我想，生活真是困难，

饥肠辘辘，身无分文，两眼空馋，

面对这精心烹制的美味佳肴，

难怪他希望自己从来不知如何吃饭。

忆昔日马盖特[①]海上泛舟

我喜爱在牛津或剑桥的校园里度过假期（我相信我之前已经提到过这点[②]）。除此之外的选择就是寻访一些蓊蓊郁郁之地，比如亨莱[③]的近郊，我钟爱的泰晤士河畔。但是不知怎么的，我的表姐每三个季节或一年中总有一回设法骗我去海边。不管海边度假经历如何，她都对此念念不忘。有一年夏天我们在沃辛[④]过得十分无聊，另一年在布莱顿也是，第三次在伊斯特布恩，更是无趣至极。今年我们在黑斯廷斯，依然沉闷无趣——这都是因为很多年前我们在马盖特度过了非常快乐的一周。那时我们第一次去海滨度假，加上种种因素锦上添花，使之成为我人生中最惬意的一次假期。我们两人之前都没有看过大海，也从来没有一起离家那么久过。

我怎么能忘记你呢，昔日马盖特海上的单桅船？还有那饱经风吹日晒的老船长！他的船装备简陋，没有换成内河航道上的现代蒸汽船浮华精致的设备。你的船乘风破浪，从不需要神

---

① 马盖特（Margate）是英国东南部肯特郡东侧的海边小镇。

② 参见《牛津假日》一文。

③ 亨莱（Henley），位于英国伦敦的白金汉郡。

④ 沃辛（Worthing）、布莱顿（Brighton）、伊斯特布恩（Eastbourn）、黑斯廷斯（Hastings）都是英国东南沿海的海滨城市。

奇的煤烟味、咒语和沸腾的大汽锅的帮助。大风之中，你的船顺风前行；风平浪静之时，你又有着水手一样的耐心，让船静静漂流。你的船自然航行，不受强迫，像在温床上一样；你也不用硫磺的烟雾去毒害海洋的呼吸——像个巨大的海上烟囱一样，炉火熊熊，浓烟滚滚；一副火神要烤干克珊托斯[①]河的架势。

我怎么会忘记你那性情耿直、为数不多的船员呢？我们这些大城市里来的人时不时会抛出各种外行问题，比如这种或那种奇怪的航海工具是做什么用的？他们对这些问题含糊其辞，不情不愿地搭腔（也不掩饰任何轻蔑之情）。特别是我怎么会忘记厨师你——那位快乐的调解人；你为我们提供庇护，友好地将他们的技术行话解释成我们能懂的简单原理；你是海洋和陆地之间随和的大使。你一定是半路改行做水手的，虽然你的水手裤不能充分证明这一点，但是你的白帽子、白围裙，以及你下厨烹饪时手脚麻利的样子，显示出你曾在内陆受过良好教育——一个来自伊斯特奇普大街[②]的大厨。你简直是集各种角色于一身：大厨，水手，服务人员，侍从……你是多么忙啊！你的身影一会儿闪现在甲板这里，一会在那里，像个爱丽尔[③]一样。你提供亲切友好的帮助——当然不是为暴风雨助纣为虐，而是，船行海上颠簸摇晃，这是我们生活在陆地上的人行未曾遇到过的；很多人晕船不适，你非常体谅，竭力安抚我们。当

---

① 斯喀曼德（Scamander），希腊神话中的河神。也指斯喀曼德河，荷马的《伊利亚特》（*Iliad*）中特洛伊战争中一些战役的战场。

② 伊斯特奇普大街（Eastcheap），伦敦的一条街道，中世纪时是伦敦城的主要肉食市场，街两边都是肉铺。

③ 爱丽尔（Ariel），莎士比亚戏剧《暴风雨》中的精灵。

冲上甲板的浪花迫使我们离开甲板（因为已经是十月下旬，天气严寒风大），我们挤进气味不好（说实话）、也不吸引人的小舱室，你殷切地关心我们舒适与否，拿出了纸牌和甘露酒，还有你更加热情的谈话，缓解了我们的拥挤和禁闭之感。

除了这些，我们还在船上遇到一位乘客，他的谈话真是比我们想象的还能打发漫长航程，甚至假如船开到亚述尔群岛[①]，我们也能保持欢乐和惊奇。他是个西班牙人般皮肤黑黑的年轻人，非常英俊，有一种军官一样的笃定气质，谈论时口若悬河、滔滔不绝。他是那时、也是我到现在为止所遇到过的最狂的说谎话者。他不是那种犹犹豫豫、说一半留一半的讲故事者（最伤脑筋的一类人了）——那种人步步刺探你的信任程度，只给你讲你会相信的那部分；他们像是一点一点偷窃你耐心的扒手。但是这个人可是完全坦然行事，光天化日之下劫掠他邻居的信任。他不会在谎言面前发抖，而是一个精神抖擞的、彻头彻尾的骗子，一下子就潜入你信任的深处。我在一定程度上相信，他对他的同船伙伴们了如指掌：马盖特海船上通常的乘客群体，没有很多富人，也没有多少聪明人或有学识的人。我估摸着我们就是一群毫无经验的伦敦人（让我们的敌人赋予我们更糟糕的绰号吧），比如来自阿德曼伯里街、瓦特林街——这就是那个年代常见的乘客。也许我们中有一两个不是伦敦人，但是我又何必把一群欢乐融洽、同船出行的伙伴做出可能会招致怨恨的区分呢。

他也必须见风使舵、相机而动。尽管我们在船上挺喜欢听

---

① 位于北大西洋，葡萄牙属群岛。

他讲的这些传奇，但是我相信，如果这个自信满满的家伙是在陆地上信口开河，我们中的绝大多数人出于理智都会反感。但我们是在一片新天地中，一切都那么陌生，这让我们倾向于接受任何惊世骇俗的离奇事情。他那些神乎其神的传说随着时间推移我已经忘得差不多了，还记得的部分写下来、在陆地上一读，也很无趣。他曾当过波斯亲王的侍从（凭着千载难逢的好运），在马背上一刀砍下了卡尼曼尼亚国王的头。自然而然，他和波斯亲王的女儿结了婚。

我忘了波斯宫廷里发生了什么不幸的政变，加上他妻子的去世，是他离开波斯的原因；但是他凭着魔术师般的迅速，又将他自己连同我们一起送回英国，在那儿我们发现他很受上流名媛们的欢迎。他与伊丽莎白公主之间有些故事，如果我没记错的话，公主殿下曾在某个特殊的场合将一盒珍贵的珠宝托付给他。但是时隔这么久我不大确定那些名字和具体情况了，我只能交由英国皇家的公主们私下里自己解决这个名誉问题了。我连他说过的奇闻趣事一半也记不清了，但是我记得一清二楚的是，他在浪迹天涯的旅途中见过一只凤凰；他诚恳地让我们不要相信那些庸俗的错误，认为千万年只有一只凤凰，并向我们保证说在上埃及的某些地方，凤凰是非常常见的。说到那里，大家都深信不疑。他的梦幻般的传奇将我们带离了“无知的现在”。但是当（我们头脑简单，他越来越多地攻而胜之）他继续断言说他从罗德岛巨人像①的两腿间航行过去时，真的到了必须

① 罗德岛巨人像（Colossus of Rhodes），希腊太阳神的雕像，大约在公元前292年至280年年间立于希腊罗德岛，高107英尺以上，被列为古代世界七大奇迹之一。公元前226年毁于一场地震。

站出来驳斥他这些胡话的时候了。这里我提到我们中的一位年轻人，他勇敢而理智，到那时为止也都一直是他忠实的听众；但是这位年轻人在最近的阅读中发现事实并非如他所言，于是大胆指出那个夸夸其谈者一定是说错了，因为“那座巨人像很久以前就已经被毁掉了”。对于这个谦虚的异议，我们的英雄不得不做了点让步，说“那座巨人像确实被损毁了一点儿”。这是他遇到过的唯一一个反对意见，但这似乎也没有绊住他，他继续讲着那些传奇故事，那个年轻人也继续洗耳恭听，而且比之前听得更如痴如醉了，好像因为那种让步的坦率反而更相信他了。这位奇才一直哄骗着我们，直到我们看到了利库维尔[1]，我们中的一位（之前他坐船走过这条航线）立即认出来，并指给我们看，我们都认为他是非同寻常的航海家。

甲板一角一直坐着一个完全不同的人。他是个小伙子，很明显非常贫穷，身体虚弱，也非常有耐心。他的眼睛始终盯着大海，面露微笑；如果他时不时地偶然听到一些那个高谈阔论者编造的传奇故事，他似乎也无动于衷。海浪似乎对他讲着什么更有趣的故事。他虽然和我们一起同船，但不是我们中的一员。他听到晚餐的铃声响起，也不起身；当我们中的有些人拿出自己带的干粮时——冷肉和沙拉，他什么吃的都没拿出来，也似乎不想吃什么。他只带了一块面包干，打算支撑一两天白天和整夜的航程，而这种小船常常又会延长航行时间。跟他熟了一些后，他似乎既不讨好，也不谢绝；我们得知他要去马盖特，希望能够进入那里的医院接受海水浴治疗。他患的是淋巴

---

① 利库维尔（Reculver），英国肯特郡坎特伯雷城区的沿海村落。

结核病，病魔似乎已经侵噬了他的全身。他表达了对治愈的希望，当我们问在马盖特是否有什么朋友时，他回答道:“没有。”

这种总体愉快、时有哀惋的航程，加上第一次看到大海，又正值青春好时光，再加上假日和户外探险的感觉，这一切，对于那个在熙熙攘攘的大都市囚禁已久的我来说，如同心里印刻下的夏日逝去的芬芳，只留下夏日回忆，留待寒冬细细回味。

我听到许多第一次看到大海的人，都坦言很失望（我自己也是）。如果我不惜笔墨说明这点，是不是离题了呢？我认为，通常给出的理由——实际中的物体往往无法能满足我们对它们的想象，几乎没有深入进这个问题。让同一个人第一次看狮子、大象和山，他也许是觉得自己有点儿难堪。关于这些东西的想象似乎占据了他的心，实际看到的物体无法填补想象的空白。但是它们仍然跟他的最初的印象吻合，而且随着时间推移，越看越熟悉（如果我可以这样说的话），也就越来越符合他的最初想法，以至产生一种非常相似的印象。但是大海不同，它仍然让人失望。我们激动注视着的，不是一种明确的事物，不是像野兽或山那样眼睛可以观及整体的事物（我承认这很荒谬，但是根据想象力的原则，恐怕在所难免），而是突然看见一大片海——与大地同等广阔，像是大地的对立面一样。我不是说，我们心中思虑诸多，而是若不有这些想象，就无法满足头脑中的渴望。我可以假设一个十五岁的少年（像我那时的年纪）——除了看过书本上的描述，对大海一无所知，他第一次来到海边。他一直都在书里读到过大海，在他最充满热情的人生阶段听说过大海——所有那些他从漂泊的水手那里得到的描绘，不管是他们真实的航行经历，还是他从珍视的浪漫小说和诗歌里看读到的内容——他对这些描述深信不疑，这些意象集于他的脑海，使他在期待中满怀奇异的念头。他想象着那深不可测的大海，那些航海者；它的成千上万的岛屿；它冲刷的广袤大陆；汇于它的普拉塔河或奥利兰纳河[①]，汇流入它的胸怀，海纳百川，轻易将它们融下；比斯开湾[②]的汹涌，还有水手们——

> 一连许多白天和许多可怕的黑夜，
> 在暴风雨的好望角不停地艰难绕进[③]。

他想象着那些致命的暗礁，“仍然争论不休的伯姆西斯岛”[④]，巨大的漩涡，水龙卷，沉没的船只，被大海吞入海底的无数珍奇宝物；各种各样的鱼和奇异的怪物，与它们相比一切陆地上可怕的动物都——

> 不过是吓一吓小孩子的小虫子
> 与那大海深处的生物相比[⑤]。

---

① 普拉塔河（Plata），南美洲的大河。奥利兰纳河（Orellana），南美洲的大河。1542年西班牙探险家法兰西斯科·德·奥雷亚纳（Francisco de Orellana）发现的河流，即今天的亚马逊河。

② 比斯开湾（Biscay），伊利比亚半岛和法国的布列塔尼半岛之间的海域。

③ 出自英国诗人詹姆斯·汤姆逊（James Thomson）的《四季：夏篇》（*Four Seasons*：*Summer*）。

④ 伯姆西斯岛（Bermoothes），出自莎士比亚的《暴风雨》，一座假想的岛屿，住着巫师和恶魔。有说是以百慕大为原型，有说是蓝佩杜萨岛（意属地中海岛屿）。

⑤ 出自英国诗人斯宾塞的《仙后》。

他还想象着赤身裸体的野人，胡安·费尔南斯特[1]，珍宝，贝壳，珊瑚礁，具有魔力的小岛，美人鱼的洞穴——

我不是说他郑重其事地期待大海一下子向他展示出这些美景，但是他在某种强大精神力量的统治下，被令人困惑的线索和幻影萦绕；当真正的大海第一次出现在他面前时，（最有可能在沉闷的天气中）从那平淡无奇的海岸线望过去，他看到的是一片海水，这能证明什么？不过是非常令人不满的事物罢了，甚至都谈不上有什么乐趣！或者，如果他从一条河的河口顺流而下入海，那大海不就像加宽了的河吗？即使看不到陆地了，他能看到的不过就是一片平坦的水域，完全比不上巨大的苍穹——他熟悉的天空，日日观天，已丝毫不觉害怕或惊奇。在这样的天空下，像《盖比尔》[2] 诗里查鲁巴想要惊呼的那样：

> 这就是浩瀚大海吗——仅仅如此吗？

我热爱城市，也热爱乡村，但是不爱这个可憎的五港同盟之一[3]。我讨厌那些矮小的嫩枝，将它们瘦弱的叶子从布满灰尘的、缺少养分的岩石那可怕的裂缝中伸出来——外行人称作“海边的菁菁草木”。我喜欢树林，但是我只看到矮小的灌木丛。我迫切需要溪水，看到潺潺溪流，听到内陆河流的歌唱。我无

---

① 胡安·费尔南斯特（Juan Fernandez），16世纪西班牙航海家。

②《盖比尔》（Gebir），英国诗人瓦特·兰多（Walter Savage Landor，1775—1864）的诗，查鲁巴（Charuba）是诗中的女主人公。

③ 五港同盟（Cinque Ports），英国肯特郡和苏塞克斯郡的五个沿海港口城镇的联盟，包括黑斯廷斯（Hastings）、纽罗蒙利（New Romney）、海斯（Hythe）、多佛（Dover）、三维治（Sandwich）。

法在裸露的海滩上待上整天，看着大海变幻莫测的色彩，颜色变换如快死的鲻鱼。我厌倦了从这里眺望海景，好似这个岛变成了我的监狱。我甚至乐意回到我的城市囚笼里去。当我盯着大海看时，我想到海上去，御风踏浪，横渡大海。但是困在这里，犹如我被铁链锁住了一般。我的思绪在大海之外。要是在斯塔福德郡，我就不会有这种感觉。这里不是我的家。我在黑斯廷斯没有家的感觉。它只是逃离都市者的停留地，聚在一起的有海鸥、股票经纪人、城市中爱海的人和对大海卖弄风情的小姐们。如果黑斯廷斯保持着原始样子，那么它应该是个原原本本的渔村，没有更多的什么了，只有几间渔夫小屋零零散散地立在那儿，像海边的悬崖一样自然，而且盖房的材料还是取自悬崖的，真是了不起。

我可以和梅斯契克人一起生活得很好；与乡村渔夫和走私者打成一片。这个港口应该有或者我猜测有许多走私者。他们适合在此生活。我喜欢走私者。他是唯一诚实的贼。他除了税收什么也不会夺走——对这种偷窃行径，我从来都不怎么介意。我可以坐着他们的船和他们一起出海，心满意足地去做他们不那么公开的生意。我甚至无法容忍那些苦于单调无聊的人，他们每天都在海滩上散步，在无止境的反复踱步中，监视着他们非法走私的同胞们——恐怕还是老乡或是兄弟呢，对着出鞘入鞘的短刀吹哨（他们唯一的安慰），在缉私工作之名的掩盖下，在没有外战时保持着一种合法的内战，炫耀着他们对私运的荷兰麻木的厌恶，和对古老英国的热情。

但是，我最反感的正是从城里来的贵宾，他们为了日后能宣称“我来过此地”而来，并不喜欢大海，比池塘的鲈鱼或鲦鱼对大海更没有什么兴趣。我在这些地方也觉得自己跟呆头呆脑的鲦鱼一样，我对自己不能忍受，亦无法忍受他们。他们想从这里得到什么呢？如果他们真的对大海抱有乐趣，为什么还带着这么多在内陆用的行李呢？或者，为什么将他们那文明的帐篷搭在荒野里呢？如果大海真的是他们想让我们相信的那样，是一本包含了“千奇百怪内容的书”，那么还要那些贫乏的图书室（他们称之为“海上图书馆”）作何用？如果他们来到海边是为了聆听海浪的声音，他们的那些愚蠢的音乐厅又作何用？所有一切都是虚假又空洞的伪装。他们来，是因为去海边是种时尚，他们是来破坏这里的生态的。像我之前说的，他们大都是股票经纪人，但是我时不时也会遇到过他们中的一些好人——真正诚实的公民（那类老式的人），他心意单纯，带着他的妻子女儿来呼吸一下海风的气息。我总能知道他们是哪天来的，因为这很容易就能从他们的脸上看出来。头一两天，他们在海滩上漫步，拣贝壳，认为它们是了不起的东西；但是，一周后，想象力开始松弛了：他们开始发现贝壳不会产出珍珠，然后——噢！然后！如果我可以替这些人说出他们真实的想法（我知道他们没有勇气承认这一点）：要是能将他们在海边的漫游，换做在他们习惯的特威肯汉的绿茵上散步，该是多么让人高兴的事啊！

对于那些对大海着迷的游客，并且认为自己是真的热爱大海，爱它狂野的姿态；我想问问他们中的一位，如果有一些淳朴的原著居民，被他们这些游客在此地问讯时的客气礼貌所鼓舞，相信他们之间有着笃定的情感支持，觉得应该敢于冒险，对他们进行回访——去伦敦参观游览，这些游客会有什么感受呢？我必须想象原著民们背着打鱼工具，就像我们带着城里的必需品一样。这在罗斯伯里会引起怎样的轰动呢？它会在齐普赛街的小姐和朗伯德街的太太们中间激起多么热烈的笑声啊！

我相信，凡是生在内陆的或在长在城里的人，都不会觉得海边地带是他们真正的、自然的滋养之地。大自然，她不打算把我们打造成水手和漂泊者，吩咐我们待在家中。海水咸咸的泡沫只会培养出坏脾气。比起我待在故乡某条温柔的河边时，我在海边真是没有在河边时一半的好脾气。我愿意把海鸥换成天鹅，愿意永远看着一只燕子在泰晤士河两岸飞翔。

病体康复

一场名为“神经热”的严重疾病，让过去的几周里我成了它的囚徒，现在病去如抽丝，我也无法思考除它之外的话题。读者们，这个月不要指望我写出什么健康之人能奉上的作品了，我只能提供给你病人的幻梦。

病人整个状态基本上就是这样的；一个躺在病床上的人，除了瑰丽宏大的梦幻之外，还能有什么呢？他拉上窗帘遮住日光，导致全然忘掉太阳底下所有的事。对生活里的一切事情都麻木无知，除了他微弱跳动的脉搏。

如果说有什么帝王般的孤独，那就是在病床上。病人躺在那里多像一个君主啊！他的行为无拘无束，反复无常！他像国王一样将他的枕头翻过来调过去，抖动，换个位置，放放平，用拳头捶打，又将它捏捏好，一切都是由他疼痛的大脑变化无端的命令决定的。

他比一个政治家改变立场还要频繁。现在他平躺着，然后又半侧卧，斜歪着，横躺着，横躺过来，头脚跨占整张床；没有人指责他变来变去。在这四方床帐之内他是不受任何限制拘束的，它们都是他的领海。

病魔是多么能扩大一个人的自我在其身上的重要性啊！他就是自己唯一在乎的人。他变得极为自私，但这就是他的唯一职责。这就是他的法律。除了如何康复起来，他没有什么好考虑的。门内门外发生着什么，只要他没有听到刺耳的门响，都影响不到他。

不久之前，他还特别关心一起诉讼案件，这关系着他一位好友的成败。他本该辛苦跋涉为朋友的差事跑腿，城里各处打点一下，提醒下证人，鼓舞下律师。案子昨天开审了。他对判决结果毫不关心，犹如这是什么要在北京审判的案子。有人在他的家里压低声音絮絮叨叨说着话，本来并不想让他听到，他还是听到了些只言片语，足以让他了解事情全貌了。昨天法庭上事情进展得不顺利，他的朋友败诉了。但是“朋友”、“败诉”这样的词，对他来说只是个术语，丝毫没有影响到他。除了如何使身体情况好转，他别无他想。

在那全神贯注的思虑中，产生了一个多么陌异的奇想世界啊！

他穿着疾病这一结实的盔甲，包裹在病痛折磨的坚硬皮革中，他保持着自己的同情心，像什么稀有的陈年佳酿，锁得牢牢的，只供给自己享用。

他躺在那里，顾影自怜，对着自己呻吟、咕哝、悲叹；想起他受的苦，他肝肠寸断，渴望早日康复；他兀自垂泪，自己也不觉羞耻。

他一直在想如何做点什么使自己舒服一点，琢磨着小花招和减轻痛苦的办法。

他最充分地关心自己；通过一些允许的虚构将自己的身体划分成许多独特的部分，好像他拥有了疼痛区和悲伤区。有时他沉思——好像他疼痛的脑子里什么东西割离他而去，无论是他在打盹时还是在清醒时，那种钝痛，在过去一夜中赖在那里像木头一样一动不动，好像变成了摸得着的实体，不开颅就没法除去，似乎它从生病起就一直盘踞在那里。有时他可怜自己修长的、粘湿的、细细的手指。他怜悯自己全身各处，他的床就是人性和温柔之心的修行之处。

他自己同情自己；他本能地觉得没有人可以像他自己这般体恤他。他不在乎他的悲剧有没有观众。只有那位准时过来的老护士能够让他高兴，她宣布他该喝肉汤了，该吃补品了。他喜欢这点，因为她是那么的镇定冷静，而且他可以对着她不客气地大喊大叫，就像对着他的床柱一样。

对世上一切事务，他都充耳不闻。他不知道世间凡人都在从事着什么职业什么活动；他只对一件事有着模糊的记挂，那就是每天医生来查房时：即使是在医生那张忙碌面孔上的皱纹里他看不出来世上还有很多病人，认为只有自己是病人。当他轻悄悄地退出他的房间时，将他的微薄小费仔细地叠起来装好，小心翼翼避免发出瑟瑟沙沙的声音，那位好医生还要急匆匆地赶往其他哪张不舒服的病榻，就是他现在无力考虑的了。他只想着明天此时此刻这个医生还要再来查房。

家里的流言蜚语也不能打动他。一些轻弱的嘀咕声，暗示着房子里日子还依然照旧，这安慰了他的心，虽然他不知道他们说的到底是什么。他也不打算知道家长里短，不去考虑任何事。仆人在远处的楼梯走上走下，轻手轻脚地好像踩在天鹅绒上，温柔地让他的耳朵听得见动静，但又不打扰到他，他在这些轻微响动中猜测他们在忙活什么。若是知道准确，对他来说就是重负了：他只能忍受猜测的压力。他虚弱地睁开眼睛，听见门环隐隐约约闷声响了一下，还没问一句“谁呀”就又把眼睛闭起来了。粗略想到还有人来看望他，他备感荣幸，但是他根本不在意探访者是谁。总得来说家里极为安静，他肃穆地躺在那里，感受着自己的君权。

生病就是享受国王般的特权。生病时仆人轻手轻脚地走路，安静地侍奉——几乎只用眼神就可以了；当他病情好转时，仆人们就换上漫不经心的态度，随意唐突地走进走出（砰的一声关上门，或者门大敞着），你不得不承认，从卧养的病榻（容我将之称为王位吧），到大病渐愈时坐的扶手椅，真是个尊贵大跌的过程，好像昔日之君王，今日之废帝。

大病初愈让一个人回到了他原来的地位！在他自己的眼中，他家人的眼中，他病时所占据的地位哪儿去了呢？他手握君权的地方——他的病房，也就是他现在的卧室，他躺在那里行驶着自己暴君专制的想象，现在它又变回了一个普通的房间！那张整齐的床铺显得小气呆板。它每天都是那样，多么不像短短一小段时日之前的样子：大海一样满是褶皱和沟纹。那时铺床是三四天才会进行一次的重大变革，痛苦又悲伤的病人必须被暂时从床上抬走，他发抖的病体不欢迎整洁干净，反对端庄体面，但不得不屈服于它们的侵占。然后他被抬放到床上，又过上三四天，他的挣扎让床铺凌乱，每一道新的沟都是他变换姿势、心神不宁地翻转、想躺得舒适一点的历史记录，即使是皱缩的皮肤，也不能比那皱皱巴巴的床单更真实地展现出他的病中煎熬。

那些神秘的叹息——那些呻吟，现在都安静下来了，那时我们不知道它们是从哪个藏着巨大痛苦的洞穴里传出来的，因此显得格外可怕。勒尔那湖[1]的悲痛终止了；疾病的谜题解决了；菲罗克忒忒斯变成了普通人。

医护人员仍然还来探望，也许那个病人宏大梦幻的残片，因此还有遗存。但是他与其他一切一样，变化多么大啊！这个人是他吗？这个人聊天只谈新闻、轶事，谈任何内容，就是不提生病的事，这还是同一个人吗？他最近不久还像个造物女神[2]派来的严肃使者，在病人和残酷的病魔间斡旋，将大自然也提升为高尚的调解方；现在——哼！她不过是个老太婆而已！

永别了！所有那些因为生病而来的高傲；使整个家庭安安静静的魔力；那无人荒野般的寂静——在最里面的房间也能感受得到；那沉默的侍候；那用目光表达的探寻；那对自己的更加温柔的呵护；疾病用它唯一的一只眼睛独独凝视着自身；那一切想法都排除在外的世界——一个人就是他自己的全世界，他自己的剧场——

他逐渐缩小成了一颗微粒！

如果把疾病比作大海，健康强壮的身体比作陆地，那么大潮退去，大病初愈的人被留在了沼泽，离陆地还很远——亲爱的编辑大人，您的字条却已送至家门，要求我写一篇文章。我想，这真是生死关头索稿啊；但是死亡也非易事——这句俏皮话，虽然令人不快，但却让我颇感宽慰。这时候约稿，虽然看起来不合时宜，却又一次将我与我一度不再关注的、生活中无

---

① 勒尔那湖（Lernean），希腊神话中，赫尔克利斯（Hercules）在用箭射杀了勒尔那湖（Lernean）九头蛇海怪（Hydra）。后来，随希腊人出征的希腊英雄菲罗克忒忒斯（Philoctetes）不小心踩到毒箭（另一说是被蛇咬伤），被同伴遗弃至荒岛。后被召回，用毒箭杀死了特洛伊王子帕里斯（Paris）。

② 指大自然，喻以为女性。

关紧要的琐事联系起来；对于这种恢复精神活力的温和呼唤，无论多么微不足道，都有益于我戒除让自己沉湎其中的荒谬梦幻——病中夸大的虚妄境地，我得坦白我在那种状态中待得太久了，对杂志啊、政事啊、世界大事啊、国家法律啊、文学动态啊麻木无知。过分担心自己健康的那根神经已经平息；我幻想自己拓展的一片地盘——因为病人在对自己苦痛的冥想中自我膨胀，直到他认为自己变成了一个提提俄斯[①]一样的人，现在它已经大大缩小了；我不久之前还自大地将自己视为一个伟人，现在也又一次回到了我的本来面目了——一个瘦瘦的、无足轻重的随笔作者。

① 提提俄斯（Tityus），宙斯以及伊拉拉（Elara）的儿子，因试图强奸被宙斯所爱的勒托（Leto）而受到处罚，扔入地狱深渊，肝脏为鹰啄食，每晚肝脏复原次日再受此痛。

天才并非疯子

有一种观点认为，伟大的智者（或者说是天才，用我们现在的话来说）和精神错乱有一种必然的联系，但这种观点太不正确了。最伟大的智者，恰恰相反，是最心智健全的作者。想想莎士比亚是个疯子——这是多么不可能啊。智慧的伟大之处，在这里主要是指诗才，表现为一种对各种能力令人钦佩的平衡。疯狂是某一种能力不相称地过度发展或变形。考利[①]写到他的一位诗人朋友：

“自然赋予给他如此强大的智慧，
他能明判世上一切事物，
他的判断力就像高悬之明月，
调节着天底下的大海。”

这个错误的根源在于，人们在诗篇里找到的那种狂喜、兴奋的状态，他们自己除了在做梦或发烧的时候有一点像外，在其他经历里都没有可与之相比的，于是他们归咎于诗人也是在

① 亚伯拉罕·考利（Abraham Cowley，1618—1667），英国诗人。引用诗歌为《威廉·哈维先生之死》。

做梦和发烧。真正的诗人做梦时也是清醒的。他不为他的主题所着魔，而是驾驭他的主题。在伊甸园的树林里，他像在自己家乡的小路上一样熟悉。他攀上九重天，却不会极其兴奋。他踩踏在燃烧的泥灰上而不灰心丧气，他为自己赢得穿过混乱和“古老的夜晚”[①] 的国度的遨游而不失自我。或者说，将他遗弃在那种严重的“人类心灵失调”的混乱中，他很满意于和李尔王[②]一起发疯片刻，或和泰门[③]一起厌恨人类（疯狂的一种），但这都不是真的疯狂，也不是真的厌恶人类，不是真的未经遏制，而是从来不让理性的缰绳完全脱手，尽管他看起来似乎信马由缰，其实他自己的保护神仍然在他耳边低语，好仆人肯特[④]提出理智的忠告，或者还有忠诚的管家弗拉维乌斯[⑤]提出更加温和的解决方案。在他看似最远离人性的时候，他会发现人性最真实的部分。

如果他召唤出什么超自然的东西，他也要降伏它们和自然的法律一致。即使当他表面上看似背叛和抛弃了大自然这位统治一切的女王时，实际上他也出色地忠诚于她。他构想出来的种族顺从他的领导；他创造的怪物在他的手里驯服，即使是普

---

① 出自弥尔顿《失乐园》。

② 莎士比亚戏剧《李尔王》中的主人公，因丧女等多重打击精神崩溃。

③ 泰门（Timon），莎士比亚戏剧《雅典的泰门》（*Timon of Athens*）中的主人公，雅典贵族，因厌倦生活圈子里人人趋炎附势、虚情假意而躲进荒凉海滨过起野兽般的生活，他恶毒诅咒人类和黄金，最后在绝望中孤独死去。

④ 肯特（Kent），《李尔王》中的人物，李尔王的忠臣，因谏言而被逐出，但后来仍乔装打扮保护李尔王。

⑤ 弗拉维乌斯（Flavius），莎士比亚戏剧《雅典的泰门》中的人物，泰门的管家。

洛图斯[1]带领的那群狂野的海中怪物。他驯服它们，给它们披上人类血肉之躯的特性，直到它们自己对自身都感到惊讶，就像印第安人的岛民被迫改穿欧洲人的服装一样。凯列班[2]，那些女巫[3]，都遵循着他们自己天性的法则（和我们的有所不同），像奥赛罗、哈姆雷特和麦克白一样。这里，大天才和小天才不同；如果后者漫游到离自然或实际的存在稍微远一点的地方，他们就迷失了自己，也让读者困惑不解。他们的幻影不受法则控制；他们的想象力简直是场噩梦。他们不能创造，因为创造意味着塑造形象并保持前后连贯。

他们的想象力不积极，因为积极需要让一些东西行动起来并具有一定的形式；他们的想象力是消极的，就像病人做的梦那样。他们的想象力也构造不出什么超自然的东西，或在我们认识的自然上稍作添加；他们呈现给你的是明明白白完全非自然的东西。如果到此为止，且这些精神上的幻觉只有在处理自然之外的、或超过了自然范围的主题时才可被发现，那么它如脱缰野马、不合情理，他们的判断力还能有理由被原谅。但是，即使是描述真实的日常生活，就在他们眼前的日常生活，哪位小天才一写，还是会更加悖离自然，比一个伟大的天才在他的“最疯狂的状态”里（像威瑟斯[4]在某处称的那样），还要展现出更多的矛盾和不合理，而不合理与疯狂天生就联结在一起。

---

① 普洛图斯（Proteus），希腊神话中的海神，海神波塞冬（Poseidon）之子，海中怪物均归他管。

② 凯列班（Caliban），莎士比亚戏剧《暴风雨》中的人物，半人半兽形的怪物。

③ 指莎士比亚戏剧《麦克白》中的三女巫。

④ 乔治·威瑟斯（George Withers，1588—1667），英国诗人，政论作家。

如果有任何人熟悉兰纳出版的大众畅销小说——二三十年前，这套书为整个女性阅读群体提供了些贫乏的精神粮食，直到一个智高一筹的天才出现了，驱逐走了那些缺少养分的幽灵。请他们想一想，在那些不大可能是真实的、又不连贯的事件中，在那前后不一致的人物或根本算不上人物的人物中，在那些三流的爱情诡计中——一个人物可能是格伦达穆尔老爷和利维斯小姐，场景总是要么在巴斯要么在邦德大街，他是否发现他的脑子中更加一团糨糊了，他的记忆更困惑了，他对何时何处的感知更加糊涂？他感到一种更加让人费解的梦幻觉，比他在斯宾塞的仙境[1]里游荡还要不着边际。

我们刚才提及的作品里，除了人名和地名之外没有什么是熟悉的；人物既不是这个世界的，也不是其他想象出来的世界的；只有一串无尽的行动而没有目标，或者是有目标却无动机的行动：我们好像是在自己认识的路上遇到了这些幽灵，他们是只有名字而没有其他的幻想产物。在斯宾塞那里，我们有虚构的名字，我们也毫无疑问根本没有现实的地点，因为仙后的东西和人都不说他们“在何处”。但是他们内在的天性，他们言行举止的法则，我们都很熟悉，感觉自己立足于熟悉的根基。前者将生活变成了梦幻，后者即使是写最狂野的梦，也清醒适度，写得像日常发生的事件那样。通过什么样追踪思想的微妙艺术才达到这样的效果，我们不是哲学家，给不出什么解释。

---

① 指斯宾塞的著名长诗《仙后》。

但是例如，在关于财神玛门洞穴精彩的那段中①，财神第一次以一个最低贱的守财奴形象出现，然后又变成一个金银匠，最后变回拥有世上所有财宝的神；他有一个女儿，名叫“野心”，在野心面前，全世界为赢得她的芳心都向她下跪；还有赫斯珀里得斯②的金苹果，坦塔鲁斯③的水，皮拉多④在同一条溪里徒劳地、出于私心地洗着他的手——我们一会儿到达了囤积着财宝的财神洞穴，下一步又到达了独眼巨人⑤的熔炉，同时既在宫殿中又在地狱里，像在最杂乱无章的梦里变来变去，但我们的判断力一直都是清醒的，既不能也不愿发觉出这是错觉，这证明了那种隐藏的理智一直在他看起来最偏离正途的地方指引着诗人。

认为这一片段仅仅是复制了睡梦中大脑的想法，这是不够的；在某些程度上，它确实是，但这是怎样的一种摹仿啊！让我们当中最浪漫的人，一夜都做着有着狂野的、宏大的场景的梦，早晨醒来后让他用清醒的判断力再把这些梦重新组合起来试试吧。当他在睡梦中，想象力处于被动状态时做的梦——那

① 出自《仙后》第二卷，主人公盖恩爵士（Sir Guyon）在财神玛门（Mammon）的陪同下游历玛门宫，玛门以金银财宝诱惑他，并许之女儿“野心”（Ambition），均被拒绝。

② 赫斯珀里得斯（Hesperides），希腊神话中的仙女，主要由三位姐妹组成，住在世界西方尽头的圣园中，内有奇花异草无数，天后赫拉将一颗金苹果树种于此，并委托赫斯珀里得斯看管。

③ 坦塔鲁斯（Tantalus），希腊神话中的人物，受到永恒的惩罚，忍受饥渴的折磨。他在池塘边，果树枝桠低垂，果实触手可及，但他要摘果子时，果树避而不让他碰到；当他要喝水时，池水自动退落。

④ 皮拉多（Pilate），古罗马的犹太总督，钉死耶稣。洗手以脱开罪责。

⑤ 独眼巨人（Cyclops），希腊和罗马神话中的巨人，一只独眼于额中间，为宙斯锻造闪电霹雳。

些看起来如此变幻多端、如此一气呵成的梦，在醒来后冷静的观察下，显得是那么荒诞无稽、杂乱无章，我们都惭愧自己被欺骗了；在睡梦中竟然把一个怪物当做神仙。然而，尽管这个片段中的变换完完全全像最夸张的梦一样激烈，我们清醒的判断力还是认可了它们。

退休者

虽然迟迟而至，但自由终究到来。——维吉尔[1]

我是伦敦城里的小职员。——奥基弗[2]

读者们，万一是你在办公室这样令人讨厌的囚笼中浪费了生命中的黄金年代——你闪耀的青春；你囚禁的日子延续过中年，直到你垂暮之际，身体老朽，白发苍苍；你没有希望放松或休息，让你忘记世上还有叫做“假期”的东西，或假期只是童年时期的特权；那时，且只有那时，你才能够理解我如释重负的解脱感。

自从我坐在敏辛街[3]的办公桌前，已经三十六年过去了。忧郁是这种转换的主调：我十四岁开始工作，失去了充足的玩乐时间以及上学时候间隔的假期，变成每天在一间会计室里坐班八九个小时，有时甚至十个小时一天。但是时间有时让我们能够对任何事情习以为常。我逐渐变得安于现状——像被囚于笼中的野兽最终安于囚禁一样。

---

① 出自维吉尔的《田园牧歌》(*Eclogue*) 第一卷，作者对诗句有改动。

② 约翰·奥基弗 (John O'Keeffe，1747—1833)，爱尔兰演员和剧作家。本句出自他的《爱德文的抗忧郁药》(*Edwin's Pills to Purge Melancholy*)

③ 敏辛街 (Mincing-lane)，伦敦的一条街道。

的确，星期天还是我自己的；但是星期天是让人们虔诚做礼拜的，作为这种制度它是值得称赞的；正因如此，把这一天用作放松和消遣非常不合时宜。特别对我来说，星期天的伦敦城里笼罩着一层阴暗的气氛，连空气都变得沉重了。我想念平日里欢乐的叫卖声、音乐、民谣歌手的歌唱声、大街上乱哄哄的说话声和嘤嘤嗡嗡的嘀咕声。那些似乎永不停止的钟声让我情绪低落。关门不开业的商店使我反感。书报啊，图画啊，所有那些闪亮的、一排排望不到尽头的小玩意儿和便宜货，商人们招摇地摆出来吸引人眼球的商品，让人平日里在不算最热闹的市区闲逛时非常开心，可是这些店铺周末都关门了。没有可以让人流连忘返的书摊，没有那些来来往往的匆忙面孔可供闲人在他们走过时凝神注视——看别人脸上那种事务繁忙的样子，跟他自己的忙里偷闲比起来，真是种享受。不用上工的学徒和小商贩们除了不高兴的神情——至多是半高兴的神情外什么都看不到，偶尔能看到一个女仆，被准了假出来，她习惯辛辛苦苦工作一整个星期了，几乎都不知道怎么享受自由时间，怎么高高兴兴地打发掉这一天休息的空闲。即使是在野外漫游的人，这一天看起来也过得一点儿都不怡然自得。

除了星期天可以休息外，我在复活节和圣诞节各有一天假，夏季有一周时间的假期，可以让我回到故乡赫特福郡的原野上去呼吸呼吸新鲜空气。这算是极大的享受了，我相信，正是每年盼着这个假期，才让我得以熬过一整年，才让我的禁锢变得可以忍耐。但是当那一周假期真的来临时——我真的要触及到了那远处闪耀的幻影了吗？倒不如说，它是七天让人心神不宁的日子，花在焦躁不安地追寻快乐上，为了找出如何最充分地享受这个假期，反而让人疲乏焦虑。静心安神在哪儿？那承诺的休息又在哪儿？在我还没品尝出它的味道前，它已经过完了！我又回到了办公桌前，数着必须熬过的五十一周枯燥乏味的星期，等待下一次夏日假期的来临。对它再来的期待在我更加黑暗的囚禁中带来了一丝光明。如果没有它的话，像我之前说的，我就再也无法将我奴役般的生活支撑下去了。

尽管我从不缺勤，但是我开始被一种无力胜任本职工作的感觉萦绕（也许只是一种幻觉）。这感觉在我后来的数年里，与日俱增，以至于在我脸上的皱纹里显露出来。我的健康和好精神都衰退了。我不断地害怕出现一些会让我招架不住的危机。在我白天的工作奴役之外，我晚上做梦也在工作，梦到登错了假想出来的账目，算错了账，等等诸如此类，然后惊醒过来，满心恐惧。我已年过半百，但是仍然看不到从工作中解放出来的希望。可以说，我简直要和办公桌长为一体，我的灵魂也要变成木头了！

办公室的同事有时拿我脸上流露出来的忧虑之情打趣；但是我不知道这也引起了我的上司的怀疑。上个月 5 号的时候——我将永远记得这个日子，莱西，公司的初级合伙人，把我叫到一边，直接问起我的难看脸色，坦诚地询问原因为何。既然被问到，我也就坦白说出我身体虚弱，又补充说我担心自己最终将不得不辞职。当然，他说了些话来鼓励我，然后这事也就到此为止了。一整个星期我都为此暗暗后悔：我说出这番实话太鲁莽了，我愚蠢地把自己的把柄递给了他人，要看着自己被解雇了。

我就这样过了一周。我这辈子最焦虑的一天——我非常肯定，是四月十二号的晚上，正当我准备收拾收拾下班回家时（大概是八点钟的样子），我接到可怕的通知，公司的全体上司们要在令人畏惧的后客厅里召见我。我想，我被解雇的时刻可真是到了，是我咎由自取，我将被告知他们不再需要我为公司做什么了。当我正在满心恐惧中时，我看到莱西对我微笑着，这给了我一点安慰。但是最让我惊讶的是，鲍德罗先生，最年长的股东，非常正式地对我发表了一通长篇大论，说我为公司服务了这么多年，这些年来我值得称赞的行事（我想，他究竟是怎么发现这些的？我声明我从来没那个自信那么看待自己）。

他接着评论道，在一生中某个时间退休，实为权宜之计（我的心怦怦直跳!），然后问了我一些问题，比如我自己的财产有多少（我确有一些积蓄）。谈话以他的提议结束，对于这个提议他的三个股东都点头表示同意：我为公司如此尽忠尽责地服务，我可以从公司获得相当于我平时薪水总额三分之二的养老金——这个解决办法真是太棒了！我不知道在惊喜和感激之中我说了什么，但是不用说，我接受了他们的提议；于是我被告知，从那刻起，我可以退休了。我结结巴巴地说了点什么，鞠了一躬，然后八点十分我回到了家——永远地回家了。这份高贵的好处和感激让我无法隐瞒他们的名字——我感激世上最慷慨的公司的善意：感谢鲍德罗，梅里维瑟，博桑奎特和莱西：

愿你们流芳百世!

退休后的开始一两天，我感到错愕不知所措。我只知道我很幸福，我却因太困惑而无法真正品尝出它的味道。我四处乱转，想着我应该是快乐的，但却心知肚明自己并不高兴。我像老巴士底狱[1]里的囚犯一样，在四十年的监禁之后突然被释放出来。我几乎不敢相信我自己。这就像将时间给予了永恒——因为让一个人拥有他的所有时间就像一种永恒一样。对我来说，似乎我手上的时间一下子多得让我无从管理。我从一个穷人，一个时间的穷人，突然晋升成一个大富翁，我的财富多得看不到尽头。我想要一些管家，或明智的财产管理监督人，来帮我管理我的时间财产。

这里，让我提醒渐渐上了年纪、但还在积极工作的人们，不要轻易地或没有衡量自己的财富资源之前，就突然辞去习惯的工作，因为那样会有一些风险。我对此深有体会，但是所幸我清楚自己的家底足够了。现在，那起初的冲昏头脑的狂喜之情渐渐平息下来，我对自己的生活感到一种安静的、如同归家的幸福。我优游不迫。既然现在每天都是假期了，我的生活也就没有假期和平日之分了。如果时间多到无处打发，我可以出去走走；但是我不再整天走动，不再像过去那些转瞬即逝的假期里那样，一天走三十英里，就是为了充分利用假期。如果时间很令人讨厌，我可以用阅读打发掉它，但是我不再以那种粗暴的方式阅读了，因为过去没有自己的时间，我只好挑灯夜读，过去的那些冬夜里我读到大脑疲惫不堪，眼睛也看坏了。现在我散步、读书或潦草写点东西都是随兴而至，我不再追逐快乐，我让它自己找上我来。我像一个

① 老巴士底狱（Old Bastile），位于巴黎的著名监狱，在法国大革命中被毁。

生在沙漠绿洲的人

静待岁月来敲门[①]。

“岁月！”你也许会说，“这个退休的傻子还指望什么？他已经告诉过我们，他都五十多岁了！”

表面上我确实已经活了五十年了，但是除去那些我为别人而活、并非留给自己的时间，你会发现我还是个年轻小伙子。因为一个人完全拥有的时间，才可以真正称作是自己的时间；其他的，虽说他也度过了，但却是别人的时间，不是他自己的。我可怜的人生剩下的时间，不管是长是短，对我来说至少应该乘以三倍。我接下来的十年——如果我还能活到那时的话，将会像三十年一样长。这是公平的三倍比例法。

在我刚退休下来时，在那些困扰我的奇怪感受中，所有的痕迹还未完全褪去，其中一种是：自从我离开会计室之后，仿佛隔开了一条巨大的时光之河。我难以想象我的退休只是发生在昨天。我认识了多年的公司合伙人们、职员们，我曾每日和他们一起度过那么多小时，那么亲密——突然已离我远去——对我来说他们仿佛已是逝者。有一段话恰如其分地形容了这种感受，即罗伯特·霍华德爵士[②]的一部悲剧，讲到朋友之死时：

---

① 出自英国剧作家、诗人托马斯·米德尔顿（Thomas Middleton，1570—1627）的《奎恩布罗的市长》（*The Mayor of Quinborough*）。

② 罗伯特·霍华德爵士（Sir Robert Howard，1626—1698），英国剧作家，下面引用的诗出自他的悲剧《维斯太贞女》（*The Vestal virgin*，又名 *Roman Ladies*）。

他才刚刚离世，
我还来不及为他垂泪，
但是已经天人永隔，
好像他离我已千年之远，
永恒中的时间无从算起。

为了赶走这种尴尬的感觉，我不得不偶尔一两次回到公司转转，看一看我的老同事、老朋友——他们还在忙忙碌碌之中。他们接待我的亲切之情，也无法总能让我重回退休之前与大家相处时那种愉悦的熟悉感。我们又开了开老玩笑，但是我觉得它们也变了味道了。我的旧办公桌，我挂帽子的挂钩，现在已经被其他人占用了。我知道这是必然的，但我心里仍不是滋味。如果我毫无悔意，愿遭魔鬼抓进地狱！唉！如果我没有退休离开我的同事伙伴，三十六年来我辛苦工作中的忠实伙伴，用他们的笑话和谜语让我在坎坷不平的职业之路上得以安慰。是我的职业之路本来就崎岖不平，还是仅仅因为我是个懦夫呢？唉，后悔已经太迟了；我也知道，这些想法不过是退休后的人通常的谬见罢了。但是我的心仍痛苦不堪。是我粗暴地斩断了我们之间的纽带，至少这不太礼貌客气。到我能完全甘心接受这种分离，怕是需要相当一段时间吧。

再见了，老朋友们，但不会很久，如果得到你们的许可，我又会过来看望你们。再见了，一本正经的、讽刺的、友好的C！温和的、行动缓慢的、颇有绅士风度的D！热心肠的、乐于助人的P！还有你，阴沉的大厦，适合格雷汉姆[①]、老怀廷顿[②]们出入的大厦，商人们来往的公司！你那迷宫般的通道，不见光的、压抑的办公室，一年中有半年以烛光代替了阳光。你，损害了我身体健康的主人，我的衣食父母，再见了！在你那里，而不是在什么流动书商不出名的藏书中，有我的"著作"[③]！让它们安息吧！我从我的辛劳中抽身，我对开本的账本堆放在你巨大的架子上，比阿奎那[④]留下的对开本手稿还要多，满满当当非常有用！我将我的衣钵遗赠给你了。

从退休至今，刚过去半个月。在这期间我正逐步安度晚年，但是还没达到那样的境界。我确实吹嘘自己得到了安宁，但是只是相对而言的。最初的不安——一种让人心绪不宁的新奇之感，好像不太好使的眼睛不习惯光线产生的晕眩感，已经褪去了。我怀念旧日受束缚的生活，真的，好像它们已是我不可或缺的一部分了。我是一个可怜的天主教加尔都西会教士[⑤]，突然从遵循严格训诫的修炼中被什么革命又带回俗世。现在，我好像从来都是自己的主人，我想去哪儿就去哪儿，想做什么就做什么。我发现自己11点的时候还在邦德大街，感觉好像过去每

---

① 托马斯·格雷汉姆爵士（Sir Thomas Greham，1519—1579），英国著名金融家，皇家交易所（RoyalExchange）的创始人。

② 理查德·怀廷顿爵士（Sir Richard Whittington，约1354—1423），中世纪商人和政治家，四次出任伦敦市长。

③ 兰姆曾任会计多年，虽然并非是在他文中虚构的单位。此处指账本。

④ 托马斯·阿奎那（Thomas Aquinas，1226—1274），意大利中世纪神学家和经院学家。

⑤ 天主教加尔都西会（Carthusian），1085年左右由圣布鲁诺（St. Bruno）创立，奉行严格的修道制度。

年每天这个时候我都在那里闲逛。我拐到苏荷[1]，逛逛书摊。我觉得自己三十年来都是个收藏家，没有什么是陌生的或新奇的。我发现自己早晨在一幅画前驻足不前，难道我不是一直如此吗？鱼街山怎么样了？芬澈奇街在哪儿？敏辛街的老石头，三十六年来我每日如朝圣般走过，磨光了铺路的石头，现在是否有另外为工作消得人憔悴的职员，在你永存的燧石路上，发出跫跫足音？我现在常去帕尔梅尔[2]，几乎把那儿的石板路都印上我的脚印了。这会正是交易时间[3]，我却奇怪地站在埃尔金大理石雕像[4]间。毫不夸张地说，我退休后生活发生的变化就像进入了另一个世界一样。时间在某种程度上静止了。我不再分辨四季更迭。我不知道过到一周中的哪一天了，一个月的哪一号了。过去我很清楚每一天是几号，掐着国外邮寄的日子算时间，算着它离下一个星期天还有多久。我星期三有着星期三的感觉，周六晚上有着周六晚上的心情。每一天都有每一天不同于其他日子的特质，影响着我的胃口、精神等等。每个星期天，一想到第二天又要上班，接来下还连着让人闷闷不乐的五个工作日，难免心有阴影，身负重荷，让我周末也放松不起来。

是什么魔力将黑人洗成了白人？黑色星期一变成什么样了？现在，所有的日子都是一样的。星期天本身——总是那么易逝，

---

① 苏荷（Soho），伦敦西中央区的广场。

② 帕尔梅尔（Pall Mall），伦敦一条著名街道，俱乐部生活的中心。

③ 交易时间（exchange time，作者作“change time”），指一天中人们最忙于商业的时间。

④ 埃尔金大理石雕像（Elgin marbles），埃尔金石雕像（Elgin Marbles），藏于不列颠博物馆的古雅典雕刻品残件，19世纪由英国埃尔金伯爵运到英国。

为了从中获得最多的消遣欢乐反而让我过度操心，证明了它不幸不适合作为一个休息日；现在，它已经变成一个普通的日子了。我可以有时间去教堂了，不用再不情不愿的，觉得占用了假日一大部分时间。我有时间做任何事了。我可以拜访一位生病的朋友。我可以在一个工作的人忙得不可开交之时打断他，故意向他发出邀请，抽出一天和我一起在这五月的美好清晨共游温莎[1]。看着那些为工作劳碌之人，真是一种卢克莱修[2]式的快乐。我将这些工作的人丢在了尘世里，烦恼不堪，心力交瘁；像磨坊里的马，苦苦沿着磨永恒地打圈子——这一切意义何在？一个人总是无法拥有太多属于自己的时间，或总是嫌要做的事太少。如果我有小孩的话，我会给他起名叫“无事可做”；他不该做任何事。我坚信，只要人从事工作劳动，他就丧失了本真。我非常向往沉思的生活。能否欣然来一场地震，吞噬那些该死的纺织厂？将我那张烂桌子也带走，

将它打入地狱[3]！

我已经不再是某某公司的职员了。我是退了休的闲人。我是你在修剪整齐的花园里会碰到的人。人们会注意到我清闲的表情，无忧无虑的姿态，漫无目的、悠闲踱步的徘徊。我四处漫步，来去自如。他们告诉我，一种带着高贵尊严的休闲

---

① 温莎（Windsor），离伦敦大约 20 英里，伯克郡的小镇，有著名的温莎城堡。

② 卢克莱修（Lucretius，约公元前 1 世纪），古罗马诗人，哲学家。这里的“卢克莱修式快乐”出自他在《万物本质》（*On the Nature of Things*）第二卷中的著名段落。此段后被培根在《论真理》（“*Of Truth*”）中改写引用。

③ 出自莎士比亚戏剧《哈姆雷特》第二幕第二场里的台词。

感——它本和我身上其他的优点一同被埋葬了许久，现在也开始在我身上显现出来。显而易见，我变得风度翩翩。当我拿起一张报纸，我只读有关歌剧的版面。工作已完。我已经完成了来此人世走一遭该完成的事情。此生碌碌，以至尽头；从今往后，剩下的岁月都是属于我自己的了。

芭芭拉·斯威特

1743年或1744年，具体是哪一年我记不清了，11月14日的中午，时钟刚好敲响一点的时候，芭芭拉·斯威特像她往常一样准时，从长长的、曲折的楼梯上走上来。那些楼梯还有几处通行不便的拐弯处，一直通到办公室去。那办公室，其实也不过就是一个摆着一张桌子的包厢，老巴斯剧院（还记得这个剧院的读者恐怕不多了）的账房先生坐在里面。全英国都保留着这样一种惯例：演员们都是周六领取他们每周的薪水，我相信时至今日也还是如此。芭芭拉领到的钱没有多少。

这个小女孩那一年刚满11岁，但是她在剧院的重要地位——至少她自己是这么认为的，以及她需要从那点杯水车薪中积攒出一点钱补贴家用，这使得她的步态和举止之间增添了种大姑娘般的气质，你会以为她至少有16岁呢。

直到最近，她只不过是被一个合唱团雇用了，那里缺少儿童演员，需要一些孩子来填补下场面。但是经理发现她有超出她年纪的勤奋和机敏，一两个月后就把整个角色都交给她了。你可以猜测出晋升后的芭芭拉那种骄傲的心情了。她演的年轻的亚瑟①

① 莎士比亚戏剧《约翰王》中的小王子。

催人泪下；她演的约克公爵[①]，带着小孩子的任性无礼打趣理查德；当她演威尔士王子时，反过来又指责那种任性无礼了。她本该演莫顿[②]改编自生活的那出悲剧中演那个大点的孩子，但是那时《林中的孩子》[③] 这部剧还未完成。

很多年后，在这个小女孩变成老妇人时，我看过她演过的一些角色的台词，每种最多两到三页，都是由提词人潦草地抄下来的。要是给那些成年的女悲剧演员抄台词，他毫无疑问会写得稍微仔细点、工整点。尽管这些给一个孩子用的台词墨渍斑斑、潦草不堪，芭芭拉还是保存了所有的台词。在她后来名声鹊起、达到演艺顶峰时期后，她把这些台词用一个昂贵的摩洛哥皮装订了起来，每一份台词，每一部分都单独成书，带着精致的扣子，撒上了金粉等等。这些台词本看起来赏心悦目。她精心地保存着那时它们接到她手里的原样，一个墨渍也不抹去。对她而言它们非常珍贵，因为页页牵动回忆。它们是她人生的基础，她的第一步，她的根基，正是沿着这些小小的台阶，她一步步走向了完美。她说："一块印度橡皮或一块浮石，能为我这些亲爱的台词做什么呢？"

我不急于开始讲故事——其实我也没有什么故事要说，那么我就只讲讲她对自己那段有趣时光的评论吧。

在她去世前不久，我跟她讨论：一个伟大的悲剧演员在表演过程中体验了多少真实表达出来的情感。我斗胆这么认为：

---

① 和后面的理查德、威尔士王子都是莎士比亚戏剧《查理三世》中的人物。

② 托马斯·莫顿（Thomas Morton，1764—1838），英国剧作家。

③ 英国传统儿童故事，失去双亲的两个小孩被其意欲夺得他们遗产的叔叔交由恶棍谋杀，两恶棍发生争执，其中一人杀死同伙。两个小孩被留在林中死去，由鸟儿用落叶盖上了他们的尸体。

虽然一开始时，这样的演员毫无疑问是拥有这样的情感的，这样才能唤起观众心中的共鸣；但是通过频繁的重复表演，这些情感必然就大大减弱了，于是表演者凭借对过去那些情感的记忆来演出，而不是在表演时真的表达这种情感了。她愤怒地驳斥了这种观念：一个真正伟大的悲剧演员在表演时，为了让观众能对悲剧效果感同身受，岂会将表演时的真情实感本身降格为纯粹的技巧表达？

她巧妙地避免她自己人生经历中的例子。她告诉我说，很久以前波特夫人扮演伊莎贝拉，她常扮演伊莎贝拉的小儿子（我记得是这样的），当那位令人难忘的女演员伏在她身上讲出那段伤心欲绝的对白时，她真的感受到波特夫人的热泪一滴滴滑落，（用她那绘声绘色的话来说）几乎将她的背灼伤。

我不很肯定她说的是不是波特夫人了，但确实是那个年代的一位著名演员。这个名字是什么都不重要，但是那热泪灼人的细节却让我至今记忆犹新。

我一直很喜欢演员们。我不清楚是我的口吃（这缺陷显然使我无法成为神职人员），还是我的其他缺陷使我没能成为一名演员，尽管那些缺陷在演员这行里常常也是可以接受的。我有次很荣幸地被邀请参加凯利小姐[①]的茶会（我一直都要说“荣幸地”）。我和里斯顿先生认真地打了回惠斯特牌。我和好脾气的查尔斯·坎布尔[②]夫人聊过天。我和她多才多艺的丈夫像好朋友

---

① 范尼·凯利（Frances Maria Kelly，又称 Fanny Kelly），19 世纪兰姆很喜欢的一位女演员。也即本文芭芭拉的原型。

② 查尔斯·坎布尔（Charles Kemble，1775—1854），英国演员。

一样交谈。我尽情地与麦克里迪[1]谈天说地；参观过马修斯[2]先生的演员画像画廊，那位好心的主人，为了报答我对老演员们的热爱（他也十分热爱那些老演员），陪我一起观赏了那些画像。除了他那些最主要的收藏，还有那些艺术家们无法提供给画像的东西——声音，生动的动作。在他的解说介绍下，奥德、帕森斯和巴德利画像半褪色的旧色调，全都变得栩栩如生。只有埃德文，他无法复原。我还和他共进了晚餐。但是这么说来我好像是个纨绔子弟了。

刚才我打算说的是——在老巴斯剧院（不是戴尔蒙德剧院）账房先生的办公桌前，芭芭拉出现了。

芭芭拉的父母本来境况优渥。她父亲曾在城里开着一家药店，但是他的生意倒闭了；究其原因，我从自己身上的缺点中就能敏感地体会出来它的后果，但也许也有部分属于纯粹的不幸了，那种不幸缠着有些人一生，不能归结为他们行事轻率的缘故。他们一家实际上正处在将要饿死的危机中，在此关头，那个在芭芭拉家家境好时就认识他们并尊重他们的经理，将小芭芭拉带进了他的剧团。

这就回到我开头的地方，芭芭拉一个人的薪水供着全家，包括两个更年幼的妹妹。一些令人扼腕的境况，我只能略去不谈；以下这点就足够概括一切了：芭芭拉周六领来的微薄工资是周日全家买得起肉吃的唯一来源。

我只提一件事。在扮演某个孩子的角色时，芭芭拉得吃一只烧鸡（噢，芭芭拉是多么高兴啊!）。但是某个喜剧演员，在

---

① 麦克里迪（William Charles Macready，1793—1873），英国演员。

② 马修斯（Charles Mathews，1776—1835），英国喜剧演员。

那晚的演出中，扮演的是将这盘烧鸡端上来的侍者，在他角色该有的幽默诙谐错误地引导下，将一大把盐撒在了这道菜上（噢，芭芭拉是多么悲伤、多么心痛啊！）。当他将一大勺这样的咸鸡塞进她嘴里时，她不得不一口吐了出来。芭芭拉又是为演砸了而羞愧，又是为错过这样一顿美餐心痛不已，她幼小的心灵因为心碎嘤嘤啜泣着，直到忍不住时爆发成嚎啕大哭。这些，都是那些酒足饭饱的观众完全无法理解她、无法安慰她的。

这就是那个小小年纪、忍饥挨饿、值得称赞的少女，她站在账房先生老雷文斯科罗夫特面前，领取周六的工资。

雷文思克罗夫特这个人，除了听芭芭拉提过外，我也听过剧院里许多老一辈的人提到过他，他是最不善于管账的。他没有会计头脑，随意开工资，几乎不记账，每周结束也不对帐，如果他发现缺了一英镑，他都觉得：还好，这不算是很糟糕的。

现在芭芭拉每周的工资勉强是半个几尼①。但他错在她的手里放了一先令。

芭芭拉轻快地奔出去了。

起初，她全然不知道这个错误：天知道，雷文思克罗夫特自己也从未发现！

但是当她走到第一个楼梯拐弯处时，她开始注意到她小手里的钱币有着与平常不同的分量。

现在就是她左右为难的时候了。

她天生就是个好孩子。她的父母和周围人也都没有给她带来什么不良影响，但是那时候他们什么都还没有教过她。穷人

① 几尼，英国旧时金币，值一镑一先令。

烟熏呛人的小屋教不出来什么道德哲理。这个小女孩一点恶的念头都没有，但是可以说那时她也没有什么固定的行为准则。她听过诚实可嘉这样的话，但是从未想到过有朝一日会用到她身上。她觉得这是成年人的事。她还不知道什么是诱惑，或想到要抵抗诱惑。

她的第一反应是回到雷文思克罗夫特那里去，告诉他他给她多发了薪水。他上了年纪，头脑开始犯迷糊了，虽然她习惯什么都精准无误，但要让他反应过来算错了账她得花上一番功夫。这么想着，她眼前似乎就出现了那个场景。然后她意识到，这是多大的一笔钱啊！这钱可以让她的家人可以吃上好大一块肉了！她似乎看见周日家中餐桌上摆着肉的情景。她的眼睛闪闪发亮，垂涎三尺。但是想到雷文思克罗夫特待她那么好，一直在背后支持她，甚至推荐她得到一些角色。但是，她又想到，这个老人是个出了名的富翁，据说他有每年从这个剧院得到五十镑。现在芭芭拉仿佛看到她没鞋袜穿的妹妹们正盯着她。她看了看自己脚上穿着的整洁的白棉袜，那是因为她在剧院演戏，这些行头必不可少，妈妈才给她买的。要是可以让自己的妹妹们也穿上这样的袜子，她该是多么高兴啊！这样她们就可以陪她来排练了，她们到目前为止都不敢来剧院，是因为她们土里土气的装束。在这样的思绪中她走到了第二个楼梯拐弯处，第二个，我指是从上往下数——因为底下还有一个拐弯处。

这时，美德帮了芭芭拉一把！

那位终身可靠的朋友走了进来，她说，那个时刻，一种不属于她的力量附身，那股力量展现给她超越了论证讲理的理性，于是她身不由已地往回走，好像自己被这股力量带着回到了她刚刚离开的桌子前（因为她从来不觉得是自己的脚在走），将她的小手放在雷文思克罗夫特苍老的手中，雷文思克罗夫特默不作声地收回了她退回来的钱，他一直坐在那里（他真是个好人啊！），没有察觉到过去的几分钟对芭芭拉而言心神不安，分秒如年。从那刻起，一种深邃的内心宁静降临到芭芭拉的心上，她明白了诚实的意义。

一两年脚踏实地的工作，不仅让芭芭拉的妹妹们穿上了鞋袜，她们的前途也有了指望；整个家庭也开始富裕起来，让芭芭拉不需要再在剧院楼梯上艰难地自我讨论道德教义了。我听过她说，看到雷文思克罗夫特冷淡地将她退还的钱放回口袋，她觉得很惊奇，甚至还有点觉得羞辱，因为那多出的钱曾让她内心如此痛苦煎熬。

我是 1800 年从已故的克劳福德夫人①嘴中得知她的这段轶闻趣事的，那时她已经有 67 岁了（不久后她就去世了）。我有时斗胆认为：正是她年少时这段有趣的内心斗争，使她善于展现角色情感冲突时那种撕心裂肺的力量。在这种表演力上，后来她甚至被认为与西登斯夫人②不分伯仲（至少在她扮演伦道夫夫人这个角色时如此）。

---

① 作者脚注：这位女士的原姓是史翠特，通过几次婚姻，姓氏变成了但瑟，巴利和克劳福德。当我认识她时，她是克劳福德夫人，也第三次成了寡妇。

② 莎拉·西登斯（Sarah Siddons，1755—1831），威尔士女演员，18 世纪著名的悲剧女演员。最著名的是她对莎士比亚戏剧人物麦克白夫人的演绎。

落水生还记

> 水中仙女，你们在哪里？当残酷无情的深渊
>
> 淹没了你们深爱的利西达斯的头顶[①]？

我不知道我还经历过什么比这个更离奇的感受了：看到我的老朋友乔治·代尔，几周前一个星期天上午，来我在伊斯灵顿的村舍拜访我，告辞出门后，不是向右拐上他来时的小路，而是拿着手杖，在正午的时候，从容不迫地径直向前走，掉进了我家门前的河中，瞬间被河水完全淹没了。

傍晚看到这样的景象也足够吓人了；但是，在大白天的时候，看到一位珍视的朋友做出这样毫无保留的、自我毁灭的行为，让我一时之间呆若木鸡。

我如何重新迈得开脚，我不知道。我吓得魂飞魄散。仿佛是一些精灵，而不是我自己，飞快地带我移动到事发地点。我什么都不记得了，只记得一具白发鬼魂——一个白发苍苍的头颅浮现在水上，旁边还有一根手杖（挥动手杖的手看不见）指向上空，似乎要感受一下天空。刹那间（如果那会儿还有片刻停顿）他就扛在我肩膀上了，我扛着他，比扛着安喀塞斯的埃

---

① 出自弥尔顿的《利西达斯》（"*Lycidas*"）。

涅阿斯[1]还要倍感珍贵。

这里我无法不提一下各位过路人的热心施助，虽然他们来得有点晚，没赶上参加从河中救人，但是一大群好心人将溺水者围得水泄不通，七嘴八舌提议如何使他恢复知觉；他们提出了各种方案，有人说要给落水者抹盐，有人说不能抹。与此同时，生命正危在旦夕。一个人灵机一动，提出要请一个医生来。这个意见虽然是老生常谈，也是任何人都能想到的，但坦白地说，在当时的紧急情况下，对我来说这就像是一个天使开口指了条生路一样。之前的那些努力——我也费了不少劲，一概都没有什么用。这正是众人仓皇无措之时。

这时候来了个独眼医生——只能这么称呼他了，因为我当时没有问到他的尊姓大名。他是个严肃的中年人，没有上过大学，无法卖弄什么文凭，但是他将自己的一大部分宝贵时间都用在实验治疗那些不幸的人身上。在凡夫俗子们看来，那些同胞们身上已经气若游丝，那股重要的生命力已经消逝、且是永远地逝去了。但他不会放弃任何努力，他努力抢救过因为暴饮暴食而窒息的人，有时是故意用麻绳自缢、造成更不光彩的呼吸堵塞的人。

尽管他不会完全谢绝这些陆地上生命垂危的人，但他的职业主要是救助落水者。为了方便从事此项事业，他明智而审慎地将他的住处安置在上文提到的河流的开阔之处，在米德尔顿头像旅馆[2]的小小瞭望塔日夜倾听，侦察溺水而死之人的尸骸，

---

① 希腊神话中，特洛伊一战特洛伊城被攻陷后陷入大火，安喀塞斯（Anchises）的儿子埃涅阿斯（Aeneas）背着他年迈的父亲逃出城外。

② 新河是由米德尔顿开凿的，河边的该旅馆以开凿者头像命名。

正如他所说，住在那里一部分是为了能及时赶到现场，一部分是因为在那些痛苦的境况下，他通常开给他自己和他的病人们喝的饮剂，一般在那些普通的旅馆里，反而比在商店或药店的瓶瓶罐罐中更方便弄到。他的耳朵因为实践达到了这样的技巧，据说他可以在半佛隆[①]远的地方分辨出落水声，是不慎落水还是故意投水自杀。他的衣服上挂着一块奖章，原本是暗棕色，但是随着时间推移，以及由于他经常在夜里下水，已经变成他的职业色黑色[②]了。他以“医生”的身份出现，他少了一只左眼这个特征十分引人注目。他的治疗方法——先给病人裹上温暖的毯子，摩擦，然后喂下一大杯纯白兰地，掺上水，要尽可能的烫，但不超过病人可以接受的烫度。如果他的病人比较难缠，比如像我的朋友这样，医生就亲自以身试药，尝一口表明处方是无毒无害的。没有比这个行动更有善心、更鼓励人心的了。看到他的医生和他一起吃药，这也给病人增添了信心。当医生吞下他自己的药水时，哪个脾气坏的病人还会拒绝吃药？总而言之，独眼先生是一个仁慈的、理智的人，他那微博的工资，几乎不够维持自己的生活，却把这点钱全花在努力拯救别人身上了，毫无怨言。他的态度如此谦逊，我费了很大劲才塞给他一个五先令硬币作为报答，因为他可是把乔治·代尔这样一位非常宝贵的人物拉回了人间！

惊魂平息下来后，看看这次落水事件对这位爱走神的人精神上的影响是很令人愉快的。它似乎造成了代尔记忆上的一次大震动，唤起一个又一个他在长长的、纯真的人生中经历过的

---

① 弗隆（furlong），英国长度单位，八分之一英里。

② 指独眼医生经常救助落水者，死人的丧服也为黑色。

幸运的解救。坐在我的长榻上——我的长榻，本来是光光的什么家具都没有，为了它给予我朋友有益的安眠，我花了一点钱，特意为它装上昂贵的帷幔，使它从此以后成为科尔布鲁克[①]最高贵的床榻。他坐在我的长榻上讲到他的不可思议的遇险获救。年幼时，由于保姆的疏忽，冰冷的水桶和煮沸的开水壶；上学时无忧无虑的时光，果园的恶作剧，突然断裂的树枝；楚平顿[②]掉下来的瓦片，彭布鲁克[③]沉重的大书，太过勤奋的熬夜学习导致的可怕的失眠症，因为贫穷和害怕贫穷，那个博学的头脑中所有疼痛的悸动。即刻，他突然唱起很久以前老歌的片段来，比如赞美得到解救的圣歌片段，从童年时起就不怎么记得了，当他的心柔软犹如孩童时，就都回想起来了。因为那颤抖的心脏，在回顾最近落水获救一事上，就像纯真的心处在迫在眉睫的危险中，自然而然产生一种内心的温柔——对于这点我们不该将之称之为懦弱；莎士比亚在决斗前，就让他的好爵士休[④]记起"坐在巴比伦边"，轻声吟唱起浅浅的河流。

休·米德尔顿爵士的河水[⑤]啊，你让一位翩翩才子差点消失得无影无踪！你为城市人民提供有益健康的水源，到现在已有两个世纪了，这功劳几乎也不能赎回你瞬间冲走的人物。你这条可鄙的河流，人造之河，恶劣的水道！从今以后和那些水流阻滞的人工运河、引水渠为伍了。难道是为了你，我小时候在

---

① 科尔布鲁克（Colebrooke），兰姆住的伊斯灵顿镇的街道名。

② 楚平顿（Trumpington），英国剑桥郡剑桥城的一个村庄，位于郊区。

③ 彭布鲁克（Pembroke），剑桥大学的一个学院。

④ 休·埃文斯爵士（Sir Hugh Evans），莎士比亚戏剧《温莎的风骚娘儿们》（*The Merry Wives of Windsor*）中的一个人物，文中所提为第三幕第一场的情景。

⑤ 指米德尔顿开凿的人工河，新河。

那位阿比西尼亚旅行家[1]探险事迹的激励下，我徒步安姆威尔的山谷探寻你的支流，追踪你的有益健康的河水，一路波光粼粼地穿过绿色的赫特福德郡和高雅的恩菲尔德[2]公园？你那河上没有天鹅浮水，没有水中仙女游弋，没有河神庇佑，难道是我的朋友慈眉善目、头发灰白的模样诱惑你将他卷入河中，你好要这位才子守护你这条河？

要是他淹死在剑河[3]里，还可以说与他的身份相称；但是你这条河边有柳枝可以在他潮湿的坟墓上轻柔婆娑吗？或者，你除了那呆板的、只能永恒为“新”之名[4]，没有其他名字，难道你认为将我高贵的朋友卷走，从此就可以改名叫做代尔河了吗？

怎么能让如此浩浩美德的葬身之地
在泛着泡沫的臭波之下[5]？

我坚决要求，乔治，不带上一副足够看得清楚的眼镜，你可千万不能再冒险外出，不，就是大白天的也不行，特别是当你在沉思的时候。你那心不在焉的时候都是我们替你负担的，直到你现在恍惚得连身体也丢了。我们可不能让你跟着亚里士

---

① 指詹姆斯·布鲁斯（James Bruce，1730—1794），苏格兰探险家，旅行家，曾到过北非和埃塞俄比亚，追寻过青尼罗河的源头。曾发表过《旅行记》。《三十五年前的报业》一文中兰姆也有提及此事。

② 恩菲尔德（Enfield），伦敦的一个市镇。

③ 剑河（Cam），剑桥由此得名。

④ 指此河被命名为“新河”，此后过去一个多世纪不再新了时，仍然还得用这个名字。

⑤ 出自克里弗兰（John Cleveland）写的一首悼念爱德华·金的诗歌。

多德恍恍惚惚地走进埃夫里普斯海峡[①]。哎，老兄，你都到这个年纪了，难道要投奔浸礼教会[②]吗，尤其是在你写了很多小册子主张沾一点水即为洗礼之后！

自从这次可怕的事件后，我一连几晚想的都是水。有时我和克拉伦斯[③]一起在他的梦中。另外一些时候，我看到基督徒[④]开始下沉，向他的好兄弟希望（也就是我）大喊："我越沉越深了，巨浪没过了我的头顶，所有的波浪都淹没了我全身。西拉[⑤]。"然后我的眼前出现了帕里纽鲁斯[⑥]，刚刚放开船舵，我大喊呼救为时已晚。接下来的是——一队悲痛的人前进着，那些自杀者的脸，他们本想投水自尽却被人救起；一队不情愿的受恩惠者悲哀阴郁地拖拽着脚步，他们浅蓝色的头发上还坠着绳状的水草，仿佛是强迫接受治疗的麻风病患者。他们是冥府里的臣民，从坟墓偷来了入门费，赖掉了卡戎[⑦]的船费。队伍领头

---

① 埃夫里普斯（Euripus）海峡，位于希腊半岛与爱琴海埃维亚岛〔Euboea〕之间，其之间潮汐现象非常著名。据说亚里士多德晚年试图探寻海洋潮汐的规律，却对埃夫利普斯海峡的潮汐涨落的原因无法理解，一说他因此郁郁而终，一说他跳入该海峡，意图与他不能理解的这片海融为一体。

② 浸礼教会，主张洗礼时全身浸水。

③ 莎士比亚戏剧《查理三世》中的一个人物，被关在狱中时梦见被人推入海里。

④ 基督徒（Christian）和下面的希望（Hope）都是班扬《天路历程》中的人物。

⑤ 西拉（Selah），《圣经·诗篇》中一个意义不明的希伯来词，大概是咏唱时指明休止的用语。

⑥ 帕里纽鲁斯（Palinurus），罗马神话，特别是维吉尔的《埃涅伊德》中，是埃涅阿斯船上的舵手，因犯困松开了船舵，跌入海中。但实为神的旨意，以他一人之死保证其他人的安全航行。

⑦ 卡戎（Charon），将亡魂读到阴界去的冥府渡神。

的是阿里翁[①]，或是乔治·代尔？穿着他唱歌时的长袍，他独自前进着，手里拿着竖琴和还愿用的花环，但是马赫龙[②]（或霍斯医生）径直将花环抢走了，打算将它献给肃穆的海神。忘川[③]阴沉的河水，尘世中半身浸湿的人在码头边被迫完全浸湿身体，此处奥菲利亚[④]两次扮演她死于泥水之中。

毫无疑问，当我们中的一个人接近（像我的朋友近期做的）他们无情的界限时，那个看不见的世界里总会有所知晓。当一个灵魂敲了敲死神的大门一两次，宫殿内引起的轰动可想而知。那严酷的死神，看到现代科学经常救走了他的猎物，这次一定会学到要同情坦塔鲁斯[⑤]吧。

当乔治·代尔的即将到来的消息明白无误地一经宣布，极乐世界确信无疑会产生一阵骚动。那些更温和、更肃穆的鬼魂——古希腊古罗马高贵的诗人、历史学家，从他们的水仙花座上起身，用永不凋谢的花冠为他加冕，这位孜孜不倦的注释者刚完成了一

---

① 阿里翁（Arion），希腊神话中的古希腊诗人和歌手，古代酒神节上所唱的狄俄倪索斯颂歌的发明者。阿里翁曾被所乘船上的水手抢劫，被迫跳海；一只海豚被他的歌声打动，因而把他救上岸。

② 马赫龙，霍斯医生（Dr. William Hawes，1736—1808），英国落水者救济会的创办人。

③ 忘川（Lethe），冥府河流之一，饮其水者会忘记过去。

④ 奥菲利亚，莎士比亚戏剧《哈姆雷特》中哈姆雷特王子的恋人，因其父被哈姆雷特所杀，发疯投水自尽。

⑤ 坦塔鲁斯（Tantalus），希腊神话中，受到永恒的惩罚，忍受饥渴的折磨。他在池塘边，果树枝桠低垂，果实触手可及，但他要摘果子时，果树避而不让他碰到；当他要喝水时，池水自动退落。

半的心爱的工作[1]。马克兰[2]期盼着他的到来；蒂里特[3]盼望着与他见面；彼得厅的甜蜜的抒情诗人[4]——他在凡间都没有见上一面的人，也带着精神焕发的姿态准备欢迎他的到来。还有那位温和的基督公学男孩的资助人——他真应该一辈子都在他的保护下！温和的艾斯裘[5]，带着渴望的热望，从他的受人尊重的医神[6]座位上向前探出，热烈欢迎这位新人。代尔身上成熟的美德，在他少年时代，如一棵幼嫩的嫩芽破土而出，得到了如此具有预见性的养育和浇灌。

---

① 代尔毕业后在伦敦做雇佣文人，曾花了非常大的心血为出版商的百卷本古希腊罗马丛书找资料、抄原文、做校对修订。

② 马克兰（Jeremiah Markland），英国古典学者。

③ 蒂里特（Thomas Tyrwhitt，1730—1786），英国学者，编订乔叟的《坎特伯雷故事集》原文。

④ 作者脚注：graium tantum vidit. 意为"只有希腊人看见"。这里指的是人物是托马斯·格雷（Thomas Gray，1716—1771），英国18世纪著名诗人，曾在剑桥大学彼得厅学院读书。

⑤ 艾斯裘（Anthony Askew，1722—1772），曾是基督公学的校医。

⑥ 阿斯克勒庇俄斯（Asclepius），希腊神话中的医药之神。

三十五年前的报业

丹·斯图尔特有次告诉我们，他不记得自己这辈子是否特意走进过萨莫塞特大楼[1]的展览厅。他可能偶尔会护送一群女士们从那里经过，但是他从未自个儿走近过那里。《晨报》[2] 的办公室那时就在现在的这个地方，读者们，我们可以带你回到大约三十多年前——它那镀金的、球形穹顶的大门正对着我国艺术家的年度展览中心。有时候我们希望，我们也能像丹一样这样自我节制。

好吧，现在说说丹·斯图尔特这个人吧。他在我们看来是编辑中脾气最好的一位了。《纪事晨报》[3] 的佩里也很友善，有一点贵族廷臣的派头。斯图尔特则是个典型的英国人，非常坦诚直率。我们当年就是为这两位绅士工作。

考察恒河的发源地，追踪这条巨大的河流最初的浪花涌起翻滚的地方，让人颇为宽心；

---

① 萨莫塞特大楼（Somerset House），是伦敦斯推安特大街南面的一栋建筑物，俯瞰泰晤士河，建于1776—1796年。

②《晨报》（Morning Post），保守的日报，1772年至1937年于伦敦发行。之后被《每日电讯报》收购。

③《纪事晨报》（Morning Chronicle），1769年创办于伦敦，在不同的物主名下发行至1862年。查尔斯·狄更斯曾任该报主编。

以虔诚的崇敬之心走近那些岩石，

从那儿流淌出古老歌谣中名声远扬的河流。

我们清楚地记得，熟读了前往埃塞俄比亚朝圣探险家[1]徒步追寻尼罗河发源地的游记后，我们满怀激情，在一个美好的夏季假日（我们的基督公校将这称为“全日假”）的日出时分出发。我们甚至没带够足够的食物，就为出门进行这项事业——探索新河[2]了。米德尔顿开凿的河！我们读到过它潺潺流水的源头在美丽的安姆威尔的草滩之中。我们勇敢地开始了孤独的探险。因为它对探险发现的尊严至关重要，这次活动，除了我们之外，不能让其他同学发觉。霍恩塞[3]那开满鲜花的地方，草木青翠的小路，希望指引我们转过许多令人困惑的弯道，以及看似始终没有尽头、让人绝望的迂回曲折之路；但是，好像是戒备的河流故意回避我们，不愿将它卑微的诞生地暴露出来。直到我们筋疲力尽，饥肠辘辘，太阳也快下山了，我们只好坐在靠近托腾汉的布威斯农场，雄心壮志要进行的事业只完成了十分之一，我们在精神上已经完全臣服了：布鲁斯那样的探险对我们年轻的肩膀来说还是太艰巨了。

旅行者渴求的好奇心——追溯某条大河直至它们浅浅的源头，与一个称心如意、耿直坦率的读者追溯一位蜚声文坛的作者生平之心，没有什么比后者更让人精神焕发的了。读者会回

① 詹姆斯·布鲁斯（James Bruce，1730—1794），苏格兰探险家，旅行家，曾到过北非和埃塞俄比亚，追寻过青尼罗河的源头。曾发表过《旅行记》。

② 新河（New River）是1613年英国人工开凿的水路，为了从丽河、查德威尔泉、安姆威尔泉等引水至伦敦，河源在赫特福德郡。

③ 霍恩塞（Hornsey），与下文的托腾汉（Tottenham）同位于伦敦北部。

到作家羽翼未丰的最初时期，写下的那些不成熟的随笔，如《埃涅阿斯纪》序曲的《小虫》[1]，或塞缪尔·约翰逊[2]踩死的鸭子。

那些年，每一份晨报都得保持着自己旗下的作者，作为它创刊后的必不可少的雇员，每日供稿一定量的机智段落。一个笑话六便士——在那时候这个价格已经算很高了，丹·斯图尔特对这类稿件定下的稿费就是这么多。当天的闲谈，丑闻，但最重要的是衣装服饰，都是写作素材。一篇文章不能超过七行，可以再短点儿，但必须辛辣老到、一针见血。

当我们正在斯图尔特的报纸上见习趣闻笑话主稿人这一职位时，那个当口上，女士们穿肉色的或粉红色的长筒袜一时成为时尚，我们就以这个故事名声大振，立即被认为是“能手”。噢，对于红色色系中那多种多样的不同红色我们想出了多少比喻啊！从老生常谈的“维纳斯女神的花朵”，到那位坐在“许多水上”的女士火红的衣服[3]。然后，还有很多关于脚踝的相关话题。对一个像我们这样的真正正派的作者来说，在这样的场合里，触碰到该话题微妙的边沿，但是又得保持不摔下去，接近一个看似“不大适合”谈论的话题，同时又得像一个技艺精湛的杂技家，在端庄得体和非礼粗俗上取得平衡。他必须保持走在钢丝上，一丝一毫的偏离就是毁灭；他悬停在光明与黑暗之

---

①《埃涅阿斯纪》，罗马著名诗人维吉尔的代表作。相传他早期写过《小虫》一诗。

② 塞缪尔·约翰逊（Samuel Johnson，1709—1784），英国著名作家，诗人，散文家，文学批评家，词典编纂者。相传年幼时踩死一只鸭子，并为其口述了一首墓志铭。

③ 出自《新约·启示录》，指古代巴比伦。

间，或者说他“在其中的一边”，一种模糊不清的不确定的微妙境界；这杂耍就像奥拓里古斯①一样，用一句“嘿，请不要伤害我吧，好心人!”来敷衍对他翘首以盼的观众。

但是，最重要的是，我们那时想出了最满意的比喻，这个比喻现在仍然能让我们捧腹大笑。我们影射阿斯特莱亚②飞离人世——最后一个天堂般的国度消失了。我们还说，为了表达对红色袜子的敬意:“星辰少女最后离开了人世。在她升往天堂的途中，她最后的一抹脸红通过那绚丽的红色脚背闪烁可见。”这大概是最妙的比喻了，那时被认为是限度以内的绝妙之文。

但是流行趣闻笑话的风尚，和其他所有一切，现在都已经消失了；就像那些曾经垂青我们的风靡一时之物，皆转瞬即逝。我们漂亮的女性朋友们，她们的脚踝几周之后又开始恢复以白皙为美，让我们无以立足了。其他女性时尚也接踵而至，但我觉得，再没有什么比红袜子更意味深长、更能激起奇思妙想和多重寓意的了。有人说，每天吃下六只十字划口的圆面包，连续吃上半个月，定会吃倒最好的胃口。

但是我们每天必须写出许多笑话，不是两星期，而是长长的一年十二个月，我们不得不接手这件辛苦活儿。“人去上班，工作至晚。”我们认为这是指从早上一个合情合理的时间开始工作。现在，我们在城里的本职工作占据了每天的早八点至下午

---

① 奥拓里古斯（Autolycus），莎士比亚戏剧《冬天的故事》中的一个滑稽的小偷。

② 阿斯特莱亚（Astraea），希腊神话中的正义女神，为宙斯与忒弥斯的女儿（一说是宙斯与厄俄斯的女儿），是众多时序女神的姐妹。她在黄金时代曾与人类共存于人世，但自白银、青铜、黑铁时代开始后，人类的道德逐渐败坏，阿斯特莱亚遂返回天上，成为黄道星座中的处女座。

五点，我们的晚上时间，在我们那个年龄，一般都是要做点工作之外的事情的，那么，创作笑话——挣点外快、提供给我们除了面包和干酪之外的需要，我们唯一可以利用的时间就是每天“无人的时间”了（像我们都听过“无人之地”这个词）。它指的是，一个人不应该起床或醒着的一段时间，更直白地说，就是早上起床后的一个小时到一个半小时的样子，这段时间里不管有什么情况，一个人都必须等着吃他的早饭。

噢，那些每天拂晓时的绞尽脑汁！夏天五点或五点半的时候，在天亮得晚的季节里稍迟一些，我们都必须起床——恐怕在床上只睡了四个小时！因为我们睡得比羊羔还晚，但起得比云雀还早。我们常在午夜喝上一杯再各自散开，那个时代可不像现在这么娘气，年轻人都是这样做的。和朋友在一起，我们不信奉宝瓶座——那个充满水的符号，冰冷多水，毫无生气，无法和酒神巴克斯为伍，我们可不是你圣巴西勒教派[①]那些只会喝水的家伙，也没有在艾古山上拿过什么学位，我们是豪饮的凯普莱特[②]（我们和他们是快活的伙伴）。但就像前面说的，我们不得不从酣睡中途醒来，又没有早饭吃，只能在昏暗的光线里远远地喝上一杯红茶提提神；家里的老婆子每天早晨以一阵可恶的急敲门叫醒我们，于是我们不得不起床，她似乎在喊道“该起床了！”时有一种恶魔般的快感。她那皲裂的关节是我们

---

① 圣巴西勒教派，信徒以水为饮。一词双关，又指他的朋友，不喝酒的巴希尔·蒙太古。

② 莎士比亚戏剧《罗密欧与朱丽叶》中朱丽叶所在的家族名，与蒙太古家族为世仇。前面提到的“艾古山（Mount Ague）”疑为将“蒙太古（Montague）”一词拆开拼写，作者故意拿两个对立的名词开玩笑以示爱酣饮，又暗讽自己没有上过大学拿学位一事。

经常想砍断的，将骨头串在我们的房门上，给未来所有不合时宜地吵醒我们休息的人以警告。像维吉尔歌唱的那样，夜晚的“降临”是“简单容易”又甜美的，将沉重的头颅靠到枕头上去的那一下是多么温暖舒适，但是起床，他继续说，“抬起脚来向空中。”[①] ——起床，就不是那么舒服了，起床还得写出冷嘲热讽的笑话，就更是“苦差事”了。

没有哪个埃及的监工想象得出来我们那样的奴役，没有哪个暴躁的老板会施加赶得上我们一半的暴政。每天写出六个笑话（除了星期天之外），天啊，这可真不算什么！我们通常每天要写十二个笑话，星期天也不例外。但是那时我们还是想出了这么多笑话来。但是，当我们想不出来时，就像大山必须走到穆罕默德面前[②]一样——

读者，你们自己试试看，就只试短短十二个月看看！

不是每周都有粉红袜子这样的时尚的，绝大部分时候，不是这种话题，而是一些粗糙的、不易处理的话题。有些话题再生发也变不成好笑的东西，就像一张没有人会对着笑出来的脸，任何匠心独运的处理方法都蒸馏不出来的火石。但这就是额定任务，定好的制砖总数已经摆在你面前了，你必须完成，不管有没有稻草，你都得做。大众读者，像在贝尔神庙中的饥渴的龙[③]一样，必须喂它；它期待着每天的口粮；丹尼尔，和我们自己，公正地来说，也确实尽了我们的全力去将它喂得饱饱的了。

---

① 出自《埃涅阿斯纪》。

② 相传先知穆罕默德领众信徒来到大山面前，喊山过来，两次大山均丝毫不动；穆罕默德遂称：“山不肯过来，我们就自己走过去。”

③ 引自希伯来的《不经之书》（*The Apocrypha*）中的《贝尔和龙》。

当我们冥思苦想为《晨报》写出逗人发笑的笑话，在这项被称为“轻松写作”的苦活之下辛苦着时，鲍伯·艾伦，我们原来的校友，正在绞尽脑汁地为《神谕报》做着相同的事。罗伯特[①]并不怎么在幽默感上为难自己。如果他的文章有一丝轻快的气氛，就足够了。他一直带着这种漫不经心之气，直到最后，一条消息，且不是很重要的消息，常常也写成笑话上交给他的雇主。比如说，“昨天早晨在斯诺山[②]散步，我们遇到了谁呢？汉弗莱议员！我们很愉快地告诉您，尊贵的议员先生健康状态良好。我们不记得他还有比现在更好的时候了。”

意外在斯诺山遇到的这位绅士，有一些特别的步态或姿态，常常是那时写小短文的人的笑柄；我们的朋友认为他可以像其他人一样讽刺一下他。在这次非同寻常的巧遇后，我们碰到了艾伦，他谈及此事，笑出了眼泪，还对这篇文章次日见报的预期效果咯咯发笑。那时我们都不太理解这篇文章笑点在哪里，当文章用铅字印刷出来后，也没发现有什么好笑之处。如果那天艾伦没碰到议员先生，而是碰到个普通人，恐怕要更好些。他不久之后就被停职了，托辞是他后期的文章都缺乏特点。我们刚才谈到的那篇，还是有点味道的，特别是文章的开头，适于唤起读者的好奇心；里面有着人性的柔情和道德，还有一种良好的邻里之情。但是不知怎么的，那结尾却无法呼应开头许下的宏大期许。我们追随我们这位朋友的笔触到《真正的英国

① 鲍伯是罗伯特的昵称。

② 伦敦街道名。

人》、《星报》、《旅行家》[①] 等报刊上，但他又接连被解雇了，雇主们“对该人职务不以续任”。没有比识破他那一套更容易的了。当智尽力穷，或没什么话题可说了，他就常常这样写道：“这一点并非众所皆知：当铺老板的店里的三个蓝色的球是伦巴底[②]古老的武器。伦巴底人是欧洲第一批放债人。”鲍伯在为公众解释纹章艺术这方面上真是比整个英国纹章院做得还要好。

由一个幽默之人定期供稿的习俗早就不再是《晨报》运作的一部分了。编辑自己找笑话，或者没有笑话也一样出得了好稿子。埃斯特牧师和汤普汉[③]，首先在《世界报》上建立了“小品文”的习俗。博登[④]是那个时期最出名的小品文作者，继可怜的艾伦之后为《神谕报》供稿。但是，正如他所说，笑话这一风潮已经过去了，在西登斯夫人传记作者身上我们也很难发现笑话了，关于那种在本世纪初迷倒了整个城市的活泼和想象的任何痕迹都难以见到了。即使是我们那种创新的巧言妙语——关于“阿斯特莱亚”的简短笑话，现在也被认为是书呆子气十足、过时了。

我们还是最好一口气把我们的报业回忆讲完吧。由于改变报纸的所有权，我们从《晨报》的办公室里被调到了《阿尔比翁报》，让人伤心的调动！阿尔比翁报社，设在舰队街的拉克斯

---

①《真正的英国人》，周刊，1851—1854 年发行。《星报》，伦敦晚报，创刊于 1788 年，1960 年停止发行。《旅行家》，当时的伦敦报纸，发行年期不详。

② 伦巴底（Lombardy），意大利 20 行省之一，省会米兰。经济富裕，自古伦巴底人以善于理财出名。“Lombard”一词现除了指伦巴底人，又指银行家、放债者。

③ 汤普汉（Edward Topham，1751—1821），伦敦《世界报》的创办人，埃斯特（Charles Este）是其助手。

④ 博登（James Boaden，1762—1839），伦敦《神谕报》主编，曾著有写演员西登斯夫人的传记。

缀博物馆里。唉，多大的变化啊！从漂亮的公寓，紫檀木的桌子，银制的墨水台，搬到这样一个办公室——都算不上是办公室，只是一个密室，仿佛刚从死去的魔鬼手中赎回，他们的气味还留在里面；从一个忠于国家和时尚的中心，到一个粗俗和煽动言论的集散地！在这间阴暗的小屋里，无法同时容纳得下一个编辑和一个卑微的短文写作者，可敬的约翰·芬威克①（就是伊利亚文中的那个“毕格德”）就坐在那儿执行他的新编辑任务。

芬威克身无分文，他熟悉的朋友们口袋里的钱也被他花得所剩无几。他从一个叫洛威尔的人手中买下了（毫无疑问是赊购了）《阿比翁报》整个编辑权、所有权，包括所有的专利权和冠名权（凡是值得的东西）。我们都不了解洛威尔这个人，只知道他因为诽谤威尔士王子被处以枷刑。这报纸本来没什么指望，因为它自从创办之日就一直没落，现在就靠一百来户订户撑着。但芬威克坚决认定先推翻政府，由此推之，我们可以靠这个发财。七个多星期来，这个狂热的民主主义者忙于借到七先令左右和更少一点的钱，来满足印花税局的日常开销，因为税局对持民主政治观点的出版物不允许赊账。由于我们被更好的生计驱逐门外，只好将我们小小的才智都寄托在我们这位朋友凄凉的命运上。现在，我们的任务就是写反动文章。

对于当年那些感觉的回忆——我们被法国大革命激起的第一股男子气的热情之余烬（如果我们被指引上错误的方向，那么我们和一些现在被认为是非常好的人，都一起犯了错），而不

① 约翰·芬威克（John Fenwick），兰姆的好友，曾任伦敦《阿尔比翁报》编辑，在兰姆散文中有时以“毕格德”（Bogot）形象出现。

是那时对共和主义教义的倾向，帮助了我们，在报纸发行期间，我们的写作风格，就是光明正大地与芬威克正确的、郑重其事的狂热相呼应。我们的方针就是旁敲侧击，而不是直接建议，可能的国王退位。断头台，斧头，白厅特别法庭，都藏在拐弯抹角的词句华丽的掩盖下，像贝叶斯说的，从来不直言其事，总检查长的锐利眼睛也不能发觉藏在其间潜伏的危险。

的确，有时候我们也叹惋在斯图尔特手下时更绅士体面的生活。但是换了雇主后，工作内容也变了。我们事后在财政部的一位绅士那里得知，有一两篇文章中，被他们在办公室做上了记号，准备至少提交给法律部门加以适当注意。但是不幸的是，或更确切地说，幸运的是，我们笔下针对 J. M. 爵士[①]的打油诗，当时他正要动身去印度，像芬威克说的——享受他叛变之后的果实（就不值详细列出了），不巧冒犯了另一位贵老爷的高尚心灵（或者像这位老爷更乐于听到的称呼——斯坦霍普公民[②]），剥夺了芬威克从最后一位支持我们的赞助人那里获得一分钱的最后希望，使我们的报社解体了，也让我们安全了。我们也有些痛心于就这样被皇家律师忽略了。正是这个时候，或稍早一些，丹·斯图尔特做了那番奇怪的坦白，称他“从来没有特意走进过萨莫塞特大楼看展览”。

---

① 指麦金托什爵士（Sir James Machintosh，1765—1832），英国哲学家，先拥护法国革命，后又反对法国革命，受到重用，派任印度做官。1801 年兰姆在《阿尔比翁报》上发表针对他的讽刺诗，报纸因此停刊。

② 指斯坦霍普勋爵（Lord Stanhope，1753—1816），1795 年在英国上议院一人投票反对干涉法国革命，被人称为“斯坦霍普公民”。

婚礼

上周我受到邀请参加一位朋友的女儿的婚礼，我不知道还有什么比这更叫人高兴的了。我想要参加这样的仪式，因为在这样的仪式中，对我们老年人来说，一定程度上我们的青春又得以复还，我们最快乐的韶华得以重建，在这个人生安顿下来的年纪，让我们回想起我们自己的成功，或想起自己年轻时的失望之处，但那悔恨之情也变得温和多了。参加这样的仪式，我必定在之后的一两周内心情都很好，听听别人的蜜月故事，我也备感享受。我自己没有成家，很荣幸暂时被朋友家收留。我感觉在这一时期，仿佛自己多了兄弟姐妹，或多了伯伯叔叔一样。我一下子有了不同的亲戚，参与这个小团体的社交，我自己孤独的单身生活仿佛暂时消失了。我便一直怀着这样的心境，以至于我认为被冷落遗忘是件非常不近人情的事情，即使是在一位亲爱的朋友正为家事操心时。回到我的主题吧——

婚约其实早就定下来了，但是婚礼迟迟没有举办，一直延期到现在，拖延之久，让这对人儿间悬而未决的状态几乎都显得不合情理了。这是由于一些顽冥不化的偏见造成的：准新娘的父亲非常反对女性过早定下婚约结婚，过去的五年他反复重申这个观点。因为这个原因，求爱期就被延长了——按他的要求，庄重的结婚仪式自然也得延后，必须到女儿过完她的二十五岁生日。我们都开始担心，这次求婚，虽然到现在为止小伙子热情一点也没减退，也许也会继续恋恋不舍，但是，直到时间让热情冷却，爱情之火在考验中熄灭。朋友们都来认真地规劝这位老绅士，见他身体已经日渐衰弱，怕是他们也不能保证还能享受多少年他的陪伴了，急于在他有生之年内让婚事尘埃落定。准新娘的母亲本来就没有她丈夫那样苛求的想法，于是也加入他朋友的规劝中去，连哄带骗。最后，他们终于成功说服了他——上周一，我的老朋友[①]的女儿，刚刚达到十九岁的芳龄，由大她几岁的和善的表哥J领着走进教堂。

在我的女性读者们中的年轻小姐们表达她们的愤慨前——她们认为都怪我的老朋友荒谬可笑的观点，可恶地导致这对恋人拖了好几年才结婚。我恳请她们也好好考虑一下要和女儿分开时，一个宠爱孩子的父亲自然而然的不情愿之情。我相信，这种不情愿，在大多数情况下，归根到底，都是由于孩子和父母关于结婚的不同立场，不管有什么坚持说为了孩子好或谨慎起见这样的表面理由来掩盖它。父亲的硬心肠总是浪漫作家们的一个绝好的主题——一个毫无疑问催人泪下的主题，但是就不多说，光想想有时一个被父母深爱的孩子，急匆匆地想脱离父母家，将自己交付给一个陌生的家庭，难道不也是很无情的事吗？要是像我老朋友的情况，女儿是家中的独生女，父母就更舍不得了。我是个老单身，从经验上来说我并不理解这些事，但是我可以伶俐地猜出，女儿出嫁，一个父亲的骄傲总会因此受伤。我相信这也不是什么新发现了，在大多数情况下，没有

---

① 据学者考证，这里的人物原型是兰姆的朋友海军少将詹姆斯·伯尼（Rear-Admiral James Burney）。

比岳父大人更让一个恋爱中的小伙子害怕的对手了。毫无疑问，女儿的父亲和她的恋人之间有一种嫉妒，只是与我们之前提到的那种急于摆脱娘家投奔婆家的激情（我们严格地将其冠以“激情”之名）相比，不那么令人伤心欲绝。

做母亲的，顾虑更容易很快就打消了，我猜，这是因为保护女儿的任务转移到了女儿的丈夫身上，相比父亲那方来说，对她们的减损更少，她们权威的损失也更少。另外，母亲们都有一种让人折服的先见之明，看出了一种遗世独立的独身生活的不便之处（父亲们就不可能同样想到这一点），那么拒绝一份尚还可以的婚配可能给孩子们带来负担。母亲们对子女婚姻大事的直觉，比起父亲们在此事上冷冰冰的推理思考，是更为可靠的指南。有些母亲用不得当的诡计推动她们女儿的婚姻大事，也许归咎于这样的直觉，它本身也是可以谅解的；对于女儿的婚事，父亲们尽管满意，相比之下却抱有漠不关心的态度。做母亲的为了成一桩美事要一点小手段，是可以原谅的。从这个角度看，她们的热心也是一种优雅，她们在此事上的胡搅蛮缠也被冠以美德之名。

说来有些可笑，我竟然担任了教区长的位置，等在圣坛那里。当新娘出现在教堂门口时，我开始布道。我不希望让我的女性读者们误解，认为我刚刚那番贤明之见，是在暗示年轻女士们的结婚之过——她们在一个成熟、适婚的年纪，得到了己方最充分的允许，即将踏入婚姻殿堂。我仅仅是反对太仓促草率的婚姻罢了。

人们都认为，结婚仪式必须早早走完，为之后的小型正宴留出时间，他们挑选了一部分朋友，邀请他们来参加正宴。于是我们在时钟敲响 8 点前就来到教堂里了。

没有什么比伴娘的衣装更谨慎、更得体的了——今天早晨，我们有三位迷人的林中仙子。为了特意衬托出新娘光彩照人，她们都穿着绿色的衣服。我对描绘女性衣装实在没什么能耐，但是，当新娘站在神坛前，身着白色婚纱——一种献祭圣女般的纯白，像她的心灵一样洁白无瑕；伴娘们托着她的裙裾，好像是戴安娜女神[①]的仙女——真正的林中仙子，还没有决定脱去冰清玉洁的贞洁之身。我听说，那些年轻的伴娘们，不幸母亲已经去世，为了她们父亲的原因保持单身。她们与尚还健在的父亲快乐地生活在一起，但是她们的恋人们就因此心碎了（对他们的希望来说太不幸了），这种舒适的家庭生活让他们无法插足，烦恼不堪。勇敢的姑娘们！她们每一个人都是英菲济妮娅[②]那样的牺牲品！

我不知道在这些严肃庄重的场合，我的出席有何贵干。我自己天性使然，即使在最盛大的场合中也显得轻浮。我从来不适合在公众场合负责什么事。我早就不参加各种仪式了，但是我经不住某位年轻女士的父亲的反复恳求，他因为痛风，不幸只能歇息在家，他便让我在仪式上扮演父亲的角色，将新娘交给新郎。在所有时刻中这个最为庄重的时刻，我却想起一些荒唐可笑的事情——我是多么不能胜任这样的角色啊，即使是光想一想一位甜美的年轻姑娘挽着我胳膊走在我身边。我恐怕不禁流露出一些轻快之情，差点揭穿我的真实身份，因为教区长

---

① 戴安娜（Diana），罗马神话中的女性守护神，狩猎女神和月亮女神。

② 英菲济妮娅（Iphigenia），希腊神话中阿伽门农（Agamemnon）之女，险些被其父供神而牺牲。

可怕的眼睛和家禽街[1]圣米尔德里尔教堂牧师的眼睛，都饱含责备之意。他们用那样的眼神盯着我，我赶紧将起初的戏谑之情换成参加葬礼般悲哀阴沉的严肃。我要为自己申辩一下，这是在如此庄严肃穆的场合下我唯一一次不当行为，当然，除非仪式结束后美貌的T小姐[2]对我提出的异议，不算作一种失礼行为的话。她高兴地说，在我之前她从未见过有哪位绅士在将新娘交给新郎这一仪式时身着黑色衣服。我通常都穿黑衣，多年来都是如此，我确实以为黑衣是适合作家身份的服装——舞台表演上也认可了这一点——要是穿着浅色的衣服会以牺牲我的形象为代价带来更多的欢乐，比我这不合常规的衣装招致的责备还要多。但是我可以感觉出来，如果我穿除了黑色之外任何什么颜色的衣服出场，新娘的母亲和一些出席婚礼的年长的女士（上帝保佑她们!）就会非常称心如意了。但是幸运的是，我记得一个寓言故事，是皮尔派[3]或某个印度作家写的，讲的是所有被邀请参加红雀婚礼的鸟儿，都披着它们最艳丽的羽毛，打扮得花枝招展，只有乌鸦为它的一身黑袍道歉，因为“他没有其他颜色的羽毛”。这样一来，我的小小不得体之处得以谅解，差不多也使长辈们不去计较了。人们都欢笑着，握手祝福新人，吻去新娘的眼泪，她也回吻他们，直到一位年轻女士——她被认为在这些事情上有一些经验，因为她比她的朋友早四五个星期结婚——解救了新娘，她瞥了一眼新郎，顽皮地打趣道，以

① 家禽街（Poultry），伦敦附近的一条街。

② 据学者考证，可能是指特纳小姐（Miss Turner）。

③ 皮尔派（Pilpay），印度圣人，著有《皮尔派寓言》（*Fables of Pilpay*），故事多为动物寓言。

这样的速度新娘的吻可就“一个都不剩了”。

我的朋友，那位海军将领，在婚礼上戴着精致的波纹假发，和他平日里疏于个人形象的样子截然相反。他不时往上推一推借来的假发（他在晨读中养成的习惯），假发套底下暴露出几根他自己的灰白头发。他带着一副沉思状满意的神态。我为父女分别的那一刻担忧着，最后，那一刻到底还是到来了：在一顿持续了三小时的早餐[1]之后——成堆的冷鸡肉，口条，火腿，鱼子酱，果干，葡萄酒，甘露酒等等，似乎都还嫌不够；四轮大马车宣告到达，按照习俗，它是来接新娘和新郎去乡野度蜜月的，大家纷纷祝福他们有个幸福快乐的旅行。让我们回到聚集的来宾上去吧。

当一个颇具魅力的演员离开舞台时，
人们的眼睛，
徒劳地盯着接下来出场的人[2]。

当这对早晨盛大仪式的主角们消失在视线中之后，我们也是这般徒然地面面相觑。没有人说话了。没有人喝酒了。可怜的老将领努力了下——但也不起什么用。这些我都预料到了。即使他的妻子装出非常心满意足的样子，她那拘谨呆板的表情和静默的仪态还是露出了马脚，满足的表情暗淡下来，变成一副担心疑虑的神色。人们都不知道是该走还是该留。我们似乎因为什么愚蠢的原因聚集到一起。在这种去还是留的危机中，

---

① 这里的早餐就是指结婚仪式后的那顿正餐。

② 出自莎士比亚戏剧《理查德二世》(*King Richard II*)。

我必须发挥出我那傻乎乎的天性——这一天性在今天上午差点让我出丑；这里我指的是一种能力，即在任何紧急情况下，能够想到和做出各种奇奇怪怪的愚蠢行为来。在这尴尬的进退维谷中，我发现我的这一天性救场成功。我急急忙忙展现出我的拿手绝活——最愚蠢可笑的荒谬行为。我以牺牲理性为代价，让所有人都在上午婚礼的热闹忙乱之后不可忍受的真空中松了一口气。通过这个方法，我很幸运地将来宾中的长辈留到了晚些时候。打几局惠斯特牌（老将领最爱的消遣）——这种牌难得的好手气和好技法一样重要，及时地陪伴他身边——一直打到午夜——最终让这位老绅士上床睡觉时有了些许相对而言轻松的情绪。

从那以后，我就经常随意拜访我的老朋友。我不知道还有什么地方能像他家一样，每一位客人都完全无拘无束，形形色色的人混在一起，竟然还能如此和谐融洽。每个人都彼此不同，但是这种效果比全体一致毫无差异要好多了。相互矛盾的吩咐，要仆人们往这边，男女主人自己却往那边，甚至两个主人自己的方向都不同。客人们三三两两扎成一团，散布在各个角落。椅子摆放得不整齐，蜡烛随意摆放，用餐不在饭点，下午茶和晚饭同时端上来了，或者晚餐比下午茶更早；主客谈笑甚欢，但是谈论的都是不同的话题，各自理解自己，却从不试图理解或倾听对方在讲什么，跳棋和政治，象棋和政治经济，牌戏和航海事务，这些话题同时进行着，根本没有指望能把它们区分开来。它们构成了你遇到过的最不可思议的状态：混杂不一，却完美和谐。

不知怎么地，这栋老房子并没有它应有的安静。海军将领仍然享受着他的烟斗，但是没有艾米丽小姐为他添满烟丝了。烟斗还立在它该放的地方，但是她已嫁入别家了，她时而和家中的联系总能立即抚平他的心绪。他学到了，正如马维尔[①]所说，“让他的命运成为他的选择。”他勇敢地面对了这一切，但他还是时不时想起女儿来，那些记忆如此深厚，就像他极少忘掉的大海之歌一样。他的妻子也是一样，她似乎想要膝下再有什么年轻的孩子，听从她的责备，遵从她的调教。我们都想念一个年轻的孩子在家的时候。一位青春少女总能使一个家庭精神饱满、生气盎然，这是多么美妙啊。只要她还没有完全离家，家里老小都对她十分关心。但是这栋房子的青春生气已经不再。艾米丽也已经结婚了。

① 安德鲁·马维尔（Andrew Marvell，1621—1678），英国玄学派诗人，政治家。

于挚友临终书

——于挚友临终之时，给B学院尊敬的H. R. 先生[①]的一封信

今天早上我来拜访你，发现你出去拜访一位垂死的朋友了。我遇到过类似的事。可怜的N. R. 几乎一个星期以来都躺着等死，这便是惩罚，我们为整个人生都享受的强壮体格而付出的代价。不管他是不是认识我，不管他那昏花的老眼是否还能看得见我，但是我看到他床前的家人，真是无法忘怀。病床边，围着他的妻子、他们的两个女儿，还有看起来更加傻眉愣眼的可怜的聋子罗伯特。他们似乎在那陪了他一周了。我无法帮助R夫人。在那沉默无声的房间里，说话是不大可能的。到这个时候，他们必然都紧紧守着他了。他的离世留给我全世界也无法弥补的损失。他是我的朋友，也是我父亲的朋友，对他，我将永世不忘。我结交过很多愚蠢的朋友，那些友情却都长不过两代人。现在我也逐年老去，但在他的眼里，我仍然是当年他

---

① 兰姆在他的散文里对很多以其真实生活中的亲戚朋友等为原型的人物只以姓氏首字母给出。这里的“B. H. R.”据学者考证，B指代的是指内殿法学院（Inner Temple，简称Temple），H. R. 指代的是亨利·罗宾逊（Henry Robinson），是兰姆的朋友，英国律师，作家。Mrs. R. 指代的是兰姆家的好友雷诺兹夫人（Mrs. Reynolds），R. N. 指代的是兰姆的朋友兰德尔·诺里斯（Randal Norris），内殿法学院的副财务主管，通过他兰姆一家搬出内殿法学院后还与学院保持着联系。Jemmy指代的是兰姆的昵称Charley。

认识的那个小男孩。临终时他叫我“杰米”。现在，再也没有人叫我“杰米”了。他是联系我和B学院的最后一环。但一切皆已作古。

随着他的去世，我似乎也失去了旧日的言行坦率和心灵的单纯。他算不上有学识，阅读的东西也几乎不超过老绅士杂志上的讣告——过去的五十年里，他从未漏过此方面的信息。但是，他也有一点自己的骄傲，源自他稍稍研读了一些东西。此外，他还为这个古老的城市做档案管理员工作，在这项工作中，他必须学会一点含糊不清的拉丁语。在他那些缺少文化修养的朋友看来，这让他有一种可爱的书呆子气。

我怎么能忘记，他一脸饱学之士勤奋钻研的神态，在公共图书室里苦苦思索着用古英语写作的乔叟的作品，他整天泡在图书室里，简直算得上是图书管理员了，但他最终放弃了。“杰米，”他颇为欣慰地回忆说，“我不知道你在这些非常古书里发现了什么，但是我观察到，它们里面有许多词拼写得相当差。”尽管他的笑话（因为他闹过一些笑话）结束了，但它们就像常青的草木，常在常存，历久弥新。

他常唱一首歌①，歌词写到什么“我们敌人的平底船在黑暗中驶来”，来暗示一场很多年前威胁到祖国的入侵。这是他圣诞节的保留曲目，我们总是和他一起过平安夜，他唱着这歌，慷慨激昂，好像战事迫在眉睫。特别是唱到这段，他的眼睛闪烁着光芒：

---

① 这首歌是英国皇家海军进行曲《橡树之心》（“*Heart of Oak*”）。作者引用时略有改动。

我们将打得他们四处逃命，我们将打得他们汗如雨下，

不管是魔鬼还是布鲁塞尔的公报！

现在还有谁再唱起这句歌词呢？写到这些琐碎往事，我不禁潸然泪下。他的可怜的女儿们——我相信，他的两个女儿是实实在在的好人，将在位于某某郡一座美丽小村庄的家里照顾她们饱经痛苦的母亲。在那里，她们多年以来努力经营着一所女子学校[①]，但是很不成功。可怜的聋子罗伯特（更不大指望能怎么样了）被扔进了一个听不见的世界，还不知道他的父亲临终给他留下了什么安慰。他们的父亲几乎什么都没给他们留下。可能有一些生活保障，但我担心不超过——[②]。儿女们的希望就只有你的公司了——他们的父亲曾经效劳了五十年的公司。我不知道现在你公司的领导是哪些人，是否有什么可能，又不会显得鲁莽无礼，你能把这个家庭的真实情况反映给他们？你也知道可怜的R和他可怜的妻子过得不够好。在你力所能及之处，请略施恩惠，帮帮逝者吧！

---

① 据学者考证，兰德尔·诺里斯的两个女儿在她们母亲的故乡威德福德（Widford）办了一所学校。

② 这里是作者故意留白，没有说出具体财产金额。

古瓷器

我对古瓷器有种近乎女性般的喜爱。当我去访问大户人家时，我首先询问存放古瓷器的橱柜，第二要看的就是画作收藏室。我无法解释自己的喜好为何按这般孰轻孰重的顺序，但是不如这么说好了，我们总是有一些这样或那样的爱好，但因为太过久远，我们记不清是如何后天养成的了。我还记得我被带去第一次看戏，第一次看展览，但是我不记得那些瓷罐子和瓷盘子是何时开始进入我的想象中来的了。

我那时对这些瓷器不抵触，现在我又有什么好抵触呢？我眼前的那只小巧的、蔚蓝色的瓷杯子，上面笔法无所拘地画着风格奇特的男男女女，他们周围什么东西也没有，似乎就这样凌空飘浮着。

我喜欢看到我的这些老朋友们，对于他们，距离不会使他们缩小，在我们的眼里，他们似乎飘在空中，但也站在一块坚实的陆地上——这样我们必须礼貌地理解那位高雅的艺术家在他们的凉鞋底下画上去的那一抹深蓝色，是为了防止我们前一种荒谬的想法。

我爱那些长相阴柔的男人，还有那些（如果可能的话）神情更带着女人风韵的女人。

这一件瓷器上，有一位谦和又带着威严的年轻中国官吏，将一杯茶从托盘上递给一位女士——两个人离得有两英里那么远。距离是多么能衬托出尊敬啊！那位女士呢——也许是另一位（因为在茶杯上的人物看起来都差不多），正要踏进一只精致的小船，系泊在这平静的花园这一边的河岸。她的脚优雅地迈着碎步，从她玉足轻抬的角度来看（她像步入我们世界的天使一般），一定会正好落在对岸鲜花盛开的草地上，这神奇的溪流两岸相隔有一弗隆[1]远呢！

更远处，如果可以判断他们那个世界的远近的话，可以看到马，树，塔，跳着圆圈舞。

这里，俯伏着一头牛和一只兔子，大小差不多——像这些画中物展现的那样，美丽中国纯澈的天空。

有一天傍晚，我和我的表姐品着春熙茶（我们这些守旧的人下午茶一直喝这种茶，不掺杂其他东西），用的茶具是最近新买的，但现在才拿出来第一次使用。那是一套异常精美的古青瓷，我向表姐指出瓷器上的一些美不胜收之处，也忍不住想做一番评价。最近几年我们的境况大为好转了，我们可以买得起这类赏心悦目的小玩意儿，说到这里，触景生情，我的表姐不禁眉间失色。我总是能很敏锐地能发现布莱吉特[2]脸上的愁云。

“我希望美好的旧时光能重来一次，”她说，“那时我们还不是很有钱。我不是指我希望一直穷下去，而是说处于一种中间状态。”她高兴地打开了话匣子:“但我相信我们那时更快乐。现在买东西就是买东西，因为我们有的是钱花。之前，买东西像

---

① 弗隆，长度单位，相当于八分之一英里。

② 兰姆的姐姐玛丽·兰姆在他的文中都化身为伊利亚的表姐布莱吉特（Bridget Elia）

是种大胜利一样。当我们贪求一件廉价的奢侈品时（唉！我得花费多少口舌才能说动你也同意买!），我们常常要讨论个两三天，掂量支持和反对的意见，考虑来考虑去，从哪里拨出来钱买这样东西，我们能省去不买什么，这样收支平衡。我们希望花了钱，是买了一件值得买的东西。

“你还记得那件棕色的西装吗？你一直穿，直到你所有的朋友都说你太丢人了。它被磨得绽线了，都是因为你从修道院花园的巴克书店拖回家对开本的博蒙特和弗莱彻[①]的书。你记不记得，我们踌躇了几个星期才下决心买下它，直到星期六晚上快十点钟才下了决心，当你从伊斯灵顿的家里出发动身时，害怕去得太迟——那个老书店主人喃喃抱怨不平地给你开了门，借着闪烁的烛光（因为他都准备上床睡觉了）照着他满是灰尘的宝贝书库找出了你要的书。当你把它拖回家时，希望它再重上一倍都觉得值。你把书拿给我看，当我们检查书的完好程度时(你称之为核对)，我用糨糊修复一些松掉的书页，因为你的不耐心容不得等到第二天天亮了。一个穷人不也很有乐趣吗？现在你穿着的这身整洁的黑礼服，小心翼翼地刷得干干净净，可是自从我们有钱了之后，你以前穿着磨旧的西服时流露出来的朴实的自豪感，现在还有一半吗？你的那套旧黑衣，本来在四五周之前就不该再穿了，为了抚慰你的良心——这书花了 15 还是 16 先令，在当时我们觉得是笔大数目了，你还坚持穿着。现在你想买什么书就能买什么书，但是我却再没看过你买回来什么好看的古书了。

---

① 英国伊丽莎白时代的两位剧作家。

“有次你回到家来万分愧疚，因为你花了几个先令买了一幅列奥拉多[①]的版画，我们称之为‘布兰琪夫人’，当你看那幅画时，就想到花的钱；一想到钱，你就又看看画——难道当个穷人没有乐趣吗？现在，你闲来无事就去逛逛科尔吉的店，买了一大堆列奥拉多的画回来，又怎么样呢？

“你记不记得放假时我们去恩菲尔德[②]、波特斯巴[③]、沃尔瑟姆[④]散步，现在我们有钱了，假日和所有其他的乐趣都消失了。我常在小小的手提篮里装上我们一天的美味佳肴，冷羊肉和沙拉，你总会在中午时四处打听到一家体面的小酒店，允许我们进去吃自带的食物，其他钱不花，你只买一点的麦芽酒，还要看看女店主的脸色，比如她会不会帮我们铺一张桌布。我们希望能遇到朴实的女店主，像艾萨克·沃顿[⑤]描述的——他去丽河边钓鱼，遇到的那种好心的女店主。有时她们挺乐于助人，有时她们看起来很不情愿，但是我们俩对彼此还是高高兴兴的，美滋滋地吃下我们的便餐，也不会妒忌捕鱼人的鳟鱼大厅[⑥]。现在，我们出游几天尽尽兴的时候却越来越少了，我们在旅途中总有一段路要乘车，住舒适的旅店，点最好的晚餐，从来不用再讨论花费问题，但是，那种乡村简餐的美味现在连一半都尝

---

① 列奥拉多·达·芬奇（Lionardo Da Vinci，1452—1519），意大利文艺复兴时期的奇才，集画家、雕刻家、建筑家、音乐家、科学家于一身。

② 恩菲尔德（Enfield），位于英国米德尔塞克斯郡。

③ 波特斯巴（Potters Bar），英国赫特福德郡的一个小镇。

④ 沃尔瑟姆（Waltham），位于英国艾塞克斯郡。

⑤ 艾萨克·沃顿（Izaak Walton，1593—1683），英国散文家，代表作为《垂钓高手》（*The Compleat Angler*）。

⑥ 捕鱼人（Piscator）是《垂钓高手》中的主人公，鳟鱼大厅（Trout Hall）是他住的地方。

不到了，那时我们还不确定别人愿不愿意招待我们，是否欢迎都不确定。

“现在，你太讲究，不坐在剧院正厅池座就不肯看戏。以前我们去看《黑客山之战》、《卡莱斯的投降》、班尼斯特和布兰德夫人演的《林中的孩子》，你还记得我们坐的位置吗？我们一个季度里只有三四次机会去看戏，要挤出一先令，才能买一张一先令的楼座。你那时总是觉得不应该带上我在这种地方看戏，但我更觉得我感谢你带我去了，带着一点点的羞愧，更觉得看戏之乐。当大幕拉开，我们还在意什么我们的座位在剧院什么位置啊，也不在乎坐在哪里了，我们的注意力都被阿尔登中的罗萨琳[1]，伊利里亚宫廷里的维奥拉[2]吸引住了。你过去常说，楼座是欣赏戏剧最佳之地，看戏之乐和看戏频率必须是相应的。我们在楼座里遇到的观众，通常都没读过剧本，因此看得更仔细，真正关注舞台上进行着什么，因为丢了一个词就像开了一道裂缝，让他们无法弥补上。我们用这样的看法安慰我们的自尊心。我问你，作为一位女士，相比我现在剧院里坐到更昂贵的座位，难道总的来说，我那时受到的关心和待遇更糟吗？的确，进了剧院大门，人挤人地爬上那些不好爬的楼梯，是够糟糕的了，但是那儿仍然有礼让女士的法则，和我们现在从其他通道进场相差无几。克服了一点点小困难，让那座位显得更加舒适了，之后的戏也更好看了！现在我们只要付了钱，走进去。你现在总说在楼座你就无法看戏了。我可以肯定那时我们看得

---

① 阿尔登中的罗萨琳（Rosalind in Arden），出自莎士比亚戏剧《皆大欢喜》。

② 伊利里亚宫廷里的维奥拉（Viola at the Court of Illyria），出自莎士比亚戏剧《第十二夜》。

真真切切，听得清清楚楚，非常好。但是我们的视力和一切，我想已经随着我们的贫穷一去不复了。

“以前，在草莓还没有完全上市前，吃草莓也是件乐事。趁豌豆嫩时买来吃，用它们做一顿可口的晚饭，不亚于一场款待。我们现在还有什么享受呢？那时我们的‘款待’，也就是去吃一吃略微超出我们收入的美味大餐，吃过了又觉得自己自私又缺德。正是这点我们允许超过自己经济承受能力的东西，才有受到了款待的感觉。两个人生活在一起，像我们这样，时不时纵容自己买了我俩都喜欢的廉价奢侈品，我们俩都道歉来道歉去，愿意承担本该两个人平摊的罪责。在那个意义上人们自尊自重没什么坏处，这也许会劝益他们如何尊重别人。但是现在呢，我指，我们从来不那么珍视自己了。只有穷人才能做到这一点。我不是指最穷最穷的人，而是指刚爬过贫困线的人。

“我知道你要说什么，年终时收支平衡才是最高兴的事。过去我们每个十二月三十一号的晚上计算我们的超支额，算到迷糊账时你拉长了脸，左思右想我们时怎么会花掉这么多钱，或是我们为何没花那么多，或是明年我们再也不能花这么多了。但是我们仍然发现我们那点儿小资本还在减少，然后，想了各种方法、计划、这种或那种的折中方案，谈论着以后如何缩减这项开支，省掉那笔开支；在年轻带来的希望中，和无忧无虑的精神中（在这点上，你到现在也很足），我们将亏空打包起来，总结道，举起‘满溢的酒杯’（你总是引用热诚快乐的科顿先生[①]的诗，你是这么称呼他的），欢迎新年这位‘即将来临的贵客’。

---

① 查尔斯·科顿（Charles Cotton，1630—1687），英国诗人，作家。

现在，每到年底我们也没有什么账好算了，新的一年会更好的期冀也没有了。”

布莱吉特在多数场合都很少说话，一旦她滔滔不绝起来，我就要很小心怎样打断她。然而，我禁不住对着那个财富的幻影微笑——她的想象力做出了这样的夸张，其实我们收入不高，每年也就几百镑而已。“我们穷点的时候确实更快乐，但是我们那时也更年轻啊，姐姐。我想，恐怕我们必须得忍受现在多出来的钱了，因为如果我们把多余的钱扔进海里，我们也就没钱养活自己了。我们一起长大，一路风雨走过来，现在我们有理由更加心怀感激。它加深了这份姐弟之情，让我俩更紧密地连在一起。如果我们一直有你现在抱怨的那么多钱，我们恐怕从来就不会像现在这般关系亲密。那股抵抗力——年轻的精神气里自然存在的蓬勃之力，什么环境也无法限制它的力量，已经很早前就失去了。年老后足以过舒适生活的收入就是对逝去青春的补偿——确实也是一种遗憾的补充，但我觉得恐怕这就是我们所能拥有的最好的了。我们之前走路去的地方，现在我们坐车去，生活得舒服点，躺得软和点，比起你说的我们在过去的好时光里的做法，是明智的。要是那些岁月还能回来——我和你还能一天走三十英里，班尼斯特和布兰德夫人再度年轻，我们变回那时去看她们演戏的年轻人，倒回那一先令楼座的日子……这一切，都只是梦幻了，姐姐。现在，此刻的你和我，如果不是在炉边的地毯上，坐在奢华的沙发上进行着这番安静的谈话，而是在那人挤人的狭窄楼梯上，被推来挤去，被最穷的下层穷人用胳膊肘推挤着，我是不是又能再一次听到你焦虑的尖叫，还有一句令人开心的‘谢天谢地！我们安全了！’呢？

你的这句感叹，总是在我们千辛万苦爬到楼梯最高处时发出的，我们面前，整个欢乐的剧院一览无遗，灯火辉煌。如果能够花钱买回我们过去的日子，我愿意付出比克里萨斯王[①]或那个伟大的犹太人[②]更多的财富，多得足够填满这世上深到无法测量的地方。现在你还是看看瓷器上那个小小的快乐的中国侍者吧，他为那位碧蓝的夏日宫廷里漂亮清秀、娇小玲珑的小姐撑着伞，那伞有床的华盖那么大。”

---

① 克里萨斯王（Croesus），公元前560—547年间小亚细亚西部富裕古国利底亚（Lydia）的国王，以财富万千出名。后被波斯人击败。

② 指罗斯柴尔德（Rothschild），19世纪欧洲的犹太人大富翁，家族银行堪比金融帝国。

酒鬼自白

劝谏人们不要喝烈酒一直是从不喝酒的演说家们最爱的话题，获得了只喝水的批评家们的掌声。然而不幸的是，“病人”本身——他们亟待拯救的酒鬼，对他们的话极少是能够听进去的。但是这个恶魔知道，治愈方法很简单：戒掉。如果一个人想要举杯一醉方休，没有什么力量能迫使他违背自己的意愿。这和不要去偷窃、不要说谎一样简单。

哎呀！偷东西的手，说出假证词的舌头，都非人之本性。这些行为对他们来说都无关紧要，只要一有改正的念头，他们可以毫无怨言地成功戒掉。“发痒的手指”不过是一种修辞手法，说谎者的舌头虽会散步有害的谎言，一样可以乐于讲出有用的真相。但是一个嗜酒的人——

噢，且慢，你们这些坚定的道德家们，你们有着坚定、坚强的头脑，你们的肝脏也幸运地毫发未损，在你们要批驳我写下来的这个名称之前，先了解一下这东西到底是什么；这样在你们责难之时，也许会发发善心，多点同情心，多点出于人性的容忍之度。不要再践踏一个堕落颓丧的人吧！他已经声名狼藉，饱受惩罚；不要苛求他脱胎换骨，改过自新吧！因为那几乎和拉撒路[①]复活一样只有凭借奇迹才能做到。

想要痛改前非，习惯会使它变得简单。但是如果开头就很令人生畏，那要怎么办呢？——如果第一步不像是爬山，而像是踏在火上？如果必须经历的一系列改变是如此剧烈，不禁让我们想到有些昆虫成长过程中的突变，又该如何呢？如果要经历的这个过程简直不亚于活生生地剥皮，怎么办呢？如果一个弱者在经历这样的挣扎斗争过程中倒了下去，他又怎么分得清其他顽固不化的恶习，尽管那些恶习不会让身体上瘾、欲罢不能，不会让整个身心都成为它的受害者。

我知道，曾有一个喝酒上瘾的人，当他试图戒酒一晚时，尽管那有毒的饮品早就不再能带来它最初的魔力了，而且他很肯定喝酒只会加重他的忧郁而非浇愁解忧，但是在激烈的戒酒斗争中，他觉得自己无论如何也要摆脱现在的折磨，这让他尖叫，大声哭喊，因为他内心承受着斗争的撕心裂肺、痛苦不堪。

为什么我要迟疑着坦白呢，我说的那个人就是我自己。我对人们没有什么要唉唉呜呜道歉的。在我看来，所有人都有这样或那样偏离纯粹理性的地方。我只忠于自己的天性，我自作孽自负责。

我相信有的人身体强壮，头脑强健，肠胃铁打的一般，任何过度饮食都几乎不能伤害到他们；白兰地（我见过他们喝白兰地像葡萄酒一样），在任何情况下，葡萄酒，不管喝下去多少，除了让他们有点犯晕之外，不会有什么更糟的伤害——也

---

① 拉撒路（Lazarus），《圣经》故事中，拉撒路生病后，其妹妹向耶稣求助。耶稣到来贝瑟尼（Bethany）时拉撒路已经病逝4天。耶稣与其亲友同哀，然后前往他的坟墓，使他复活。

许他们从来就不是很清醒。对他们而言，那些戒酒之辞都是废话。他们会嘲笑一个酒量不佳、又来和他们比试的兄弟，那位老兄自然败下阵来，只得好言劝告他们这种喝酒比赛实在危险。因此，我的这番肺腑之言，只说给非常不同于此类的人听。此文是写给那些弱者的，他们有些神经过敏，身边的其他人不喝酒就能达到的状态，他们却感觉需要借助一些外力帮助才能达到。喝酒有助于提升他们在社交中的精神气儿——这是我们喝酒的秘密。这类人必须一开始就远离交际场，如果他们不想一辈子背叛自己原则的话。

十二年前，我刚满二十六岁。从离开学校到那时我都基本上生活在孤独之中。我的同伴几乎只有书，至多有一两好友——也是我这样热爱读书、滴酒不沾的人。我早起早睡，按时作息，我有理由相信上帝赋予我的能力，不会因为不使用而在我的身上生锈。

大约在那时，我结交了另外一类人。他们是一群有着狂欢精神的人，夜不寐，爱和人争论，常喝得醉醺醺的；但是身上也有一些高贵的地方。我们爱谈论风趣俏皮的话，经常快活地混到半夜。我总是奇思妙想层出不穷，自然比他们的都要多。在他们的掌声的鼓励下，我变成了一个老到的笑话大王！在所有人当中，其实我是最不适合这个角色的了，因为除了我每次要经历辞不达意的困难外，我天生就是个结巴！

读者们，如果你像我一样天生口吃，想做哪行都行，就是别想成为一个妙语连珠的人。当你发现你的舌头不说笑就发痒，让你想讲点俏皮话；特别是当你发现，你一看到酒和干净的杯子，奇思妙想就犹如泉涌，你可千万要控制住自己，因为你一旦屈服，就飞向了最惨烈的自我毁灭。如果你没法压倒想象力，或者说，在你的内心中你错将它当做想象力，请转移注意力吧，让它在其他方面宣泄出来。写写散文啊，描绘描绘人和事啊，总之千万不要像我现在做的这样，那只会让你痛哭流涕、后悔不迭。

你成为朋友们的同情对象，敌人们的嘲笑对象，被陌生人怀疑，被傻瓜们盯着；当你无法妙语连珠时，别人认为你乏味迟钝；当你自知自己是个乏味的人时，你又被夸风趣幽默；你被叫起来即席表演你的机智才能，没有事先准备好的却又讲不出来；你被激励去做什么事，结果只以遭人鄙视告终；你被唆使制造欢乐，努力却招人憎恨；给人提供愉悦却被报之以侧目而视的恶意；咽下毁掉生命的酒，被蒸馏成轻快的呼吸来逗乐空虚的观众；来抵押悲惨的明天换得一夜疯狂；浪掷大量的时间，收回的却是一丁点儿微不足道、勉勉强强的掌声——这，便是我插科打诨、自甘沉沦的回报。

时间，必定能让仅靠这种“液体水泥”凝结起来的所有关系都消散。时间对我，比对我的品位或洞察力更仁慈，最后终于让我看清了那些朋友的所谓“品性”。他们已经无影无踪了，但是他们带着我沾染上的恶习和习惯仍然残留在我身上。在它们身上我的狐朋狗友们仍然存活着，如果我对他们有任何会不忠之罪，他们就会大大地对我施加惩罚。

我的第二批新伙伴是一群内外兼修之人。尽管和他们认识偶尔也会证明对我有不利影响，我不知道如果一切能重新来过，我是否有勇气以丧失他们带给我的益处为代价回避那些有害之处。我和上一批酒肉朋友之间推杯换盏，酒气熏天，这臭气尚未散去，我又认识了这批人。他们无意间提供给我的最小的燃料，但也足以让我的旧习性死灰复燃。

他们不是嗜酒之人，但是，有一位出于职业习惯，有一位出于沿袭自他父亲的习惯，都抽烟。魔鬼不能想出比这更精妙的陷阱来重新捕获一个故态复萌的忏悔者了。这个转变，从狼吞虎咽喝下酒精的火焰变为腾云驾雾喷出一股股无伤大雅的烟雾，太像是在欺骗魔鬼了。但是，当我们希望和他做交易时，他是个不好对付的家伙。他在物物交换中打败我们；当我们想开始一项新缺陷来抵抗旧缺点时，很可能结果总是他在我们身上玩起二对一的把戏。那个（相对来说是）白色的烟草魔鬼最后又带来了七个比他更坏的魔鬼。

给读者详细写出所有的过程就太无礼了，总之，我一开始只是抽根烟喝点麦芽酒，然后一步步发展，变成喝淡葡萄酒，然后是更烈性的葡萄酒掺着水，到小杯的潘趣酒，再到那些变戏法般混合的酒饮料——在混合酒的旗号下，胡乱掺着大量的白兰地或其他“毒药”，水却越掺越少，直到几乎没什么水了，最后干脆一点水都不掺杂了。但是，揭露我在地狱深渊①中的秘密太让人厌恶了。

读者们，你们可能开始只是不相信我说的话，我若继续说下去可能更招致你们的反感——如果我告诉他们烟草对我来说意味着什么，我为之付出的劳苦服务，我如何发誓为它奴役。因此，当我决心戒烟时，一种忘恩负义的感觉油然而生，它对我提出人身诉讼，以一个朋友的名义要求我履行誓言。偶尔在

---

① Tartarus，地狱底下暗无天日的深渊。

书里读到了抽烟的情节，比如《约瑟夫·安德鲁斯》[1] 中的亚当斯在某个小旅馆的炉角吸了一口烟，或《垂钓高手》[2] 中的渔夫在那个精美的渔夫圣殿早晨抽一管烟才开始吃早饭，打破了他戒烟几个星期的规矩。午夜走在路上，我总觉得烟管在那里等着我，它的幻象好似真的，我看到它的烟气盘旋着袅袅上升，它的烟草香味安抚着我，它的千百种怡人的、熟悉的诱惑，操纵着我的每一种能力，从我的感官里萃取出痛苦。烟管从烟丝燃烧的光芒逐渐暗淡下去，从一种转瞬即逝的安慰变成一种消极的释然，之后让我心神不宁、怏怏不乐，然后痛苦不堪。即使现在，当我坦白供出这全部的秘密的可怕真相时，我感到我自己深陷于此，无法自拔。它们已经蚀骨噬心。

不习惯去检查行为动机的人，不会去了解多少数不尽的钉子牢牢固定住了习惯的锁链，他们或者也许没有被我在这里坦白的任一劣习缚住，看到我这些自白，也许半惊讶半不信地后退一步，就像看到一幅要价过高的画一样。但是，不管朋友们的反对，妻子的哭泣，世人的指责，许多天性并非无意向善的可怜家伙，把自己束缚在他的烟管和酒壶上，这和奴役又有何区别?

我看过一幅临摹考利吉欧[3]的版画，画上三个女性服侍着一个被紧紧捆绑在树根上的男人。肉欲正安抚着他，邪恶的习惯正将他钉在一根树枝上，同时，憎恶让一条蛇靠近他。他的脸上是无力的喜悦之情——对往事的回忆，而不是对现在愉悦的感知；他彻底无力寻善，只好没精打采地享受着邪恶。这是一

① 英国作家亨利·菲尔丁（Henry Fielding，1707—1754）的作品。

② 英国散文家艾萨克·沃顿（Izaak Walton，1593—1683）的代表作。

③ 考利吉欧（Antonio Allegri da Correggio，1494—1534），意大利画家。

种锡巴里斯[1]式的柔弱，是对奴役的屈从，意志的发条像一只坏了的钟一样消沉下去，罪恶和折磨同时发生，或者说，后者先于前者，悔恨先于行动，这一切都在同一时刻呈现。当我看到这幅画时，我钦佩于画家出色的绘画技巧；但是当我走开时，我哭了起来，因为我想到了自己的情况。

这恐怕是没什么指望还能改变了。大水淹没了我，但是在黑色的深渊之外，要是有人能听见我的呼声，我定会向那些一只脚刚踏进这危险洪水里的人大声呼告。对年轻人来说，他的第一杯葡萄酒如此美妙，就像打开了人生的新天地或踏进新发现的天堂一样，让他们看看我的凄凉下落吧！让他们理解，当一个人眼睁睁看着自己正在坠入悬崖，却无能为力改变什么，这是多么可怕的事情！看到他自己的毁灭却无力阻止，并且一直心知肚明这是自食其果，察觉到他身上的所有善都被倒空了，并且还不能忘记自己为善的日子；承受着自我毁灭的可怜景象——让他看看我狂热的眼睛，因昨夜的豪饮而亢奋，狂热地寻找着今夜的一醉方休，再将这愚蠢行为复制一遍；让他感觉到囿于那尊垂死之躯中的我每时每刻都在叫喊，发出的声音越来越弱；如果这足够让他狠狠将那泛着泡沫的饮料泼在地上，不管它是多么醇香诱人；让他要紧牙关

不要松开

不要让那酒的诅咒通过牙缝[2]。

---

① 锡巴里斯人（Sybaris）以骄奢淫逸出名。

② 出自英国剧作家西里尔·图尔纳（Cyril Tourneur，1575—1626）的戏剧《复仇者的悲剧》（*The Revenger's Tragedy*）第三幕第一场。

话虽如此，但是（我听到有些人要提出异议）如果你试图努力说服我们滴酒不沾为好，如果一个清醒的头脑带来的安慰要比你描写和悲叹的那种燥热的亢奋更好，那你自己——你劝导他人永远不要沾染那些恶习，但是什么阻止了你摆脱它们呢？如果身无恶习的福气值得珍惜，你为什么不洗心革面、重新做人呢？

重新做人！噢，如果一个心愿可以带我回到青春时代——那时从清泉喝一口水就能消除夏日的炎热和青春的活动激起的热血贲张的感觉，我是多么高兴能回到你那儿去，纯净的水，孩子们和孩子般圣洁的隐士们的饮料！在我梦中，我有时想象着你凉爽提神的水流过我灼热的舌头。但是醒来时我的胃却拒绝它。那让纯真少年精神振奋的东西，如今只让我恶心和虚弱。

但是在彻底戒酒和会招致死亡的纵酒之间没有中间值了吗？读者，你也许永远不会经历我的经历，为了你们，痛苦之中我必须说出可怕的真相——但是，没有真相，我一个真相也找不出来。在我这种嗜酒程度上（我不是说那些酗酒还不深的人，因为我相信对于他们中的有些人，上述建议是最审慎的了），现在的我，若是喝酒还没到足量就停止，此处的“足量”指的是正好足够引起脑袋麻木、昏昏欲睡的量，若不能让那酒鬼头脑麻木、得了中风般的瘫睡过去，就跟一点没喝一个样。自我克制的痛苦也是一样的。它是什么样的，读者们，我希望你们相信我，而不是自己亲自尝试一下才肯信。当他酒醺至一定程度，他就会知道，那种境地看起来是很自相矛盾的，只有醉酒时理智才会来拜访他：因为可怕的真相就是——人的智力，通过重复的放纵行为，将会背离井然有序的生活——人在白天的种种清晰行动；直到最后，如果他们想获得一丁儿点摆脱这些恶习的力气，也得需要依靠回到那种导致了他们自我毁灭的致命疯狂中去。相比酒鬼短暂的清醒期，他反而在醉酒时才更是自己。邪恶反而成了他的好处①。

看看我吧，在人生最强壮的时候，变得愚钝和衰弱。听我细数我获得了什么，我从午夜的酒杯里获得了什么好处吧。

十二年前，我身体健康，心智健全。我从来都不很强壮，但我认为我的体格虽然虚弱，但幸运地从不生灾害病。我几乎不知道生病为何物。现在，除了我将自己沉溺在酒海里的那一会，我总是觉得自己头啊胃啊都不舒服，那种不适感比其他任何明确的痛苦或疼痛都要糟糕。

那时我很少早晨六点之后起床，不管是夏天还是冬天。每天醒来，我神清气爽，脑中几乎都有一些快乐的想法，或哼着什么旋律来欢迎新的一天。现在，在赖床不起数小时直到最后不得不爬起来时，我的第一念头就是：啊，又一个令人疲倦厌烦的一天！我暗暗希望自己能一直躺着不动，或者永远不要醒来。

生活，我醒来后的生活，有着许许多多的噩梦般的困惑、麻烦、费解的混乱。白天我也像跌跌撞撞走在黑暗的山里一样。

工作，尽管从来都不很适合我的天性，但是作为一项必须要做的事，最好还是高高兴兴地来做。过去我做事还比较麻利，

---

① 作者脚注：当可怜的M先生画完他的最后一幅画时，他一只颤抖的手拿着铅笔，另一只手里端着一杯掺了水的白兰地。他的手指画画时相对很稳，他一直以这种方式作画，这种手稳正是来自于重复练习出造就的暂时性稳定，让手指能够以一种不甚完美的方式完成绘画任务。画出来的整体效果让他的手指颤抖，让他的亲属极为震撼。

现在我工作起来疲倦、害怕、迷惑。我想着各种各样的让人泄气的事情，无能力继续做事的感觉困扰着我，让我准备放弃这份养家糊口的工作。朋友托我办事，哪怕只是一件小事，或我得为自己尽的任何小职责，比如说向一个商人订货等等，都像一种无法完成的苦工一样萦绕在我心头。我丧失了太多的行动动力。

在我与人的交往中，我也同样怯懦。如果要我以道义行动来保护一个朋友的荣誉或他的事业免受损害，我不敢保证，因为我已经失去内心的道义行动力了。

过去我最爱的消遣现在已不再是娱乐。我做什么事都开心不起来。哪怕在很短的时间里专注地做个什么事都能要了我的命。写此拙作讲讲我的境况，我也断断续续写了很久，几乎无法把思绪连起来，因为这事现在对我来说太难了。

之前让我爱不释手的历史或诗歌中的优美段落，现在最多让我滴下一两滴因年老昏聩才掉出来的眼泪，我精神颓丧，黯然销魂，在任何伟大和值得钦佩的事物面前都无法振作。

我常常发现自己独自垂泪，不管出于什么原因，或压根就没有原因。我难以形容这个缺点给我增添了多少羞耻感，更让我觉得自己颓废至此、无可救药。

以上这些是一部分例子，不过说句真话，我也并非一直是这个样子。

还要我继续揭开遮挡了我种种缺点的面纱吗？还是这么多坦白已经足够？

我是个默默无闻的可怜人，坦白这些，也不是为了追求什么虚荣。我不知道自己会不会被人嘲笑，或是否有人认真听我说了这些。不过，要说的话也就这么多，我将它们托付给读者了，如果他觉得我这番话戳到了他的什么痛处，请吸取前车之鉴吧。我已经以身说法，告诉过他我的下场了，就请他金盆洗手、迷途知返吧。

人间谬误（六则）

色厉内荏

“色厉内荏”——这条公理包含着一个补偿原则，使我们倾向于承认其中的真理。但是相信词典和定义并不可靠。如果我们没有发现残暴有时奇怪地和勇敢结伴而行，我们应该更愿意认同这句俗语。喜剧作家扬善惩恶，大大误导了我们的理解。在舞台戏剧中看到一个作威作福的恃强凌弱者被打，是非常有趣的。有些人缺少方刚血气，既无力自夸，也无法表现出威吓力；那些人最爱听这句话：恫吓不是勇气的艺术，最真的勇气恰恰是最无声息、最不招眼的东西。但是这些沉默的英雄，在真实生活中遇到妄自尊大者，他那理论上自信很快就消失了。找借口并不一定能掩盖他的不作为。一个谦恭无害的举止不一定意味着勇敢，缺少那种举止也不能证明我们否认此人缺乏勇气是有道理的。希克曼[①]想要谦恭，我们不是指他对待克莱丽莎——但是谁怀疑过他的勇气呢？即使是诗人——如何合理地分配人物的特质是最让诗人左右为难的，连他们也认为必要时

① 希克曼（Hickman），克莱丽莎（Clarissa），都是塞缪尔·理查德森（Samuel Richardson）小说《克莱丽莎》（又名《一位青年女子的故事》）中的人物。希克曼追求克莱丽莎的好朋友豪小姐（Miss Howe）。

背离原则，是合乎天性的。《力士参孙》中的哈拉发①，就现在公认的观念来说确实是个恃强凌弱的人。弥尔顿立即让他成为了一个逞威风的人、一个巨人，也是一个懦夫。但是德莱顿②笔下的阿尔玛佐③，谈论单枪匹马地迎战他面前的劲敌，他也确实独自驰骋战场。汤姆·布朗④比他的前辈们对此类角色有着更精明的洞察力。他对这两种截然相反的特质分配得更为均衡，允许他的主人公身上两者皆有："布里·道森⑤被城里一半的人欺负过，也欺负过城里一半的人。"这才是真正的分配公正。

不义之财难发家

"不义之财难发家"——最软弱的人最常说这番话。这是说给那些轻易上当之人听的老生常谈的安慰话了：当他被骗取了钱或财产时，只能安慰他说窃取者得不到什么好处。但是这个世界上的流氓无赖，至少他们中更审慎的一部分人，知道得更清楚；如果这句古老的谚语的确是真的，他们不会到现在还不懂这句话中蕴含的真理。他们对变动和永恒有着相当清晰的区分。"来得容易去得快"这条谚语——就留给倒霉蛋们吧，因为

---

① 哈拉发（Harapha），弥尔顿的《力士参孙》（*Samson Agonistes*）中的腓力斯人，对参孙多有侮辱谩骂。

② 约翰·德莱顿（John Dryden，1631—1700），英国诗人，剧作家，文学评论家。

③ 阿尔玛佐（Almanzor），约翰·德莱顿的戏剧《格拉纳达的征服》（*The Conquest of Granada*）中的英雄主人公，格拉纳达战役中摩尔人（Moor）一方的领袖，而他实则为西班牙阿考斯公爵之子（Duke of Arcos）。

④ 汤姆·布朗（Tom Brown，1662—1704），英国讽刺作家，翻译家。

⑤ 布里·道森（Bully Dawson），英国查尔斯二世在位时期伦敦著名的赌徒，对其真实生平经历考证不详，但不少文学作品中提到过他。

除此箴言之外，他们已将那些人的财产席卷一空，什么都不剩。他们通过抢劫或欺诈得来的庄园，也不是像诗人们写的那样，在不知不觉中就化为乌有；盗贼攫取的金子，都像冰雪消融一样在他手中溜走。曾有人谴责教会的土地用作世俗用途，必也会同样消散。但是有些土地偏偏一直紧紧守住它们的世俗用途，那些谴责者只好徒劳地推迟着土地必将物归原主的预言，寄希望于后世了。

最好不要为自己的笑话发笑

“最好不要为自己的笑话发笑”——这句话真是违背人类的天性，硬加上去的最严厉的苛求！这就好像是期待着一位绅士款待他人，自己却不参与其中；饥肠辘辘地坐在自己的桌子边，荒谬地称赞着他的鹿肉之美味，自己却一点儿都没动。恰恰相反，我们喜爱看一个爱说笑打趣之人在他的聚会上品尝他自己的笑话；看一句俏皮话，或一个欢乐的笑话，先让说笑话的人嘴角忍不住上扬，在由那张嘴巴说出来。如果这个笑话妙趣横生、新鲜活泼——应景而生；如果他开口之前从来没有想到过这句妙言，他自然而然应该是第一个被这话逗笑的人；这种沾沾自喜之意非要忍住，我们认为是粗鲁无礼的。如果你绷着脸说出这个笑话，它是不是委婉暗示了，你的客人们足够愚蠢迟钝，轻易被一个比喻或一个点子逗笑，而它断然不会让你发笑，或最多只是微微逗乐而已？曼德维尔[①]笔下的高雅绅士们正具有这样的特点，他们展示一些昂贵的玩物让客人们惊异不已，却

① 曼德维尔（Mandeville），14 世纪英国作家，著有《约翰·曼德维尔爵士航海及旅行记》，关于他的种种传说无从确证。

假装自己“没看见什么值得一提的东西”。

知足常乐

“知足常乐”——伦敦市政厅方圆十英里内，没有哪个大人或小孩真的相信这句谚语。发明这句谚语的人自己也不相信它吧。它是某个对宴会失望的人为了报复而说出来的。它是一种可鄙的诡辩，是盛在盘子里的谎言：明明自己受了冷待，却以此话假装满足。如果对这场盛宴真的无二话可说，下面这句话足矣：今天剩下的明天可以再吃。从道德角度来理解，它属于倾向于让我们低估钱的价值的那一类谚语。此类谚语还有：“金钱不等于健康。”“金钱不能买到一切。”——这些话中的比喻让金钱变成了粪土，以这种道德观，精致的衣服不过是羊背上的毛，珍珠不过是牡蛎不干不净的排泄物。因此，视土地为一堆泥巴的谚语，是一种厚颜无耻的诡辩术，即使它的字面意思也只有在雨季才是真的。这句话和一大批类似的智慧谚语反复灌输这个观念，我们真的相信它们是某个狡诈的剽窃者发明的，那个人觊觎他的富邻居的钱包，却又得不到，只能耍耍嘴皮子，以这种自欺欺人略得安慰。搞清楚这些谚语中的任何一句它们所包含的狡猾的暗喻，这个诡计就昭然若揭了。上等的羊腿肉和羊肩肉，美酒佳酿，书籍画作，游访外国的机会，独立的生活，心灵的安逸，属于自己支配的时间——不管我们多么乐于诽谤那些忠诚的钱币，我们也无法否认金钱带来的好处！

金窝银窝不如自己的草窝

我们可以肯定，有些家是算不上家的：一种是非常穷的人的家，另一种我们等会儿再提。拥挤的下等娱乐场所，酒馆里的长凳，如果它们可以说话，大概会提供对第一种家的哀痛的证明。

在这里，非常贫穷的人急于寻求在他自己的家里体会不到的家的感觉。对于一个没有柴火的壁炉，微弱的火焰，不足以保持那么多发抖的孩子和他们的母亲指尖儿的一点热气，他发现在这里，寒冬腊月这里总有烧得旺旺的壁炉，还有一只炉盘可以给他温一温他的少量啤酒。在家里他只能面对一个因为饥荒而憔悴不堪、吵吵嚷嚷的妻子，而在这里他得到的是欢乐的侍候，好处远远多于他能负担得起的那一点小花费。他在自己家里无人陪伴，因为这个非常穷的人没有什么拜访者，但在这里他有人陪伴。他可以看看世上正发生着什么，谈一点政治。在家没有什么政治可谈，让他烦扰的都是家务事。所有的兴趣——真实的或想象的，所有可以让人心怀宽广、让他与对人类的普世存在产生联结和共鸣的话题，都被全神贯注考虑如何养家糊口压垮了。除了面包的价格外，新闻毫无意义、毫不相关。家里没有食物储藏室。这里至少总有一种食物充足的样子；当他在公用柜台前烹煮屠夫扔弃的一点瘦肉屑，或在某个角落大嚼他低廉的冷餐、他美味的面包干酪配着洋葱，没人顾及他的贫穷，他的眼前还摆着为店主和他全家准备的丰盛的大块的肉。他对如何烹制这些食物有点兴趣；当他帮忙将三角火炉架从火上挪开时，他意识到这世上还有叫牛肉和卷心菜的东西，在自己的家里他都开始遗忘有这些食物的存在了。

只有此刻他抛弃了他的妻儿。什么样的妻子？什么样的孩子啊？有钱人反对这种抛妻弃子的行为，那是因为想到妻儿，他们脑中浮现的画面是他们回到某个干净舒适的家。但是看看穷人妻子的样子吧！她们缠着、折磨着她们的好丈夫，迫使他们想逃到酒馆去逍遥一下；但在他就要进门时，一种类似羞耻感的情绪又会遏制住他们，只有更强大的痛苦才能诱使他跨进那扇门。

他妻子的脸，由于贫困，每一个快乐的、乐于沟通的表情早就被痛苦抹去，难道他留在家里就是为了看那一张索然寡味的脸吗？那是一张女人的脸吗，还是一只野猫的脸？唉！那张脸的确属于他年轻时遇到的那个女人，她曾对他微笑，但是现在再也不会露出笑容了。她能分享什么舒适呢？能减轻什么负担呢？噢，美好的事情不过就是聊聊两人的粗茶淡饭！但是，要是橱柜里连面包也没有呢？

都说孩子天真的牙牙学语声能拔除扎在一个人身上的“贫穷”之刺。但是这个非常穷的人的孩子不会咿咿呀呀学语。穷人家的孩子身上根本无孩子的天真烂漫之气可言，这还不是最可怕的。一位明眼的老护士有次对我们说，穷人不是养育了孩子，他们只是将孩子拉扯大。富人们精心哺育的那些小小的、无忧无虑的亲爱宝贝们，要是放在穷人家里，就会早早变成早熟的、思虑重重的孩子。没有人有时间去疼爱他们，没有人认为值得拿好话哄他们、安慰他们，捧着他们抛上抛下嬉闹，逗他们开心。没有人会吻掉他们的泪水。如果他哭闹，只会被打一顿。有句话说的好听:“宝贝儿是用牛奶和赞美养大的。”但是穷人孩子的食物稀薄又无营养；他想要小孩子的花招，想要引起大人的注意，后果就是痛苦的无休止的叱责。他从来没有过玩具，不知道珊瑚是什么。他从没听过保姆的摇篮曲，也就这样长大了；对他来说，耐心的爱抚，“嘘嘘”声让他安静下来的爱抚，诱人的新奇玩意儿，昂贵的玩具，或什么廉价的、随便用来逗小孩子乐的小玩意儿，小孩咿咿呀呀的无意义的发声（对他来说最有意义的话），聪明的胡闹，有益无害的谎话，插入的巧妙故事——及时结束小孩子的痛苦、唤醒他们强烈的好奇心；这一切，他都不知道。从来没有人给他唱歌，没有人给他讲故事。他被拉扯大，自生自灭。他没有童年之梦。他一出生就被扔进了冷酷的现实生活。对于非常穷的人家来说，一个孩子的存在不是可供嬉戏的开心果；只是又多了一张要吃饭的嘴，一双得早早习惯劳作的小手。他是和父母争饭吃的竞争对手，直到他可以成为父母的帮手。这孩子从来不是他的快乐，他的消遣，他的安慰；这孩子从来不会让他回想起自己的年轻时光，从而觉得自己又年轻起来。

穷人的孩子早当家。偶然听到街上一个贫穷的女人和她的小女儿的谈话，能让人锥心泣血——这个女人还是穷人中家境稍稍可观的，比我们刚才说的那种悲惨的穷人稍微好一点。她们的对话不是关于玩具、小人书、夏天度假（就那个年纪来说正适合）；不是关于许诺去看的什么风景什么戏；不是关于在学校受到了足够多的表扬。她们谈的是轧布，给衣服上浆，煤炭、土豆的价钱。那个孩子提出的问题，不是在闲适中流露出的好奇心，而是表现出了一种预言性的、忧郁的远见。她还没有做一回孩子，就已经变成了一个妇人。她已经学会了到市场上去，讲价、讨价还价，学会了嫉妒、嘟囔抱怨；她什么都知道，敏锐、尖刻；她从不会像小孩一样发出天真无邪的声音。如此种种，难道我们没有理由说，非常穷的人，他们的家不是家吗？

还有一种家，我们也认为是算不上家的。那个家里有食物贮藏柜——穷人的家想要的东西，它的炉边设备齐全、非常方便——也是穷人家想要却没有的。但是即使有这些，这也不是家。这只是一间充斥着许多访客的房子。如果我们不愿意让许多心灵高贵的朋友时不时光临寒舍，就让我们被人认为是真正的吝啬鬼吧！我们不是抱怨我们的客人，而是无止境的、无意义的访客的“顺道走访”——像他们称的一样。

我们有时好奇是哪阵风把他们吹来的。这恰恰是我们住处位置的错误；它的“星位”没有计算好，正好坐落在一处讨厌的城郊中间地带——易于将城里或乡村里无所事事的人都吸引过来了。我们日渐年迈，而人至晚年，暮光易逝，我们时光的沙漏里可依赖的沙子越来越少，我们无法容忍看它们落入无止尽前来、又不合时宜的访客手里。在我们的一生中，有时，一个人静静独处，像睡眠一样是非常必要的，它就像白日小寐，让人重振精神。上了年纪，百病忽至，没有比对突然打扰更招人极度厌恶的了。我们正在做什么事时，我们只希望能无人清扰，许以继续做下去。我们知识不多，谋略亦少，但是我们即将赴往的地方知识和谋略更是无几[①]。

我们不愿意有什么打断我们正在做的事，即使是在玩九柱戏[②]时。当我们年轻时，我们握有大把的未来时间；现在，我们的光阴缩减至少量余年，不得不节约这剩下的时光。我们一分一秒都舍不得，就像舍不得花我们的达克特[③]一样。我们不能忍

---

① 指死亡。

② 九柱戏（nine-pins），又称滚球戏，一种室内体育活动，保龄球的前身。

③ 达克特（ducat），曾在欧洲许多国家通用的金币。

受让我们所剩无多的行头再被虫蛀腐蚀。我们乐意将我们的时间跟一位乐意的朋友对等交换。这就是真正的客人和访客的区别了：访客占用了你大量宝贵时间，将他那些不好的时间换给你。客人就像是你家里的一员，你养的好猫，圈养的鸟；访客就像是你的苍蝇，从你的窗子飞进来又飞出去，除了打扰到你、糟蹋了你的食物什么都没留下。

屡被打扰，连生命的低级功能都变得迟缓了。比如，我们都不会调制食物了。我们的主餐，营养丰富，必须独自享用。在一位客人面前用餐，我们已觉困难；公众聚餐，更食而不知其味。在人群中吃饭，肉食之无味，消化能力也变得不正常。一位访客意外的出现阻止了身体这台机器的正常运作。有一种人来的总是很准时——每次都是你正要开始用餐的时间，他不是来蹭饭的，而是来看你吃饭的。我们的刀叉本能地放下来，感觉我们未吃已饱。其他人将他们的天赋展现在别的时候，像我们所说的，在你刚准备坐下来读书时前来拜访。他们脸上带着一种特别的带着同情的讥笑，说他们“希望没有打扰你的学习”。尽管他们片刻工夫就又走了，到离得最近的读书人（他们称其为“朋友”）家里继续他们不合时宜的拜访，读书的心境已经被毁掉了；我们合上书本，和但丁笔下的那对恋人①一样，再也不用读什么了。如果被人打扰，只是在打扰的那一小会时间里受影响就罢了，但是它糟蹋掉了随后的几小时好时光。抓破皮的皮毛之伤，却不会马上愈合。“这是对美好友谊的践踏，”

---

① 指但丁《神曲·地狱篇》第五章写到弗朗西丝卡（Francesca da Rimini）和她丈夫的兄弟保罗（Paolo Malatesta），因读一本书激起了情欲，因犯下私通罪而死。地狱第二圈中的弗朗西丝卡说“我们再也不能阅读了”（“we read no further”）。

可敬的泰勒主教[1]说，“将它花在莽撞无礼的人身上，那些人也许对他们的家庭来说就是负担，但是从来不能减轻我的负担。”这就是他们四处拜访、打扰别人、午前走东家串西家的秘密。他们虽然有家，却不是真正的家。

爱屋及乌[2]

“您好，先生（或女士）！无论如何，我们都非常乐意接受您赐授的结交友谊之邀。久仰您的卓越品质，此名如雷贯耳。我们发自内心地希望与您结为金石之交。对于像您这样坦诚、高洁的人，我们倾心相交。你那坦率的脾性和我们道同契合。我们寻慕这样的朋友已久。不如让我们速速为彼此分忧代劳，让我们各自为阵的快乐合二为一，大放光彩，但是——汪，汪，汪！这是哪儿来的臭狗？它牙齿紧锁，没有一颗牙齿是不锋利，正咬在我小腿肚上！”

“这是我的狗，先生。为了我，你必须爱它。过来，泰斯特[3]，泰斯特，泰斯特！”

“但是它刚刚咬了我。”

“啊，它喜欢咬人，等你跟它更熟悉点时就好了。我养了它三年了。它从不咬我。”

汪汪汪！“它又开始咬我了。”

“噢，先生，你不可以踢开它。它可不喜欢挨踢。我希望你

---

① 泰勒（Jeremy Taylor，1613—1667），英国散文家，曾任主教。

② 英文中，这句话叫“You must love me, and love my dog.”（直译为：你爱我，就必须也爱我的狗。），所以文中兰姆用狗做了很多比喻。

③ 泰斯特（Test），该词本身是“考试、测试、考验”的意思。这里也喻指题意，对交友的测试，爱我也必须爱我的狗。

对待我的狗也像对待我那般尊重。”

“但是当你出门寻求友情时你也带着它吗?”

“始终如此。它是最可爱、最漂亮、最听话的小动物了。我叫它我的泰斯特——我考验朋友的试金石。没有人真正算得上爱我，如果他不爱我的狗的话。”

“抱歉，尊敬的先生（或之前说的女士），如果还有附加条件，我们也不得不辞谢对您非常宝贵的友谊提议了。我们不喜欢狗。”

“好吧，先生——你知道会怎样——你也许交结不到我这么好的朋友。走吧，泰斯特。”

上述对话是虚构的，但是，在真实生活的交往中，我们经常遇到这种情况：因为这些狗宠物，不得不与一位令人愉悦的挚友断交。这种割断友情的东西不一定总是狗，有时候是人，比如他的亲属，熟悉的朋友，我朋友的朋友，他的伴侣，他的妻子，或他的孩子等等。

友谊——更不用说更脆弱的通信往来了，不管合不合我们的意，没有某些第三方的介入，即某些依附在这段关系上的不合时宜的阻碍因素——谚语中人们都理解的“狗”，我们就从来无法拥有一份友情。我们总无法独占人生中的好东西，它们总是混杂着其他东西来到我们面前；就像一个学生的假期，总是连带着任务。

某某先生的陪伴是多么令人愉悦啊！如果他不总是带着他的高个子的表弟就好了！他们俩似乎是从小一起长大的，就像那些双胞胎一样，我们记得在《雅典神谕》[1] ——斯威夫特写下对威廉·坦普尔爵士[2]的品达罗斯体的颂词[3]，开始了他的作家生涯（真是个好开端!）——中带着好奇和兴奋读到过这样的人。哥哥的画像上，弟弟趴在他的肩头向外窥探，此番兄弟情深，我们没有什么更亲密的称呼来描述了。当某某先生来了时，先探一探头，然擦着门走进你的房间，好像来感受一下他进门的感觉一样，当然，现在他已经在你面前了，你不禁想：我们将拥有多么棒的三个小时畅所欲言啊！但是，在他踌躇之间，整个人儿都走进你房间之前，紧随他身后的——他表弟萦绕不散的影子又出现了，从这位温和的表哥身后看过来，也必定将用他那让人难以忍受的知识水平和与自身不相称的浅薄观察力，让你本来期待的畅谈大打折扣。

都说祸不单行，但好事成双的情况却也极少。难道我们就不能喜欢西普罗尼亚，而不要总被拉着坐下来和与她形影不离的哥哥下棋？我们就不能单单认识苏尔皮西亚，而不需要也认识她身边那些爱打牌的亲戚？我朋友去哪儿都寸步不离的兄弟也得是我的朋友吗？难道认识 W. 希尔拜——一位成熟的才子和批评家，我们也必须和教区长迪克·希尔拜，或跟印染工杰克·希尔拜也熟识吗？——仅仅因为 W. 希尔拜，虽然他不从

---

① 指《雅典社会颂》(*Ode to Athenian Society*)，乔纳森·斯威夫特（Jonathan Swift）的诗作，也是他最早发表的作品（1691 年），他还写过《威廉·坦普尔爵士颂》("Ode to Sir William Temple")，他曾做过坦普尔爵士的秘书和私人助理。

② 威廉·坦普尔爵士（Sir William Temple，1628—1699），英国政治家，随笔作家。

③ 品达罗斯体（Pindaric），一种格律严谨的诗体，因古希腊诗人品达罗斯而得名。

事这两种职业，但不幸和他们有着共同的家族血脉？让他不要带着他的兄弟们吧，如果有机会，让我们将把他扔进我们的一对兄弟中看看（我们也有亲属），让他体会一下我们做出的让步！让 F. H. 不要带着他的多嘴的叔叔吧；让霍诺里斯遣开他那乏味的妻子和六个显得多余的男孩吧，他们是一群介于男孩和男人之间的孩子，对于玩耍来说太老，对于谈话来说又嫌太嫩。他们粗鲁地盯着他们爸爸的老朋友，让对方觉得难堪、局促不安；他们一点也无助于谈话，更不要提参与谈话了。我们从来没法再有机会单独会一会面聊聊天，就像我们再也没法像自由的单身时期那样漫谈了。

如果你的朋友或恋人，满意以“狗关”验真情，也无可厚非。在这个喻义上，极少有年轻女士“养着狗”——让什么阻碍因素妨害她们的恋爱。但是，卢缇莉亚让你的求爱不断受到她那凶巴巴的姨妈的打扰，或者卢斯皮娜期望你也珍视、喜欢她那阴险的妹妹——她拥抱她的妹妹，如此姐妹情在你看来委实不合理，以此来对你坚定不移的求爱、到底爱她几何做出定论；如若如此，她们就不该抱怨登门求爱者为何这么少。西拉如果始终坚持，爱她就得也爱她的狗，那她这一辈子一定要错过很多绝佳的婚姻。

体现了这个道理的，莫过于梅里关于黛拉·克鲁斯坎的记忆了。在柔情的青春期，他爱上了歌剧院的一名温柔的人儿，并展开了追求。那位姑娘其实是一名舞者，但她虽为舞者，举手投足之间却自然、毫不做作，这一点赢得了他的心。在他看来，她好像是一朵纯真的紫罗兰，因某些凶残的突发变故才被移植栽到了那异域他乡国的表演舞台上。实际上在他面前，她是那么真实，那么真诚。他向她求了婚，并且赢得了美人芳心。

仅仅是为了婚礼场面热闹，为了让新娘的亲戚们也沾沾喜气，她恳求允许她邀请她的亲朋好友来参加正日日临近的婚礼。这个提议如此温和可亲，准新郎无法不应允她；她怀着这份为亲属家人着想的美意和关心，他发现她似乎待他更加好了，当金箭[①]本该“杀死其他任何感情”[②] 时。大喜日子的早晨来临了，在里士满的斯塔加特旅馆[③]——定下来吃早餐的地方，在一位英国朋友的陪伴下，他焦急地等待着新娘带来给婚礼增光的贵宾们。

新娘邀请了一大拨人。他们坐了六辆马车过来，简直把一个芭蕾舞团的人都带来了——法国人，意大利人，男男女女。B先生，那时作芭蕾皮鲁埃特旋转[④]最有名的人，带领着他美丽的妻子，从塞纳河畔一路颠簸而来。首席女歌手捎来了不能到场的遗憾。但是第一和第二喜剧歌剧女歌唱家都来了；还有S先生，C太太，V夫人，除了合唱队、女配角芭蕾舞演员之外还有数不清的大队人马，看到这些人，梅里后来称，“第一次真正震惊了他，让他开始担心和一个舞者结婚了。”

但是已经无法挽回了。这是她的大喜之日，来的人都是她的亲朋好友。这为参加婚礼而来的一大群人，尽管有些古里古怪的，却也都在情理之中。但是当新娘从最后一辆马车里被搀

---

① 爱神的金箭。出自莎士比亚《第十二夜》第一幕第一场。

② 出自莎士比亚《第十二夜》第一幕第一场。杀死她心中的其他任何感情。奥尔辛诺公爵（Orsino）爱的姑娘心里爱着死去的哥哥。

③ 斯塔加特旅馆（Star and Garter），位于伦敦里士满，1738 年建，18—19 世纪为大众娱乐场所。

④ 芭蕾舞姿势的一种，竖脚趾旋转。

扶出来时，她比其他人都要美艳动人，由她的父亲陪伴着，那位老绅士将把她交予新郎——没有人比德尔皮尼先生自己更满怀自豪感了，那神情似乎在说：看我带来的人多为婚礼增荣！——想到他将面对一个如此非同寻常的岳父大人，看到新娘和她庞杂的亲友团那种炫耀之情，可怜的梅里悄悄溜走，骑马从后院逃到离他最近的海边，然后从海边坐船到了美国。不久，他以一场更加适宜的婚配安慰了自己的心灵，他和一位布鲁顿小姐结了婚，从他差一点要面对的小丑般的岳父大人，和一大群浓妆艳抹的唱谐角的女歌剧家担任的伴娘中，解脱出来。